星新一 著
李朝熙 譯

中日對照
短篇小說

有人叩門

鴻儒堂出版社發行

譯者簡歷

李朝熙

一九三四年生，台北市人。

國立台北商專銀行保險科畢業。

曾任：美軍第十三航空隊翻譯官，法國駐日本大使館秘書與台寶興業股份有限公司駐日代表。

現任：世大金屬股份有限公司董事、擇日堪輿師、命相占卜師、大元閣擇日館館主。

譯著：窗邊的小豆荳、明天星期日、有人叩門、盜賊會社、東京物語、失去的週末、發明的啓示、圍城九百日、高爾夫球入門、圖解法文文法、法文作文的基礎、實用擇日學講義、綜合日華大辭典以及群力英漢辭典等書。

譯者序

當代日本極短篇小說名家星新一的作品，一直是譯者本人鍾情的作家之一，精簡的結構、新奇的創意、流暢的對話，簡明流俐的描繪人生百態，處處充滿幽默、懸疑及刺激，結局出乎意表又常令人會心一笑。

「有人叩門」這十五篇短篇，完全以有人叩門起頭，每一篇都令人驚奇，此類型的小說，星新一信手拈來，順暢有趣，可謂是他的風格之作，譯者在翻譯時，更要求信、達、雅之外，還充分的表現出原文的氣氛，並以原文對照，希望能對專研日文的學生，有所幫助。

從事英、日、法文的翻譯數十年，作品不下百來部，時光匆匆，後起之秀如雨後春筍般掘起，市面充斥諸多翻譯作品，大都是出版社爲求節儉經費，往往隨便發給學生翻翻，再加以潤飾而成，原意大失，錯誤百出，令人垢病。

譯者不敢居美自己的譯筆完美無缺，但儘可能要求直譯中的完美，跟一般意譯不同，因此對讀日文的學生幫助較多，加以星新一的作品簡明扼要、風格獨特，早已列爲日語學校的教科書，因此，譯者無需再作無謂的潤飾，以精確的保留原意，並使譯文流暢即可。

於法國巴黎

勘誤表

頁數	行數	錯誤	更正
序		於法國巴黎	1990 年八月於法國巴黎
13	16	並令人	並不令人
17	8	鉟	咔
29	7	鉟鉟	咔咔
65	3	他	她
89	1	齣	一齣
91	11	等	等到
93	5	付	付之
127	14	勢	態
153	7	好	妳
153	10	在	的
163	10	衛	衛室
183	6	時	持
243	10	想	得
263	15	旳	的

目次

有人叩門

2

なぞの女

ノックの音がした。

ここはちょっと高級なマンションのなか。内部は和室と洋室、それにダイニング・キッチンと浴室から成っている。

ノックの音で、和室にひとりで眠っていた鈴木邦男（くにお）は目をさました。としは三十歳。商業デザイン関係の仕事をしている。

邦男はいったんあけかけた目を閉じ、顔をしかめながら、手で後頭部を押えた。ずきずき痛む。昨夜、飲みすぎたせいだな、と彼は思った。胸がむかつき、二日酔いの気分にまちがいない。だれと飲んだのかを思い出そうとしたが、それはだめだった。調子にのって、はしごをやってしまったのだろう。よくあることだ。

腕時計をのぞくと、お昼ちかい。あたふたと出勤しなくてもいい職業であることに、彼は感謝した。きょうは休むことにしよう。またも、ドアにノックの音がした。だれが来たのだろう。郵便配達だろうか。なにかの集金人だろうか、それとも仕事の関係者だろうか。

「ああ……」

謎女郎

有人叩門。

這是在一家還算高級的公寓裡面。內部是由日式與西式的房間，連同餐廳兼廚房和浴室所構成的。

叩門聲驚醒了獨自在日式房間睡覺的鈴木邦男。這位仁兄年齡三十。從事跟商業設計有關的工作。

邦男重新閉起曾經睜開過的眼睛，一邊縐眉，一邊用手壓著後腦勺。感到頭部陣陣疼痛。可能是昨晚喝酒過度的關係吧？他想。感到反胃，一定是宿醉沒錯。但到底跟誰喝，他有意把它想出來，不過還是想不起來。也許是乘著酒興一家喝過一家吧？這是司空見慣的事。

看了看手錶，將近中午了。謝天謝地，他的工作犯不著慌慌張張的按時去上班。今天休息一下吧。門又被叩響了。不知誰來了？是不是郵差？來收款的？抑或跟工作有關的？

「來啦！」

邦男は応答めいた声をあげたものの、まだ寝床のなかでぐずぐずしていた。二日酔いはいやなものだ。それに、急に高まった暑さのせいもあった。彼はタオルの掛けぶとんで、だるそうに顔の汗をぬぐった。

すると、ドアの握りの回される音がし、だれかが入ってくる気配がした。昨夜、鍵(かぎ)をかけ忘れてしまったらしい。不用心なことだ。それにしても、失礼なやつだな。こう思いながら、邦男は視線をそちらにむけた。だが、その目は何回か激しくまばたきをし、最後に大きく見開いたままになった。

入ってきたのは、二十五歳ぐらいの女。しかも、美しい女性だったのだ。邦男の頭からは、痛みも眠気もいっぺんに消えた。

「あ……」

と言いかけて、彼はあとの言葉をのみこんだ。いや、なんと話しかけたものか、見当がつかなかったのだ。男がひとりで寝ている部屋に、遠慮なく入ってきた見知らぬ女にむかって、どうあいさつをすべきだろう。

邦男は一瞬のうちに、知っている限りの女性を頭のなかで検討しなおした。しかし、そのどれにもあてはまらない。いったい、彼女はなにもので、なんの用で訪れてきたのだろう。

彼はためらったあげく、寝そべったまま声をかけた。変に驚かさないよう、気をくばった口調で言った。

邦男雖然發出回答的聲音，但是，卻還慢吞吞地在床上，欲起不起的樣子。宿醉是夠討厭的。加上溫度突然昇高也有關係。他用毛巾被懶洋洋地擦著臉上的汗。

於是就傳來了門上圓型把手被轉動的聲音，接著彷彿有人進來似的。大概昨晚忘記鎖門。多粗心！儘管如此，沒有禮貌的傢伙。想著想著，邦男把視線投向了對方。然而，他的眼睛激烈地眨動了好幾次，最後睜得大大的，直看著對方。

進來的是一個芳齡二十五歲左右的女郎。而且長得相當漂亮。這時邦男所感到的疼痛和睡意，一下子就消逝了。

「嗯……」

說著，他就把話嚥下去。是的，他一時拿不定主意，不知要該說什麼。對於一個豪不客氣地進入男人獨自在睡覺的房間的陌生女人，該如何跟她打招呼？

邦男在刹那間，把所認識的全部女人，在腦海裡描繪出來。可是，所有認識的女人之中，並沒有任何一個像她這樣的女人。到底她是何許人，爲了什麼事來找他？他猶豫的結果，以隨便躺臥的姿態開口了。並以不使對方吃驚，小心翼翼的口氣說：

「あなたは、どなたですか」

女はべつに驚きもせず、複雑な笑いを浮かべながら応じた。

「そんなこと、おっしゃらないでよ。ねえ」

それには、なれなれしさとともに、押しつけるような響きがこもっていた。彼はつぎの質問を、さしひかえざるをえなかった。女がこれからなにをやるつもりなのかを、いちおう見まもろうという気になった。すると、さらに予期しなかったことが進行しはじめた。

「きょうは暑いわねえ」

こう女は言い、服を脱ぎはじめたのだ。はじらうようすはなく、いとも平然とそれがなされた。あまりに突然であり、また、あまりに自然であったため、邦男は制止する機会を逸した。

下着だけになった女は、窓を少しあけ、そとの風を迎え入れていた。また、ハンドバッグからハンケチを出し、肩や胸のあたりの汗を押えた。

ひきしまったからだつき。若々しく白い肌。邦男は意識して目をそらせた。食い入るように見つめるわけにもいかないではないか。だが、だまったままでは、気まずさが高まるばかり。それを追い払うためには、なんでもいいから言わなくてはと思い、彼は声を出した。

「浴室のシャワーでもあびたら……」

暑いという言葉に応じたつもりだった。だが、こんなことを言ってよかったのかな。彼は

「妳是誰？」

女郎也沒有什麼吃驚，臉上露出複雜的笑容答道：

「不要這樣說好不好嘛。」

這句話除了回答得非常親密之外，還帶著强迫的意味。對於下一個質問，他不得不暫時壓抑下來。嗣後女郎到底想做什麼，他打算定睛注視一下。於是，絲毫沒有預料到的事情，開始發生了。

「今天的天氣好熱呀。」

女郎說畢，開始脫起衣裳來。沒有害羞的樣子，毫不在乎地脫了起來。事情來得太突然，而且也太自然的關係，使邦男錯過制止的機會。

脫到只剩下貼身衣服的女郎，把窗門打開一點，好讓外面的風吹進來。同時，還從手提包裡拿出了手帕，擦了肩膀和胸部附近的汗。

端莊的姿態，富於青春氣息的白嫩皮膚。邦男意識到這點，而移開了視線。他總不好意思目不轉睛地瞧著她。不過，要是默不作聲，反而徒然增加此一尷尬的氣氛。爲了避免如此，他認爲不管說的是什麼，非開口不行，於是他就說：

「可到浴室去沖個涼……」

有意針對好熱這句話作答。可是，這樣作答恰當嗎？他耽起心來，說到一半就放低聲音。

気になり、途中で声を小さくした。へたなことを口にすると、相手は急に怒り出さないとも限らない。

しかし、そんな心配は不要だったようだ。

「そうするわ」

と、女は浴室のなかに消えた。やがて、水のほとばしる涼しげな音がおこった。だが邦男のほうは、いまの裸身にむかって水が吹きつけている光景を想像すると、熱っぽく息苦しい気分になった。彼はその感情をつとめて振り払い、冷静さをとりもどそうとした。とりあえずは、事態をたしかめるほうが先決だ。

あの女は、だれなのだろう。男ひとりの部屋に入ってきて、親しげにふるまう女。いかがわしい商売に従ってでもいるのだろうか。当然のことながら、この仮定が第一に浮かんできた。しかし、それはすぐに否定した。服装にも、化粧にも、それらしき崩れた雰囲気は少しもない。となると……。

その答えは、すぐには出てきそうになかった。せめてヒントでもあればいいのだが。

邦男はそっと起きあがり、置いたままになっているハンドバッグめがけて、しのび寄った。良心の呵責(かしゃく)より、現状理解への好奇心のほうが強かった。あける前にパチリと音がしたが、シャワーの音は相手に気づかせないでくれるだろう。

彼はなかをのぞいてみた。しかし、手がかりになるような品はなかった。手帳とか身分証

要是說出冒昧的話，對方不見得不會突然發起脾氣來。

但是，這個顧慮，好像是多餘的。

「聽你的就是啦。」

說畢，女郎就消失在浴室裡。不久，傳出了湧出水的涼爽聲。可是，就邦男來說，當他想像水正噴向目前正裸著身洗澡的女郎身上這幕時，內心難免感到悶熱而難受。他盡量抑制這個情緒，想恢復冷靜。目前必須先要決定的問題，就是把事態弄清楚。

這個女郎到底是誰？擅自進入男人獨居的房間，舉止親密。是不是從事於不正當的職業？這個假定首先浮在他的腦海，乃是理所當然的事。可是，這個假定，卻被否定了。因爲無論從她的服裝也好，化妝也好，一點兒也不會令人感到她是一個歡樂場中的女子。這麼一來……。

答案似乎無法即時求出來。如果有個什麼啓示的話，不知多好。

邦男悄悄地站起身來，以女郎所放置的手提包作目標，偷偷地走近去。欲理解現狀的好奇心，强過於良心的苛責。打開之前雖然發出了「啪咕」的一聲，可是淋浴的聲音，可能不會使對方感到有人在打開她的手提包。

他看了裡面的東西。但是沒有任何抓頭兒。像小記事簿、身份證或月票之類之東西都沒有

明書とか、定期券といった品はなく、口紅とか財布のたぐいだけだった。財布もすばやくあけてみた。少なくも多くもないといった金額が入っていた。

シャワーの音が弱まりかけたので、邦男はあわてて寝床へもどった。なにくわぬ顔でタバコに火をつけ、枕もとにある大きなガラスの灰皿に灰を落しつづけた。

浴室から下着姿の女が出てきた。肌がしっとりとぬれ、さわったらひんやりした感触がありそうだった。彼女は、すぐに服を着ようともせず言った。

「ああ、さっぱりしていい気持ちだわ。だけど、あたし、のどが渇いているのよ」

「冷蔵庫のなかに、なにかが入っているかもしれない」

と邦男は答えた。ほかに言いようもないではないか。相手にさからわずに応じていれば、そのうち、なぞのほぐれるきっかけが見いだせるかもしれない。

キッチンのほうで冷蔵庫の扉の開く軽い音、センを抜く音、ビンとコップのふれあう音がした。また、女の呼びかける声も伝わってきた。

「あなたも、お飲みになる……」

「ああ」

邦男はつぶやくように答え、首をかしげた。どういうことなのだろう、これは。押しかけ女房という言葉が頭に浮かんだ。しかし、押しかけという強制的な感じはない。

，所有的東西，只不過是口紅或錢包之類的物品而已。他很快打開了錢包。裡面的金額，既不能算多，也不能算少。

淋浴的聲音變小，邦男匆匆忙忙地退回床上。裝著若無其事似的，點上了煙，並不停地把煙灰撢在枕頭邊的大玻璃煙灰缸上。

穿著貼身內衣的女郎，從浴室裡走了出來。皮膚濡濕，要是撫摸，可能與人涼爽的感覺。她並沒有即刻換衣服的意思，反而開口說：

「嗯，乾淨得令人感到爽快。可是，我的口乾得很呢。」

「冰箱裡，可能有些東西吧。」

邦男答道。除此之外，可沒有更好的答腔了嘛！只要能夠順著對方來回答，說不定在這中間，可以發現解謎的機會也未可知。

從廚房那邊傳出了打開冰箱門的輕微聲，拔瓶塞聲，以及瓶子與杯子相碰的聲音。除此外，還有女人的叫喊聲。

「你也要喝……」

「嗯。」

邦男以嘟喃似地回答，並歪起頭來。這到底是怎麼一回事？

他的腦海裡浮起了「跑到大家硬嫁的妻子」這句話來。但是，此姝並令人產生所謂硬嫁

もっと自然であり、なれなれしいのだ。それとも、よほどの演技力の持ち主なのだろうか。

　女はジュースをみたしたコップを両手に持って戻ってきた。右手のを歩きながら自分で飲み、邦男のそばにやってきてすわった。そして、左手のをさし出した。

「冷えていて、おいしいわ。さあ」

　邦男はちょっと震え、手を出して受け取るのをためらった。女の顔には、困ったような表情があらわれた。せっかく運んできたのに、という不満げなようすだった。しかし、それはすぐに消えた。

　しかたなく、女はコップを畳の上に置き、自分の顔を邦男の顔に近づけてきた。彼は呆然（ぼうぜん）としていたが、すぐそばまで迫ってきて、気がついた。キスをするつもりらしい。邦男は少し顔をそむけた。そのため、女のくちびるは彼のひたいに触れた。

　気が進まなくて拒否したのではない。相手は美しい女なのだ。しかし、いくらなんでも、不意に入ってきた見知らぬ女性、名前すら知らない女性と積極的にキスをするのは、ためらわざるをえない。警戒心をゆるめるのは、まだ早い。

　巧妙きわまる、押しかけ女房作戦。その術中に簡単におちいってしまうのも、どうもしゃくだ。といって、そんな結果になってしまうのも、まんざら悪くはなさそうに思えた。純真そうであり、魅力的でもある。いくらか気の強そうなところもあるが、ものぐさな性格の自分には、そのほうがいいのかもしれない。

的強制性感覺。而是極為自然，且非常親密。或者是懷有相當演技的女人？

女郎雙手端著倒滿果汁的玻璃杯回來。右手的杯子邊走邊喝，來到邦男的身旁後，就坐了下來。於是把左手的杯子，送到邦男面前。

「凍得味道很不錯。喝吧！」

邦男有點兒發抖，猶豫著要不要伸手去接。女郎的臉上露出困惑的表情。彷彿埋怨著說：特意給你端來的。不過，這種埋怨的表情，即刻消失了。

不得已的，女郎將玻璃杯放在榻榻米上，並把自己的臉挪近了邦男的臉。他雖呆然不知所措，不過還是發覺到即時迫近到他眼前的臉。可能要接吻的樣子。邦男稍微把臉扭轉過去。因此，女郎的嘴唇就碰到了他的前額。

他並不是不情願而拒絕的。對方是個漂亮的女人。可是，無論如何，對於一個突然進來的陌生女性，連其芳名都不知的女性，要積極地同她接吻，的確非猶豫不可。鬆懈警戒心為時還早呢！

極其奇妙的「硬嫁太太」作戰。如果輕易地中了她的詭計，未免令人光火。話雖這麼說，然而，要是產生這種結果，還是會被認為是一件並不壞的事。不但純潔，而且還富有魅力。看來性格有幾分剛強，這對於自己的懶惰性格，說不定比較適合。

そばにすわっている女から、かすかにからだのにおいがただよってきた。邦男は相手に気づかれぬよう、そっと横目で眺めた。なめらかな肌が、すぐそばにある。彼は手を伸ばし、彼女に触れたい衝動を押えるのに苦心した。また、そんな気持ちを、相手にさとられぬよう努力した。

さわっただけではすみそうもないと、自分でもわかっているからだ。さわれば、さらに力を加えたくなるだろう。寝床に引っぱりたくもなるだろう。さらに……。

女の態度には、それを待ち望んでいるようなけはいさえある。その点に気づき、彼は冷静さを少しとり戻した。

どういうことなのだ。これでは、あまりに話がうますぎる。うますぎる話こそ、注意しなければならない。もしかしたら、なにかの目的を秘めたわなではないだろうか。一線を越えかけたとたん、どこからともなくカメラのシャッターの音が響いてくるとか……。

そういえば、部屋に入ってきたとたん女は窓をあけた。邦男は窓のほうに目をやった。しかし、夏空がひろがっているだけで、内部をうかがっている者もない。ここは三階であり、いまは昼間だ。窓の外にへばりついている人影があれば、まず通行人が見つけてさわぎだしているはずだ。

邦男は女を正面から見つめた。その顔には、犯罪めいたかげはまったくない。ついに彼は、そっけない口調で言った。

從坐在自己身邊的女郎身上，微微飄來了玉體的芳香。邦男偷偷地用斜眼望著她，為的是怕被對方發覺。光滑的肌膚，就在他的身邊。他用心良苦地壓抑著內心的衝動，來避免伸手去摸她。而且還極力不讓對方洞悉自己所抱的這種心情。

因為他自己也知道，光是摸並無法了事。只要一摸，那說不定還會想要用力吧？也許會把她拉上床吧？還有更進一步……。

女郎的態度帶有期望這件事的意味。邦男察覺到這點，稍微恢復了冷靜。

這到底是怎麼一回事？這樣的艷遇來得太順遂了。事情愈順遂，就愈要小心。會不會是隱秘著某種目的圈套呢？會不會當越過某一道界限的當兒，會從某個地方傳來照相機的「鉟嚓」聲……。

難怪在女郎剛進入屋內的當兒就去打開窗。邦男曾經把視線朝向窗那邊。然而，映入眼簾的只有遼闊的夏日的天空，看不到有人在窺視屋內。這裡是三樓，現在正是白天。倘若有人貼伏在窗外的話，一定會先被路人發現而引起騷動。

邦男從正面凝視著女郎。她的臉上全然看不出帶有犯罪的影像。終於他用冷淡的口氣說：

「ぼくがだれだか、ご存知なんですか」

「よしてよ、そんなことをおっしゃるのは。ねえ」

と、女は同意を求めてきた。「ねえ」という声には、説明不要という響きがあり、いくらか悲しそうな調子も含まれていた。

「ああ」

と答えはしたが、邦男には少しもわからなかった。自分ながら、うつろな声だなと思った。だが、この事態をいつまでもなぞのままには、しておけない。なんとか、解決をつけなければいけない。無理にでもだ。彼は頭をしぼった。

なにかの冗談なのだろうか。とつぜん女が笑い出し、解説でもしてくれないかと期待した。しかし、いくら待っても、それは起りそうにない。女にはどこか真剣さがあり、悪ふざけといったものは感じられない。

モデルか弟子入りの志願者なのだろうか。だが、それだったら、なにもこんな方法に訴える必要はあるまい。常軌を逸している。

そのほか、いろいろな場合を考えてみた。しかし、これはという的確な仮定は見いだせなかった。邦男はふたたび聞いてみた。

「あなたはどなたなのですか」

「よしてよ、そんなおっしゃりかたは」

「妳知道我是誰嗎?」

「不要這樣說好不好?喏。」

女郎這麼要求他的同意。「喏」的聲響裡,帶有不用說明的弦外之音,同時也含有幾分悲傷的語氣。

「好嘛。」

邦男雖這樣作答,卻是一頭霧水。連自己都認爲是空虛的聲音。可是,要把此一情勢永遠保持謎的狀態是不行的。非得設法解決不可。即使强迫的手段,也得採用。他絞起腦汁來。會不會在開著某種玩笑?邦男期待著女郎突然笑起來,並給予解釋。但是,儘管他等待著,這件事不像會發生的樣子。女郎在某一方面是一本正經,無法令人感到是在惡作劇。會不會是來應徵模特兒或練習生?如果答案是肯定的話,那根本犯不著訴諸這種手段,因爲這太超越常軌了。

除此之外,他也想到各種各樣的場合。可是,無法找出恰當的假定之邦男,重新開口道:

「妳是誰?」

「不要這樣說好不好?」

女はちょっと、うらめしそうな目つきをした。依然として同じことだった。どこかがおかしい。邦男はこう考え、いままで触れまいとしていた唯一の答えにたどりついた。おかしいのは、女の頭のなかなのだ。美しい顔の、うるんだような目。その奥に狂った妄想が存在しているとは、考えたくない気分だった。しかし、それ以外に説明のつけようがない。彼はいたわるような口調で言った。

「お医者さんに行ってみたらいかがでしょう」

そのとたん、女の表情に激しい変化が起った。困惑したような悲しいような、驚いたような感情があらわれた。

それから、女は眉を寄せ、じっと考えこんだ。なにを考えているのだろう。狂った頭では、どんなことを、どう考えるものなのだろうか。邦男は少し緊張した。相手が予期しないような行動に走らないとも限らない。

たしかに、予期しなかったことが起った。女がそっと、こう答えたのだ。

「そうね。そうしたほうが、よさそうね」

大きな叫び声もあげず、反抗してあばれることもなく、女はすなおだった。彼女は服を着け、ハンドバッグを持ち、簡単に化粧をととのえ、部屋から出ていった。

ドアの閉じる音を聞きながら、邦男はつぶやいた。

「変なこともあるものだな」

女郎略微露出了抱怨的眼神。媚態依然如故。

總是有點不對頭。邦男這麼想著，於是想到了到目前爲止不願去觸及的唯一的答案。問題就在女郎的大腦。長有一副漂亮的臉孔，水汪汪的眼睛。然而在她的大腦裡，卻存著瘋狂的妄想，這的確令人不願去想像。但除此之外，就沒有任何理由可說明了。他以安慰的口氣說：

「去看看醫生怎麼樣？」

這時，女郎的表情發生了激烈的變化。露出困惑的、悲傷似的、驚訝似的表情。

於是，女郎就緺眉沉思。到底在沉思什麼呢？發瘋的頭會打出些什麼主意呢？邦男有點緊張起來。對方不見得不會採取預料不到的行動。

預料不到的事情，果然發生了。女郎悄悄地答說：

「哦。看醫生比較好。」

女郎老老實實的，既不大聲叫嚷，也不以胡鬧來反抗。她穿上衣服，拿起手提包，簡單地化了妝便走出了房間。

邦男一邊聽著關門的聲音，一邊嘟喃著說：

「怪事年年有。」

彼は一応ほっとし、寝床にあおむきになったまま、いまの出来事を回想した。信じられない幻覚のように思えてならなかった。そばにジュースの入ったコップさえ残っていなければ、夏の日の夢と片づけてしまえるのだが……。

彼はジュースを口にした。まだ冷たさは残っていて、のどに快かった。

しばらくすると、ドアのそとに足音がした。

邦男が身をおこしかけた時、ドアが開き、さっきの女が入ってきた。なにか忘れ物でもしたのだろうか。病院の所在でも聞きに戻ってきたのだろうか。彼は聞いてみた。

「お医者さんはどうでしたか」

「ここにいらっしゃるわ」

と答える彼女のあとにつづいて、ひとりの男が入ってきた。きちんとした身なりの、理知的そうな中年の男だった。

「ますますわからない。どういうことなのです」

邦男は、好奇心と不安とにあふれた声をあげた。しかし、その答えはなく、彼が耳にしたのは、女と中年の男との会話だった。

「ほら、先生。妻であるあたしのことを、すっかり忘れてしまっているんですのよ。きのうの夜、ひどく酔っぱらっておそく帰ってきたので、あたし、かっとなってしまいました。勢

他姑且放下了心，仰臥在床上，回想著剛剛發生過的事情。不得不令人認爲是難以置信的幻覺似的。要是旁邊不留下裝有果汁的杯子，大有可能當作是一場夏天的白日夢來處理……。

他喝起果汁來。果汁還保存著冷度，對喉嚨很涼快。

過了不久，從門外傳來腳步聲。

邦男爬起身時，門被打開了，進來的是剛才的女郎。是不是把什麼東西遺忘在這裡？或者回來打聽醫院的地址？他開口問道：

「醫師怎麼啦？」

「在這裡呀。」

應著女郎的回答，進來了一個男人。是一位衣冠楚楚，而富於理智的中年人。

「愈來愈搞不清。到底是怎麼一回事？」

邦男發出充滿好奇與不安的聲音。可是，他沒有聽到答覆，只聽到女郎與中年人的交談。

「你看，大夫。把我這做妻子的忘得一乾二淨。昨晚喝得酩酊大醉，很晚才回來，我很生

いよく彼を突きとばし、実家に帰ってしまいましたの。だけど、きょうになって反省し、戻ってきてみると、どうもようすが変でした。あたし、最初は皮肉かと思っていたんですけど……」

「軽い記憶喪失のようですな」

と男はうなずき、さきをうながした。

「ええ。あたしたちが知り合い結婚したここ一年間のことを、なにもかも覚えていないようですわ。倒れた時に、そばの灰皿に頭でもぶつけたためでしょうか」

「そうかもしれません。しかし、そうご心配なさることはありませんよ。すぐによくなられるでしょう」

氣。因此用力把他推倒後，就回娘家去了。不過，到今天我反省了一下，回來一看，情況顯得很怪，起初我認爲說不定是裝蒜……」

「彷彿是輕微的記憶喪失。」

醫師點著頭，並叫她繼續說下去。

「唔。把我們認識而結婚的一年之間的事情，統統忘掉似的。會不會在他倒下時，頭部碰到旁邊的煙灰缸？」

「也許是的。可是，妳用不著這樣耽心啊。大概很快就會恢復過來的。」

現代の人生

ノックの音がした。

夜の十時ごろ。ここは、さして広くないアパートのなか。ノックの音はすみずみまで響いた。だが、室内は薄暗く静かで、応答するけはいはなかった。

といって、なかにだれもいないわけではなかった。この部屋の住人である二十七歳の男、山下友彦が粗末なベッドに横たわり、目を閉じていた。しかし、眠っているのではない。眠れるものなら眠りたかったのだが、心の悩みは彼を眠らせなかったのだ。

またもノックの音がした。だが、友彦は声もあげず、立ってドアにむかおうともしなかった。用事のある客なら、自分の名前ぐらい告げるはずだ。そうしないところをみると、どうでもいい相手にちがいない。

ドアのノックの音はそれきりで、二度とおこらなかった。留守とでも思って、あきらめて帰っていったのだろう。それでいいのだ、と彼は思った。おれはいま、だれにも会いたくないのだ。

友彦は手さぐりでタバコを取り、口にくわえて火をつけた。炎の輝きが一瞬のあいだ、彼

現代的人生

有人叩門。

夜晚十點鐘左右。在一間並不怎麼大的公寓式房子裡面。叩門聲傳遍了屋裡每一個角落。可是，屋內微暗而寂靜，似乎沒人會來應門的。

話雖這麼說，其實屋裡並非空無一人。居住在這屋裡的人叫山下友彥，二十七歲。此刻正閉著眼睛躺臥在一張簡陋的床上。可是，他並沒有睡著。如果睡得著那早就睡了，因爲內心的煩惱使他無法入夢。

又有人叩門。可是友彥既不出聲，也不願起身開門。要是有事的客人，最低限度也會報出自己的名字來。從不報出自己的名字這點看起來，準是「隨你的便」型的訪客。

門只叩到這次爲止，以後就不再叩了。可能是認爲沒有人在家，而斷念回去了吧。那也好，他想。老子現在不願意見任何人。

友彥摸出一根香煙，啣在口裡，點上了火。刹那間，火燄的光輝照出了他的臉孔，隨即又

の顔を浮き上らせて消えた。悩みにみちた、内気そうな、放心状態の顔を。

暗いなかでは、おだやかに流れる煙を見ることができず、タバコの味はうまくなかった。彼は灰皿でもみ消し、深いため息をついた。このように悩みごとを吐き出せたらな、といった感情がこもっていた。

その時。窓ガラスがかすかに音をたてた。友彦は不審そうに目をこらしたが、暗さのためよくわからない。彼はつぶやいた。

「風でも出たのだろう」

しかし、がたがたいう音はつづき、やがてガラスにひびの入る音がし、さらに窓の開く音がした。そのうえ、人影がなかに入りこんできたように思われた。

友彦は緊張した。だが、声をたてるべき時機は逸してしまった。いまとなって大声をあげたら、なにがおこるか予測できない。彼にできるのは、息をこらして、ようすをうかがうことだけだった。

懐中電灯がつき、その黄色っぽい光が、部屋のなかをなではじめた。そのうち、光はベッドの友彦の姿をもとらえた。懐中電灯の持ち主は、ぎょっとしたような声を出した。

「これはどういうことだ。病気なのだろうか。まさか、死んでいるのでは……」

友彦は光を顔に受け、まぶしそうに目を細めて言った。

消失了。好一副充滿煩惱，又帶有羞怯感，精神恍惚的臉孔。

在黑暗中，看不到閑靜地流動著的煙，抽起來，煙味怪怪的。他把香煙放進煙灰缸裡搓熄，深深地吐著氣，彷彿要把內心的煩惱也能像這樣吐出來。

這時，玻璃窗發出了微弱的響聲。友彥帶著懷疑的眼光看著。可是由於太暗的關係，看不清楚。他嘟喃著說：

「恐怕是刮風吧。」

可是，鈝噠鈝噠的響聲，響個不停，接著玻璃發出破裂聲，甚至於傳出了開窗的聲音。然後，似乎有人影進入屋裡的樣子。

友彥緊張起來。然而，可以出聲的機會已經失去了。事到如今，要是大聲喊叫的話，沒有人能夠預測會發生什麼事情。他所能做的，只有屏息仔細觀察情況的發展罷了。

手電筒點亮了，帶有黃色的亮光，開始照射著房內。這中間，光線也照出了躺在床上的友彥。手電筒持有人，發出了受驚的聲音。

「這是怎麼一回事？是不是生病？難道是死了……」

友彥的臉被手電筒的光照射著，眼睛晃得幾乎要閉起來似的說：

「べつに病気ではないよ。だが、病気よりひどいと言えるだろう。心の悩みで、死にたいくらいだ。だれだかしらないが、ほっておいてくれ」

「変な所に入り込んだものだな。留守だとばかり思っていたのに。おれは泥棒だ。声を立てるな。金目のものを出せ。これが目に入らないか」

侵入者はどぎまぎした口調だったが、しだいに物なれた口調をとり戻してきた。

「なにを持っているのか、暗くてよくわからないが、手むかいはしない。第一、そんな元気もないよ。まあ、電気をつけよう」

「まて。そんなことをしたら、おれの姿がそとから見えてしまう。カーテンをしめてからだ。いいか、変なまねをするなよ」

侵入者はカーテンを引き、友彦は電灯のスイッチを入れた。スタンドの光があたりの闇を追い払い、侵入者を見ることができた。

年齢は友彦と同じくらいらしいが、がっしりした体格だった。サングラスをかけているため、顔つきはよくわからない。

手には鋭いナイフを持っていて、その切先きが宙に弧を描いた。友彦は青ざめ、目をそむけ、震え声で言った。

「早くそれをしまってくれ。そんなものは、これ以上、見ていたくない。おとなしくするから、それだけは引っこめてくれ」

「我並沒有生病啊。不過，可以說是比生病還要嚴重。心裡煩惱得簡直想死。我不知道你是什麼人，請不要管我。」

「跑進了怪地方。我蠻以為裡頭沒有人呢。老子是小偷，不要出聲！把值錢的東西拿出來！我手裡的東西看到沒有？」

侵入者雖以慌張的口氣說，不過還是逐漸恢復到熟練的語氣。

「你手上拿的是什麼，黑暗得看不清楚，我不會還手的。第一，我已沒有那種氣力了。哦，開開燈吧。」

「等一等，燈一開我的容貌就會被外面看清楚。要開燈也得等拉上窗簾才開，聽清楚沒有？請別亂來！」

侵入者扯上窗簾，友彥打開電燈。檯燈的光照亮了附近的黑暗，友彥可以看到侵入者的面目。

年齡大約跟友彥相同，體格魁梧。由於帶著太陽眼鏡，相貌看不清楚。

手上拿著尖刀，刀鋒在空中畫了個弧形。友彥臉色蒼白，移開視線，以發抖的聲音說：

「趕快把手上的東西收起來。那種東西不願意再看了。只要把它收起來，我會好好聽你的話。」

「そうしてもいい。だが、そのかわりしばらせてもらうぜ」

侵入者はポケットからひもを出し、手足をしばった。なれているのか、それは手ぎわよく、完全だった。友彦は話しかけた。

「さがすのはご自由だが、たいしたものはないよ」

「あるかないかは、こっちできめることだ。そんな言葉でおとなしく引きさがる泥棒など、あるわけがない」

泥棒はとりあわなかった。低いがすごみのある声だった。何度も場かずをふんでいるのかもしれない。そして、壁ぎわの洋服ダンスなどをあけはじめた。友彦は言った。

「服をみんな持っていってもいい。そこにフロシキも入っている」

「いやに協力的だな」

「ああ、もう、おしゃれをする気もしなくなったからね」

「大きなフロシキをしょって、夜の道を歩けるものか。そんなのは漫画に出てくる泥棒だ。まあ、おれの仕事中は黙っていてくれ」

侵入者は洋服ダンスの上をのぞき、小さな本棚に目を走らせた。熟練した検査工が、製品を調べるのに似ていた。友彦は指示された通りに黙っていたが、好奇心を押えられなくなって聞いた。

「こんなことを、いつもやっているのか」

「可以收起來。可是，你要讓我把你綁起來呀。」

侵入者從口袋裡拿出繩子，把友彥的手腳給綑綁起來。這種動作也許是做慣了的關係，手法熟練，綁得很緊，友彥開口說：

「你可以隨便去找，不過並沒什麼值錢的東西。」

「有沒有值錢的東西是我的事。世界上那有聽了你的話就乖乖回去的小偷！」

小偷不聽他的話。他的聲音低沉帶有威脅的語氣，看來是個慣賊的樣子。於是他就開始打開牆壁附近的衣櫥等。友彥說：

「你盡可把全部衣服都拿走，裡面還有包袱巾。」

「未免太合作嘛。」

「嗯，因爲我已經沒有趕時髦的心情了。」

「難道你要我背著大包袱在夜路上行走？那是出現在漫畫上的小偷。嘿，在我工作期間，你不要開口！」

侵入者窺視了衣櫥上面，並把視線投向了小書架。這種動作像熟練的檢查工在檢驗製品似的。友彥雖然聽從對方的指示默不作聲，然而，由於控制不了好奇心的驅使，終於開口問了：

「這種事你經常幹嗎？」

「まあ、そういったところだ」

「成功つづきか」

「いままで、失敗したことはない。おれの手口はこうだ。まず、灯のついていない部屋を調べ、そこのドアをノックする。応答があったら、適当にごまかして引きあげる。応答がなく、留守とわかればしめたものだ」

「すると、さっきのノックが……」

「そこで、窓のほうから侵入する。椅子かなにかで内側からドアを押えておけば、住人が帰ってきても、逃げ出す時間は充分にある」

話の内容もさることながら、その自信にあふれた口ぶりのほうに、友彦はまず感心した。

「なるほど、考えたものだな。しかし、万一、失敗してつかまったらどうする」

「そんなことを考えていたら、なにもできない。どんな商売についても、言えることだ。そうじゃないか」

「そう言われると、その通りだ。きみは自信にみちていて、うらやましいな」

友彦はうなずきながら言った。相手はあわれむような口調になった。サングラスのむこうには、あわれむような目つきがあるにちがいない。

「あんたは、くよくよしすぎる性格のようだな。それはよくないぞ。悩んだからといって、なんの役に立つ。現代に生きるのに必要なのは、強い神経、それに自信と行動あるのみだ」

「嗯，可以這麼說。」

「沒有失風過？」

「到目前爲止，還沒有失風過。老子的手法是這樣的。首先，查看一下沒有點燈的房屋，然後走去叩它的門。要是有人應門，那就找個適當的藉口應付對方，然後走開。如果沒有人應門，知道屋裡沒人，這下子可好極了。」

「那麼，剛才的叩門聲……」

「因此，我就從窗口進去，用椅子或是什麼的從裡面而擋著門的話，即使主人回來，還是有充分的時間得以逃走。」

話雖然說得頭頭是道，不過對於充滿自信的語氣這點，友彥倒是由衷的佩服著。

「果然設想得很週到。不過，萬一失手被抓到的話，那怎麼辦？」

「這點也要考慮的話，那什麼事都無法做了。無論什麼生意都是這樣。可不是嗎？」

「你這麼一說，誠然不錯。你充滿自信這點，實在令人羨慕。」

友彥邊點頭邊說。對方的語氣也變得憐憫起來，在太陽眼鏡的後頭，準會有憐憫的眼神。

「你的性格好像過於鬱悶不樂的樣子。這樣不好！就是煩惱也於事無補。生存在現代社會所不可或缺的，就是堅强的意志，加上自信與行動。」

「そんな性格になりたいものだよ。自分でも、つくづくそう思う」

「なれるとも。だが、性格とは、他人が与えてくれるものではない。自分で努力し、築きあげるものだ。しかし、いったい、なんでそう絶望的になっているのだ」

と相手は聞き、友彦は口ごもったあげく、吐き出すように言った。

「女だ。女のことだ。そのことで、これからどうしようかと、さっきから……」

「説明しなくてもわかっている。どうせ、おまえさんの性格だ。ていよく振られたというわけだろう」

「ああ、冷たくあしらいやがった。ひどい女だ。ぼくに将来性がなく、金がないからといって……」

友彦はしだいに興奮しかけてきたが、侵入者は舌うちし、話をもとにもどした。

「そんなことだろうと思った。まったく、目ぼしい物はなにもない。あわれなやつだな」

「ポケットに万年筆がある。金ペンだ。机の引出しには、質札がある。金銭に関係したものといったらそれくらいだ」

「くだらん、最低だ」

泥棒は机の上を眺め、銀色のものを見つけ、手を伸ばした。伏せておいてある、写真立てだった。友彦は気がついて言った。

「あ、忘れていた。それは銀製だ。持っていってもいいよ。だが、その写真はどこかへ捨て

「我很希望我的性格能變成那樣。自己曾痛切地這樣想過。」

「可以改變。不過，性格不是別人可以給的。要靠自己努力去培養，可是到底什麼事使得你那樣頹喪？」

經對方這麼一問，友彥終於結結巴巴地吐露說：

「女人。女人的事情。爲了這件事，今後該怎麼辦，從剛才……」

「不用說明我也知道。就是老兄的性格使然。難道不是被女人甩了嗎？」

「哎，待我冷淡。無情的女人，嫌我沒有前途，沒有錢……」

友彥逐漸激動起來，侵入者卻咋起舌來，而恢復到原來的話題。

「果然不出所料，比較值錢的東西全沒有，可憐的傢伙。」

「口袋裡有鋼筆，筆尖是金的。桌子的抽屜裡有當票，跟金錢有關連的，就是這些罷了。」

「沒有用。這是我遇到過的最糟的地方！」

小偷望了望桌子上面，發現到銀色的東西，於是把手伸過去。正面朝下放著，是個相框。

友彥發覺之後，說：

「噢，我倒把它給忘了，那是銀製的。你盡可拿去，不過，要把相片丟掉，因爲不願意再

てくれ。もう見たくないので、伏せてあるわけだ」

侵入者は手に取り、あかりにむけた。

「こんな品は盗んでも価値はない。なるほど、これが問題の女か。たしかに、冷たい感じのする女だな」

「ああ、つくづく思い知らされたよ。そこで、ぼくは……」

「わかったよ。おれは、おまえさんの愚痴を聞きに来たのではない。それにしても、聞いていて歯がゆくなるな。おれと同じぐらいの年齢だろうに。情けないったらないぞ。おれは、これだけ頭を使い、からだを張り、毎日毎日を生き抜いている。手に入れた金は、思いのままに使う」

「いい生活だな。それで、良心はとがめないのかい」

「過去を考えても、しようがないだろう。やってしまったことは、反省したって、どうなるものでもあるまい。また、明日は明日だ。明日のことを、あれこれ考えてみても無意味だ。水爆が落ちるかもしれんし、地震が襲うかもしれん。自動車事故にあうかもしれんし……」

侵入者は活気のあるしゃべり方だった。それにつられ、友彦も少し笑った。

「泥棒に入られるかもしれんし……」

「まぜっかえすな。要するに、考えることは、今日という一日だけでいい。そのかわり、全能力を注ぎこみ、後悔しないだけ楽しむのだ。これ以外に、現代の生き方があるか」

看它，所以朝下放著。」

侵入者拿在手上，對著燈光。

「這種東西偷了也不值得。誠然，這就是問題的女人，的確與人冷淡的感覺。」

「哎，我痛切地體會到了。於是，我……」

「知道啦！老子並不是來聽老兄發牢騷的。儘管如此聽起來眞是令人扼腕。你的年齡跟我差不多，眞是沒出息！老子這樣地動腦筋，以生命爲賭注，日復一日地過日子，得到的錢，任意揮霍。」

「多麼愜意的生活。良心上沒有苛責嗎？」

「回顧一下過去，也沒有什麼辦法呀。已經做了的事情，即使加以反省，也已經無能爲力了。還有，明天就是明天。這樣那樣的去考慮明天，多沒有意思。說不定氫彈會落下來，或者會發生地震，也許會遭遇車禍……」

侵入者生動活潑地聊起來。友彥也隨著他微笑起來。

「說不定樑上君子會光顧……」

「不要打岔。總而言之，要考慮的事情，只有今天一天就夠了。不過，要把全部能力貫注下去，毫不後悔地盡情享樂。除此之外，還有別的現代生活方式嗎？」

「わかった。ぼくにも力がわいてきたようだ。これからは、きみを見習って生きることにしよう。さっきまでは、これからどう生きようかと、悩んでいたところだ。きみに会わなかったら、ぼくの明日はどうなっていたことか。よく泥棒に入ってくれた……」

その時。ドアにノックの音がした。泥棒はぎくりとし、警戒心をとり戻した。

「だれだ、やってきた者は」

「あけてみなくては、わからない」

「適当に返事をして追いかえせ。変にさわぐなよ」

泥棒はポケットに手を入れ、ナイフをにぎった。しかたなく、友彦はドアに声をかけた。

「はい。なんのご用でしょう」

それに対し、ドアの外の声は答えた。

「夜おそくおじゃましますが、警察の者です」

それを聞いて泥棒は顔色を変え、友彦とのあいだに、早口の会話がかわされた。

「なぜばれたのだろう。おまえが連絡したのか」

「そんなことはない。ここには電話もなければ、非常ベルもない」

「いずれにせよ、おれは逃げる。あばよ」

「無理だろうな。たぶん、窓の外にも待ち構えているだろう」

「知道啦。我覺得我已產生了力量似的，從今以後我要學學你活下去。到剛才爲止，我還在爲了今後應該如何過活而傷腦筋哩。如果沒有碰到你，我的明天不知會是什麼樣子。小偷來得正好！」

這時，有人叩門，小偷嚇了一跳，恢復了警戒心。

「誰在叩門？」

「不開門不知道。」

「好好回答並把他趕走，不要大驚小怪。」

小偷把手伸進口袋裡，握著小刀。友彥沒有辦法，只好朝著門開口說：

「呃，有什麼事嗎？」

門外的聲音，對著這句問話答道：

「對不起，這麼晚來打擾，我們是警察。」

聽了這句話，小偷的臉色變了，並以說急口令般的語氣跟友彥交談起來。

「是怎麼洩露出去的？是你連絡的嗎？」

「沒有這回事。這裡沒有電話，也沒有緊急鈴。」

「不管怎麼樣，我要逃走就是了，再見。」

「逃不掉吧，大概窗外也有警察在把守的樣子。」

「ああ、もうだめか。畜生」

泥棒はカーテンから外をうかがい、警官らしい人影をみとめ、がっかりしたように言った。

友彦はそれをなぐさめ、提案した。

「その洋服ダンスにかくれたらどうだ。ぼくが、うまくごまかしてやるよ」

「ご親切だな。だが、その手には乗らない。そのまま警察に引き渡すつもりだろう。おれは、それほど甘くはない。あくまで抵抗し、脱出してみせる」

「無茶なことをするなよ。しかし、簡単に他人を信用しないのも、無理からぬことだ。では、こうしたらどうだろう。ぼくのほうが洋服ダンスに入る。きみはぼく、つまり山下友彦になりすまして応対に出るという方法は……」

と、友彦は自分の名案に目を輝かせた。

「それはいい。しかし、いやに親切だな」

「きみはなにも盗まなかったばかりか、生きる方針を与えてくれたじゃないか」

泥棒はうなずき、ポケットのナイフを出し、友彦の手足のひもを切った。ドアの外からは、いらだった声が響いてきた。

「警察です。早くあけて下さい。無理にでもあけて入りますよ」

友彦は洋服ダンスに入り、泥棒はサングラスをはずしながらドアにむかった。

「お待たせしまし。いま、おあけします」

「哎，已來不及了。畜生！」

小偷從窗簾窺視著窗外，看到像警察的影子，頹喪的說。友彥安慰他，向他建議。

「躲在那個衣櫥裡面怎樣，我會好好欺瞞警察。」

「你倒蠻親切的。不過，我才不上你的當。你打算就這樣把我交給警察吧？老子並不是那樣容易上當的。我要抵抗到底，並且逃出去。」

「不要胡搞呀。但是，不輕易信賴別人，並不足為怪。那麼，這樣好了。讓我躲在衣櫥裡，你就做我的槍手，就是冒充山下友彥而去應付，不知……」

友彥為了自己的妙計，眼睛露出炯炯的光輝。

「這樣很好。可是，你未免太親切了。」

「你不但什麼都沒偷走，反而給予我生存的方針，可不是嗎？」

小偷點了點頭，拿出口袋裡的小刀，割斷綁在友彥手腳上的繩子。從門外傳出了焦急的聲音。

「我們是警察，請趕快開門。不然，我們會硬把它打開。」

友彥躲進衣櫥，小偷邊取下太陽眼鏡，邊走向門去。

「讓你們久等了，我現在就開門。」

ドアをあけると、三人の警官が油断のない身構えで立っていた。その一人が言った。

「山下友彦さんの部屋ですね」

「ええ、ぼくがそうです。夜おそく、ごくろうさまです。泥棒さわぎで、このへんに追いつめでもしたのですか。しかし、ごらんの通り、ここは大丈夫ですよ」

泥棒は、そつのない答えをした。その生活信条のごとく、笑いながら、自信にあふれた口調だった。しかし、警官は顔をしかめた。

「なにを言っている。とぼけてもだめだ。おまえを連行しに来たのだ。海岸に女の死体が流れついた。ナイフで刺されたのが死因だ。その女の身もとが判明し、おまえがいつもつきまとっていたことがわかった」

「なんですって。殺人とは、ひどい誤解だ。第一、おれは山下友彦ではない」

「それなら、なぜさっき認めた。なぜ、ここにいる」

「じつは、その……」

「それみろ、答えられまい。文句があるのなら、署でゆっくり聞いてやる」

泥棒は突然あばれ出し、わめき声をあげた。だが、たちまち取り押えられた。その時、ポケットからナイフが落ちた。警官は、

「凶器もあった。これで、家宅捜査の必要もないだろう」

と手錠をかけ、引き立てていった。

門一打開，三個警察以如臨大敵的姿態站在門口，其中一個說：

「這是山下友彥先生的房間吧。」

「唔，我就是山下友彥。這麼晚，太辛苦你們了。是不是因小偷的騷擾，而追到這附近來？但是，你們可以看出，這裡安全無恙。」

小偷回答得既圓滑又周到。正如他的生活信條那樣，邊笑著，而語氣充滿自信。可是，警察皺起眉來。

「你在說什麼？裝傻也沒有用呀。我們是來逮捕你的。有一個女屍首漂流到海邊，是被小刀刺死的。屍首的身份已查明，而經常糾纏那女人的就是你呀。」

「什麼？殺人？這是天大的誤解。第一，我不是山下友彥。」

「什麼？你不是剛才承認過嗎？爲什麼在這裡？」

「其實，這……」

「你看，答不出來了。有異議的話到警署再慢慢談。」

小偷突然亂鬧起來，並開口嚷叫。可是，立刻給逮捕了。這時，口袋裡的小刀，落在外面。

「連兇器都有了，這麼一來，就不必搜查屋子了。」

警察說著，扣上了手拷，把他帶走了。

みなが去ったあと、洋服ダンスから友彦があらわれ、だれもいないのをたしかめ、軽くつぶやいた。

「女に冷たくされ、かっとなって殺してしまったものの、自首の決心がつかず悩んでいたとこだった。しかし、いまのやつのおかげで、現代の生き方とやらを教えられた。一瞬一瞬に全能力を注ぎこめばいいらしい。やったことを、くやんでもしかたない。明日を思い悩んでも意味がない。逃げられるだけ逃げ、人生を楽しむことにするか。なんとかなりそうな気がしてきたぞ」

そして、みちがえるような明るい表情になり、服を着かえ、ドアから出ていった。

大夥離開之後，友彥從衣櫥出來，確定沒人之後，輕聲嘟喃著：

「被女人冷落，勃然大怒把她殺了，正在為自首的事猶豫不決而傷腦筋。但是，託了那傢伙的福，學到了現代生活方式等等。要一瞬間一瞬間地全力以赴就行了。對已做過的事情後悔也沒用。為明天煩腦也沒意思。能逃就盡量逃，並且盡情享受人生吧。好像變成有什麼辦法似的！」

於是，表情變得開朗起來，簡直判若兩人，換了衣服，從門走了出去。

暑い日の客

ノックの音がした。

暑い夏の日の真昼。ここは都心に近いビルの一室、水瀬博士の診療所だ。博士は中年の男で、精神分析療法を専門としていた。早くいえば、心の悩みをなおすのが仕事だった。したがって、一般の病院とちがい、医療機械のたぐいは置いてない。壁ぎわの本棚には、横文字の学術書や文献がぎっしり並べられ、権威ありげなムードをただよわせている。室内は、上品なつくりで静かだった。

ノックの音が響いたが、博士は机にむかい、書類に目を通しつづけていた。聞こえなかったのではない。来客は助手が取次ぐことになっているからだ。

またもノックの音がした。博士はやっと気がついた。助手はさっき食事に出かけたままで、まだ戻っていないことを。いま室内にいるのは、博士ひとりだ。彼は顔をあげ、ドアに呼びかけた。

「どうぞ、おはいり下さい」

ドアが開き、小さなカバンをさげた青年が入ってきた。ネクタイはしていないが、この暑

熱天的訪客

有人叩門。

夏日炎熱的正午。這裡是接近市中心的大廈內的一個房間，水瀨博士的診所。

博士是個中年人，是個精神分析療法的專家。說白一點，他的工作就是醫治內心的煩惱。因此他的診所跟一般的醫院不同，沒有擺設醫療器械之類的東西。牆壁旁邊的書架，排滿了橫寫的學術性書籍或文獻，與人一種權威的氣氛。室內的裝璜高尙而寧靜。

盡管有人在叩門，博士依然身向桌子，不停地在看著文件。他並不是沒有聽到叩門聲，而是來客一向是由助手去回話。

門又被叩了。博士好不容易才察覺到助手剛出去吃飯，還沒有回來這件事。此刻留在屋裡的，就只有博士一個人而已。他抬起頭，對著門喊道：

「請進來。」

門被打開，進來了一位手拿小皮包的青年。雖然不結領帶，不過在這樣炎熱的日子裡，卻

いのに、きちんと上着をつけている。といって、礼儀正しいわけでもなさそうだ。帽子をかぶり、黒い眼鏡をかけていて、室内に入っても、そのいずれをも取ろうとしない。濃い黒眼鏡のせいか、顔の色が目立って白く見える。

青年はうしろを気にしながらドアをしめ、大きく息をした。なにかにおびえてでもいるようだ。だが、のんびりした顔でここへやってくる患者など、あるわけがない。水瀬博士はやさしく声をかけた。

「さあ、気を落ち着けて、こちらへおいでなさい」

そして、机のそばの椅子を指さした。しかし、青年は立ちどまったまま、細い声で言った。

「あの、先生でいらっしゃいますか……」

ひどく女性的な声だった。そういえば、動作にも女性的なところがある。どんな精神的な欠陥なのだろうか。職業がら、博士はそんなことを考えながら答えた。

「ええ、わたしです。ところで、まず帽子でもお取りになったらどうです。それに、眼鏡も。気持ちをゆっくりさせて下さい」

相手はしばらくためらっていたが、それに従った。すると、青年はたちまち女性に変化した。いや、女性であることがはっきりしたのだ。

短く刈ってあるとはいえ、髪はやわらかみをおびた女性のそれであり、切れの長い目も、

還整齊地穿著上衣。盡管如此，也不見得像是個彬彬有禮的人。頭上戴著帽子，臉上帶著黑眼鏡，進到屋裡來，還不想把這些東西拿下來。可能是眼鏡的顏色較深的關係，臉色白得出奇。

青年一邊關心背後，一邊關門，深深地吐了一口氣。好像在害怕什麼似的。可是，來這裡的患者等，那會有臉上露出悠然自得的表情者。水瀨博士懇切地對他說：

「喏，請沉著氣到這邊來吧。」

於是，指著桌邊的椅子。但是，青年動也不動地直立著，輕聲細語的說：

「咦，不知是醫師嗎？」

十分女性化的聲音。這麼一說，動作上也有些地方很像女人。到底是患有什麼精神上的缺陷呢？由於職業上的關係，博士邊這樣想邊回答：

「噢，我就是。不過，請先把帽子脫下來怎樣？眼鏡也拿掉。讓心情平靜下來吧。」

對方猶豫了一陣子，結果還是聽從博士的話。於是，青年立刻變了女性。不，根本就是個女人。

頭髮雖然剪得很短，不過卻帶著女人所擁有的柔軟性。細長的眼睛，纖細的眉毛，以及沒

細い眉も、ひげのそりあとのない白くきめのこまかい皮膚も、すべて美しい女性であった。ほっそりとした容姿で、としは二十五歳ぐらいだろうか。心の奥で、大きな悩みを持てあましているような表情だった。

普通の人なら、驚きの声をあげるところだろう。だが、水瀬博士にとっては、べつに珍しい事態ではない。ここへのお客は、みなどこかしら異常なのだ。博士は冷静な口調で言った。

「暑いでしょう。上着もおとりになったら」

「ええ、そうさせていただきますわ。男のかたって、こんな服装でよくがまんできますのね」

女は上着をぬぎ、軽くたたんで、そばの台の上にのせた。その動作は、まぎれもなく女性のしぐさだった。

いや、そんなことでたしかめるまでもない。ワイシャツの胸のあたりのふくらみは、なまめかしい感じをともなって、呼吸とともに波うっている。また、男物のズボンのため、ヒップがきゅうくつそうだった。

椅子にかけた女に、博士は話しかけた。

「ここへは、あらかじめ予約してから、おいでいただくことになっているのですが……」

女は首をかしげ、まばたきをした。

「あら、さっきお電話で受付のかたにお話ししたら、すぐに来るようにとのことでしたのよ。

有因刮過鬍子而留下痕跡的白皙而細膩的皮膚，全是美麗女性所具有的。身材苗條，芳齡大約二十五歲。從臉上的表情看，好像在心底深處，懷有難於處理的大煩惱似的。

要是常人的話，可能會驚叫起來吧。可是，對水瀨博士來說，這是司空見慣的事。到這裡來的客人，每一個人無不在某些地方有毛病。博士以冷靜的語氣說：

「很熱吧？上衣也脫下來怎樣？」

「唔，脫下來也好。你們男人眞不簡單，在這樣炎熱的天氣，穿得住這種衣服。」

女人脫下了外衣，輕輕地疊起來後把它放在旁邊的臺架上。所有動作，十足是女性的。不，也可以不藉這些來證實這點。因爲襯衫胸部的隆起，與人嬌媚的感覺，且隨伴著呼吸在上下起伏著。還有，因穿著西裝褲的關係，臀部有點繃緊的樣子。

博士對坐在椅子上的女人開口說：

「來這裡以前，應該先預約……」

女人歪著頭，眨了眨眼睛。

「哎，剛才打電話來時，那位接電話的先生要我馬上來。那時，他還告訴我到這裡的路線。」

その時、ここへの道順を教えていただいたし」

「あ、そうでしたね。失礼しました」

水瀬博士はそつなく答えた。助手のやつめ、報告するのを忘れたまま外出したとみえる。暑さのせいで、ぼんやりしたのだろう。帰ってきたら、よく注意してやらなくてはならない。

しかし、博士はそんな内心を、少しも表情に出さなかった。手落ちはこっちにあるのだし、最初から患者と議論になってはよくないのだ。また、どことなく興味をひかれる女性でもある。興味とはいっても、学術的な興味だが。

女は、あたりを見まわしながら言った。

「あたし、こんなところへうかがうの、はじめてですの。ずいぶん迷いましたけど、思いきっておたずねしてみると、やはりよかったと感じますわ。なんだか、心からたよれる気持になって、ほっとしましたわ」

博士は満足げにうなずいた。軽薄で不安げな印象を与えては、この仕事にさしつかえる。まず、お客に信頼感をいだかせるのが第一なのだ。

彼はメモ用紙と鉛筆とを用意し、ものやわらかな、しかも威厳をともなった口調で言った。

「なにからおたずねしましょうか。まず、住所とお名前からでも……」

「ええ、でも、それが……」

と、女は口ごもった。

「噢，原來如此，很抱歉。」

水瀨博士圓滑的回答。助手這傢伙，忘記報告我就出去的樣子。或許是天氣炎熱而昏了頭也未可知。等他回來時，非好好警告他不可。

然而，博士絲毫也沒有把心裡面的這種想法，表現於外。何況過失在自己，一開始就和患者發生爭論是不好的。再者，對方也是一個不知在那一點引他興趣的女人。雖說是興趣，只不過是學術性的興趣。

女人一邊環顧四週，一邊說：

「這是我有生以來第一次拜訪這種地方呢。爲了此事事前雖然感到十分困惑，不過待我下定決心來到這裡後，還是覺得的確不虛此行。不知怎麼的，由衷地發生了一股信賴感，使我鬆了一口氣。」

博士心滿意足地點了點頭。要是與人輕浮而不安的氣氛，必然妨害這種工作。最重要的，要先讓客人產生信賴感。

他準備了便條紙和鉛筆，以溫和卻帶著威嚴的口氣說：

「從什麼開始問起呢？先從地址和姓名……」

「咦，不過，這……」

說到這裡，女人就說不出話來了。

「いまおっしゃりたくないのでしたら、この次の時でもかまいませんよ」

ここへの患者で、最初から堂々と住所氏名を告げたくない気分のあることは、よくわかっている。その抵抗にさからって、無理に聞き出すのもよくないのだ。相手は開きかけた心の殻を、ふたたび固く閉じてしまう。

だが、女はその意味をとりちがえたのか、カバンに手を伸ばしながら言った。

「あの、お金のことがご心配なのでしたら、いま、お払いいたしますわ」

「いえ、あとでもけっこうですよ。で、お悩みごとは、どんな問題でしょう」

「あの、それが……」

また女はためらい、博士はうながした。

「どうぞ、安心してお話し下さい。このような職業では、お聞きした内容を、決してよそにもらせないことになっております」

「そのことは、なにかの本で読んだことがございますわ。でも……」

「さあ、勇気を出して、打ちあけて下さい。そうでなければ、問題は少しも解決しません。協力的になっていただけるほど、わたしも仕事がやりやすいのですよ。そして、それがあなたのためにもなるわけでしょう」

女はやっと話しはじめた。

「さっきのお電話でお話ししましたけど、あたし、殺してしまったのですわ

「如果現在不願意說的話，等下次來時再說也沒有關係。」

博士充分了解，來這裡的患者，抱有不願意一開始就大方地說出姓名和地址的心情。不顧這種抗拒，勉強問到底是不好的。對方會把已經打開的心扉，重新緊閉起來。

然而，女人說不定會錯了博士的意思也未可知，一邊把手伸入皮包一邊說：

「嗯，如果擔心錢的話，我現在就付給你。」

「不，等一下也無所謂。那麼，什麼問題使你煩惱？」

「嗯，這個……」

女人又猶豫起來，而博士催促她說：

「請放心說出來吧。我們幹這一行的，絕不會把聽到的事情，向外洩漏的。」

「這件事記得在那一本書上看過，不過……」

「呃，鼓起勇氣坦白說出來吧。要不然，問題一點兒都無法解決。妳愈能跟我合作，我的工作愈容易進行。而且，這也可以說對妳有益處。」

女人勉勉強強開始說起來。

「在剛才的電話裡已說過了，我，殺掉了。」

水瀬博士は依然として冷静で、メモをながめるふりをし、確認するような調子で言った。

「ああ、そんなお話しでしたね。で、殺したのは、なんでしたでしょう」

「豚よ」

女は吐きすてるように言った。異様な響きがこもっている。普通の人なら、その対比の意外さに、笑い出すところだろう。しかし、水瀬博士はちがう。メモに記しながら、ちょっと考えただけだった。

そう重症の患者でもなさそうだな。神経のこまかい女性なら、豚の死でも相当ショックを受けるものだ。自動車で田舎道を走っていて、豚にぶつけでもしたのだろうか。しかし、なんでそれが男装と結びつくのだろう。こんな例は、いままでになかったようだ。

しかし、彼はあまりくわしく聞くのを避けた。最初から核心に触れようとしないほうがいいのだ。この女がどんな精神状態にあるのかを、大ざっぱにつかむのが先決だ。博士はなにげない口調で聞いた。

「で、豚が死んで、どんなお気持ちですか」

「そんなことにも、お答えしなければなりませんの」

「おいやならけっこうですが、ここが重要な点のような気もしますので」

博士は無理じいをしなかったが、女は答えてくれた。

「そうかもしれませんわね。かわいそうな気もするし……」

水瀨博士仍然保持冷靜的態度，假裝望著便條，而以確認似的聲調說：

「噢，就是這麼一回事。那麼，殺掉的是什麼？」

「豬。」

女人不屑似的說。語氣裡含有異樣的反響。要是普通的人，很可能會因此一意外的對比而笑出聲來。可是，水瀨博士並不如此，他只是邊寫在便條上，邊稍加思考而已。

看來並不是個重症的患者。如果是神經線很細的女人，即使對於豬的死，也會受到相當的震驚。是不是開著車子在鄉村的道路上行駛，而撞到了豬？然而，這件事跟男裝，又有什麼關係呢？這種病例，到現在爲止，似乎還沒有遇到過。

但是，他避免追根究底式的盤問，不要一開始就涉及問題的核心比較好。這個女人到底處於何種精神狀態，當急之務倒是要大略抓住這點，博士以若無其事的語氣問道：

「那麼，豬死掉了，妳感到怎樣？」

「這件事，也非答不可嗎？」

「不願意回答也無所謂，不過，我覺得這點很重要似的。」

博士雖不强求她回答，可是，女人還是答了。

「也許是的，我也感到可憐……」

「でしょうね。ほかにも、なにか感じますか」

「ええ、その一方では、さっぱりした気分ですわ」

なるほど、ちょっと異常なところもあるようだ。博士はさきをうながした。

「あなたは、ここへおいでになる気になられた。その決心の原因はなんでしょうか」

「お電話でお話ししましたわ。犬よ」

博士は心のなかで顔をしかめた。助手のやつめ、黙って外出してしまいやがった。おかげで、こっちはつじつまを合わせるのに、ひと苦労だ。

「いや、大切な部分は、ご本人の口からくりかえしていただき、たしかめなければならないのです。犬がどうなのですか」

「犬に追いかけられているのよ。犬に」

女の口調は、犬という語で激しくなり、嫌悪と不安のまざった感情があった。それにしても、豚と犬とは、妙な取り合せだ。幼年時代に童話にでも熱中しすぎ、それが豚の件で心の内部において、表面化したのかもしれない。博士はメモをとりながら言った。

「犬のこないような場所へ行きたいとは、お考えになりませんか」

「もちろん、それはやってみましたわ。それで、いまはホテルに泊っておりますの。いろいろとホテルを移ってみましたけど、かぎつけるらしく、犬はあくまで追ってきますの。それがいやで、いやで……」

「可不是嗎？除此之外，還有什麼感覺呢？」

「唔，在另一方面感到痛快。」

果然有點兒異常似的，博士鼓勵他繼續說下去。

「什麼原因使妳下決定，要到這裡來？」

「在電話裡說過了。是狗呀。」

博士心裡覺得不對勁。助手那傢伙，不打個招呼就出去了。害得我要花一大把工夫才能弄清眉目。

「不，重要的部份，非得由本人重覆敘述，加以釋明不可，狗怎麼啦？」

「被狗追趕，被狗。」

女人的語氣，說到「狗」就激烈起來，混合著嫌惡與不安的情緒。盡管那樣，豬和狗是很妙的配合。說不定幼年時代，耽讀童話，而藉著這一豬事件，使她心底深處的記憶表面化起來，博士邊記錄邊說：

「有沒有考慮要到狗不去的地方去？」

「當然啦，我就是那樣做。所以現在住在旅館裡。雖然不斷地變換旅館，不過好像會聞出來的樣子，狗一直跟蹤到底。這令人受不了，受不了……」

「なるほど、そうでしょうね」

博士はうなずき、鉛筆のはじをくちびるに当てた。あるいは、実在の犬ではないのかもしれない。この女の心のゆがみがうみだした、幻影の犬なのかもしれない。

「あの、あたし、どうしたらいいのでしょう」

「二つの方法が考えられます。まず、その犬を手なずけようと試みたらどうでしょう。あなたは、とても魅力的な女性です。逃げたりせず、その気になって近づけば、犬だっておとなしくなりますよ」

この指示に、女はちょっととまどったらしかった。しかし、自分の容貌をほめられ、少し笑いを浮かべた。

「そうね。いままで考えもしなかったけど、そういう方法もあったわけね。でも、うまくゆくかしら。もし、だめだったら……」

「もう一つの方法は、勇気を出して立ちむかうことです。いよいよとなったら、豚と同じように、やっつけてしまうのですよ」

女は緊張した。からだをかたくし、目を丸く見開いた。

「そんなことをして、大丈夫かしら」

「大丈夫ですとも、わたしが保証します。いずれにせよ、あなたに勇気を出していただくのが第一です。わたしの仕事は、それをお助けするものです」

「誠然，說得也是。」

博士點了點頭，把鉛筆的一端，擋在嘴唇上。所說的狗，或者不是眞狗。也許是這個女人的內心所曲扭出來的幻影的狗也不一定。

「嗯，我應該怎麼辦才好呢？」

「這有兩個方法可供考慮。首先，妳不妨試試把那隻狗馴服看看。妳是個有魅力的女性。不要逃避要抱著馴服狗的心情去接近牠，即使是狗，還是能馴服的。」

這個建議，使得女人有點兒躊躇似的。但是，自己的容貌被讚美，臉上不禁露出了微笑。

「不錯，到目前爲止雖然沒有想到這點，沒想到也有這種方法。不過，可以行得通嗎？如果不行的話……」

「另外一個方法就是拿出勇氣，面對現實。一旦有危險，跟對豬一樣，把牠幹掉。」

女人緊張起來，身體發僵，眼睛睜得大大的。

「這樣做不要緊嗎？」

「不要緊，我替妳擔保。無論如何，讓妳拿出勇氣是最重要的。我的工作就是幫助妳做這件事。」

水瀬博士の応対は、長い経験で裏打ちされていて、説得力があった。女の表情にも自信がよみがえってきた。

「やってみますわ」

「まあ、あせらずに進みましょう。あしたの午後にでも、またおいで下さい。事態がよい方に進めばいいですね。きょうは、これから、べつなお客の予定があるのです」

博士は時計を見ながら告げた。女は、

「とりあえず、お礼として、これだけお渡ししておきますわ」

と言い、封筒を机の上に置いて部屋から出ていった。しかし、博士は押しとどめようともしなかった。あしたも来るのだし、いずれ精算すればいい。彼はメモの整理をはじめた。

その時、ドアにノックの音がした。

助手が戻ったのなら、ノックはしないはずだ。いまの女が引きかえしてきたのだろうか。それとも、約束の患者だろうか。博士は大声で答えた。

「どうぞ」

だが入ってきたのは、そのいずれでもなかった。となりの部屋に事務所を持つ、福岡という男だった。職業は弁護士。水瀬博士は迎えながら聞いた。

「なにかご用でしょうか」

水瀨博士的應對，是經過長久的經驗錘鍊而成功的，所以具有說服力。女人的表情也恢復了自信。

「好吧。讓我照著你的話試試。」

「嗄，不要急著去進行呀。明天下午再來。情況要是往好的方面發展就好了。馬上就有約好的其他客人要來。」

博士一邊看看鐘錶一邊說。

「這點謝禮，請暫時先收下吧。」

女人說著，把信封放在桌子上，然後走出了房間。然而，博士並不想加以拒絕。反正明天還要來，以後一起算就可以了。於是，他開始整理起記錄來。

這時，有人來叩門。

要是助手回來，那一定不會叩門。是不是剛出去的女人又折回來？或者是約好的患者？博士出聲回答：

「請！」

然而，進來的既不是助手，也不是女人，而是一個名叫福岡的律師。他在隔壁開著律師事務所。水瀨博士邊迎邊問：

「有什麼事嗎？」

「いや、たいしたことではありません。週末にゴルフをごいっしょにどうかと、おさそいに寄ったわけですよ」

「けっこうですな。暑い日がつづきますから、高原のゴルフ場へ出かけるのは大賛成ですよ」

ふたりは汗をぬぐい、福岡弁護士は思い出したように言った。

「暑さのせいか、妙なことがありましたよ。秘書の話だと、さっき女の声で電話があったそうです。自首をしたいから、わたしに相談したいとかで。場所を教え、すぐ来るように言ったのですが、いまだに来ません。真に迫っていて、たちの悪い冗談でもなさそうだったということですが」

「どんな事件なのです」

「なんでも、豚のようにいやらしい亭主を殺してしまったとか。大金を持って逃げたが、亭主の部下の、犬のように忠実な男に追いまわされているとも言っていたそうです。男装して逃げまわっているという話です。もしやって来たら、水瀬先生に精神鑑定をおたのみすることになるかもしれません。その時は、よろしく願いますよ。しかし、いままで来ないところをみると、暑さでのたわごとなのでしょうな」

それを聞いて、冷静な水瀬博士も息をのんだ。その女なら、もう来ましたよ。こう言おうとしたのだが、あの女がいまごろなにをはじめているかを考えると、とても声に出せなかっ

「不，倒不是什麼重要的事情，我是來邀你週末一道去打高爾夫球的。」

「好啊。接二連三的熱天，所以到位於高原的高爾夫球場，我舉雙手贊成。」

兩人擦了擦汗，福岡律師好像想起什麼似的說：

「大概是熱天的關係吧，我碰到一件怪事。秘書告訴我說，剛才接到女人打來的電話，說想要自首，所以要和我商量。告訴她地點，並且要她馬上來，可是，到現在還沒有來。事情很逼眞，看來並不像惡意的開玩笑似的。」

「什麼事件呢？」

「據說是殺了像豬般的討厭丈夫，並且還說過帶著巨款逃跑。可是卻被丈夫的部下，像狗那樣忠實的男人緊緊的追蹤不捨。而且打扮成男人到處逃。如果來的話，說不定要託你水瀨大夫做精神鑑定。那時就要多多拜託你啦。可是到現在還沒有來，依我看來可能是天氣熱的關係，而胡說八道似的。」

聽了這番話，連冷靜的水瀨博士也屏息了。那個女人已經來過了。博士本來打算這樣說。但是當他想到那個女人現在到底開始在做些什麼時，簡直無法說出口。

た。

福岡弁護士が自分の部屋へと戻り、入れかわりに助手が帰ってきた。そして、呆然(ぼうぜん)としている水瀬博士に言った。

「先生、おそくなりました。じつは、ここの看板がよごれているので、店に持っていって、書きなおしてもらってきたのです。なにしろ、この仕事は患者に信頼感を与えなければなりません。よごれていないほうが、印象もいいでしょう」

福岡律師回到自己的事務所去，接著助手也回來了。於是，對著呆然的水瀨博士說：

「大夫，我耽誤你的時間了。其實，我們的招牌髒了，我拿到招牌店去重新寫過。不管怎麼說，我們的工作非得給患者予信賴感不可。不髒給人的印象才會好。」

夢の大金

ノックの音がした。

それは、たてつけの悪い玄関の引戸を、がたがた響かせた。

夜の十時ごろ。ここは町はずれにある、ごく小さな一軒家。立派な家とはおせじにもいえない。

住人は山田庄造という、七十歳ちかい老人ひとり。彼はいま、六畳間のすみの粗末な机にむかっていた。古ぼけた机だが、この家で家具と呼べるものは、これぐらいだ。

机のはじには安ウイスキーのびんがあり、半紙もひろげられてあった。庄造はすずりで墨をすりながら、考えごとをしていた。

このノックの音を耳にし、庄造は顔をしかめた。だれだって、静かに和歌をしたためようとしている時、不意の来客があっては、いい気持ちがしない。まして、彼が頭をひねっていたのは自分の辞世の歌だったから、なおさらのことだ。

山田庄造には身よりがなかった。結婚はしたのだが子供に恵まれず、妻には十年ほど前に先立たれ、さびしい境遇といえた。老人だといっても、金さえあれば再婚の相手になってく

夢裡巨款

有人叩門。

那聲音使得沒有關好的玄關拉門，咯咯作響。

時間是夜晚十點左右。地點是市鎮盡頭的一棟很小的獨戶房子。即使獻殷勤也不能說那是一棟華麗的房子。

居住的人是個叫山田庄造，年紀將近七十的孤獨老人。他現在正面對著擺在六個榻榻米的房間一隅的一張粗糙的桌子。桌子雖然破舊，不過在這個屋裡，可稱爲家具的，就只有這麼個桌子而已。

桌子的一邊放著一瓶廉價的威士忌，寫字紙也打開著。庄造在硯臺上磨著墨，腦筋在想東西。

庄造聽到叩門聲後，就縐起眉來。無論什麼人，靜靜地在作「和歌」時，突然碰到不速之客，一定不會感到高興的。何況他絞盡腦汁要寫的，正是自己的辭世歌，因此更使他不高興。

山口庄造孤家寡人一個。他雖結過婚，但沒有兒女，妻子約在十年前逝世，於是他就過著孤苦的生活。雖說是老人，只要有錢，充當他再婚對象的女人不可能沒有。可是，他連那筆錢

れる女もあるだろう。しかし、彼にはその金が、まるでなかった。

数十年を費して実直につとめて得た退職金は、口先のうまい青年実業家とやらにだまされ、出資と称してほとんど巻きあげられてしまった。悪銭身につかずというが、この種の善銭もまた身につきにくいものだ。

彼はわずかに残った金で、この家に移り、ここ五年ばかりをほそぼそと暮してきた。だが、その金もいよいよつき、家主からは立退き（たちのき）を激しく要求されている。ウイスキーと半紙とを買ったら、金はまったくなくなった。持病の神経痛もひどくなった。こうなったら、死んだほうがいいというものだ。

といって、とくに死にあこがれているのではない。庄造もそれは考えた。なにか社会に、自分にも働けるような場所はないかと、熱心に職をさがしてもみた。しかし、こんな老人に職があるわけがない。

それに皮肉なことに、絶望的な気分で眠りにつくと、必ずといっていいほど、大金を手にした夢を見る。胸をときめかせて目をさますと、札束はすべて消え、あとには寒ざむとした部屋と、神経痛の痛みだけ残る。この対照のいちじるしさは、生きているのをからかわれてでもいるようだ。

ノックの音は、またもおこった。乱暴なたたき方だった。

都沒有。

忠實而正直地工作了幾十年，退休後所領到的一筆退休金，竟然被一個能言善道的所謂青年實業家，以投資的名義，幾乎全騙光了。俗語說：「不義之財，理無久享」，然而，這種付出了幾十年的血汗，辛辛苦苦得到的退休金，也是「理無久享」似的。

他用剩下的一點兒錢，搬到這個屋裡，勉勉强强地過了五年左右。然而，那一點兒錢，也快要告罄，房東不斷地要把他趕出去。買了威士忌酒和寫字紙後，所剩的錢，可說幾乎沒有了。老毛病神經痛，也嚴重起來。到了這種地步，可說生不如死了。

話雖這麼說，庄造並不是特別地渴望死。這點，他也想到了。在社會上，不知道有沒有適合於自己工作的地方？於是，他就熱心地到處找工作。可是，這種老人要找工作，談何容易？

令人感到啼笑皆非的，就是每當他抱著絕望的心情睡覺時，他一定會做賺了大錢的夢。待他興奮地清醒過來時，所有的鈔票都消失得無影無蹤，所剩下的只有冷冰冰的房間和神經痛所產生的酸疼而已。這個顯明的對照，好像在嘲弄他的生存似的。

叩門聲又響了起來。叩門的方式，相當粗暴。

「はいはい、いまあけますよ。どなたですか」

庄造は腰を押えながら立ちあがった。借金取りだろうか、立退きのさいそくだろうか。それにしても、時間がおそすぎる。

「おとどけ物ですよ」

と、戸の外の声が言った。なにかをくれそうな知人などない。まちがいではないだろうか。そう思いながら錠をはずすと、二人の男が、水門を開いたダムの水のように、勢いよく押入ってきた。

いずれも三十歳前後の男で、あまり目つきはよくない。一人はシャベルを持っている。こんな配達員など、あるだろうか。庄造は、押されてよろけながら聞いた。

「品物はどこです」

「さあ、知らんね。配達したい品物はありませんかという、ご用聞きだ」

むちゃくちゃな答えだった。さらに、もう一人が、わかりやすく解説した。

「そうでも言わなければ、あけてはくれまい。おれたちは、戸をこわすような無法なことをしたくないのだ。なるべくなら、礼儀正しく玄関から入りたかったのだ」

二人は土足のまま、ずかずかとあがりこんできた。

「待って下さい。なんで、ひとの家に勝手にあがりこむのです。あなたがたは、役人ですか」

「來了，來了。要開門了。哪一位？」

庄造壓著腰，站了起來。是來討債的？或是催他搬走的？如果是的話，這種時間來，委實太晚了。

「到貨！」

門外的聲音說。並沒有會送貨給他的熟人什麼的。會不會送錯？想著想著而打開鑰匙時，兩個男人宛如水庫洩洪時的流水似的，以雷霆萬鈞之勢，衝了進來。

兩個人的歲數都是三十歲左右，眼神不太對勁。其中的一個帶著鐵鍬。世界上哪有這種送貨的？庄造被推得搖搖晃晃，並問道：

「貨物在那裡？」

「呃，不知道啊。我們是來問問有沒有貨要運送。」

亂七八糟的答覆。另外的一個，倒進一步地做了令人容易了解的說明。

「如果不這麼說，就不會有人來開門。我們不願意幹出把門衝破之類的不法行爲。要盡可能規規矩矩的從玄關進來。」

兩個人都不脫鞋，毫無禮貌地走了上來。

「請等一下。別人的屋子怎麼可以隨便進去呢？你們是官吏嗎？」

あまりのことに、庄造はなじった。人生の最後の夜を、静かにすごそうとしていた時だ。それを乱す権利など、普通の者にはないはずだ。だが、二人は交互にしゃべった。

「ああ、役人だ。七年前まではある官庁につとめていたが、そこはくびになった。それからは、刑務所という役所のなかで働いていた」

「そこもやっとくびになり、こうして外へ出てきたというわけだ」

とりつくしまのない答えだった。庄造は首をかしげた。刑務所から出てきたと言っている。それにしても、なんでここへやってきたのだろう。

密告をしたり、犯人逮捕に協力した覚えはない。だから、お礼まいりに来られる筋合いはない。ずっと売り食いをしているありさまだから、他人の商売をじゃましたこともない。また、個人的にうらみを買った記憶もない。

となると、単なる強盗としか考えられない。庄造はさとすような口調で言った。

「老人のひとり暮しと知って、簡単だろうと思って狙ったのだろう。ところが、計算ちがいだよ。ごらんの通り、なにもない。帰ってください」

しかし、二人組はとりあわなかった。彼らは顔をみあわせて話しあった。

「おい聞いたか。じいさんが、なにか理屈をこねているぜ。愉快な話だ。ひとを強盗よばわりしているぞ」

「失礼なやつだな。気が短いのかな。頭が悪いのかもしれない。まったく、兄貴の言う通り、

由於行徑太過份，引起庄造的責問。此時此刻正是他要安安靜靜渡過人生最後一夜的當兒。攪亂此一時候的權利，普通人是沒有的。可是，兩人交互地說：

「嗯，是官吏。到七年前爲止我們還在某政府機構服務，不過被撤職了。嗣後就在被稱爲監獄的機關裡面工作。」

「在那裡好不容易才被『撤職』，就這樣出來了。」

毫無辦法的答覆。庄造歪了歪頭。他們說從監獄出來。那爲什麼會到這裡來呢？他沒有密告過任何人，也沒有協助過警方去逮捕任何人，所以不可能會有人來找他報復的道理。他一直過著靠賣家當過日子，因此也沒有妨害過別人的生意。再者，也沒有爲了個人的恩怨，跟人結下仇恨。

這麼一來，只能把對方當做强盜罷了。庄造以訓誡的語氣說：

「你們知道我是孤獨老人，認爲容易下手而來的吧？可是，你們的算盤打錯了。正如你們可以看到的，這裡空無一物，請回去吧。」

但是，這兩人幫並不理會他的勸告。他們面面相顧地交談著：

「喂，聽到了沒有？這個老頭兒在賣弄文章呢！蠻有趣的。他把咱們當做强盜哩。」

「沒有禮貌的傢伙！大概是性情暴燥或是腦筋笨。正如老兄所說，這傢伙是個笑料！」

こいつはお笑い草だ」

「おい、じいさん。いっしょに笑わないか」

とても笑うどころではない。死をじゃまされ、理由もなくあがりこみ、いっしょに笑えとは、なんたることとだ。

庄造は少し腹を立て、意地になってさえぎろうとしたが、一人に強くなぐられた。庄造は倒れ、しばらくは身動きをしなかった。手むかえばこじれる一方らしいと悟ったせいもあったし、神経痛のせいもあった。

「じいさん、のびちゃったぜ。死んだのではないだろうな」

「いや、気を失っただけのようだ。ちょうどいい、早く仕事にかかろう」

庄造はじっと横になったまま、そっとようすをうかがった。家主から追立てをうけおった暴力団だろうか。それにしては、問題を少しも口にしない。第一、持ってきたシャベルはなんのためだ。仕事とか言っているが、なんのことだろう。

二人の男は、畳をあげにかかった。庄造が毎晩、自分のふとんを敷く場所だ。二人は畳をあげると、こんどは床板をはがし、それから、その下の地面を掘りはじめた。目的のわからなかったシャベルも、その効能を発揮しはじめた。

しかし、これは正気のさただろうか。庄造は身を起し、理由をたずねたい衝動にかられた。

「喂，老伯。跟我們一起笑，好不好！」

這不是可以笑的場面。妨礙自己的死去，沒有任何理由而擅自闖進自己的屋裡，並要求自己跟他們一起笑，這像什麼話嘛！

庄造有點生氣，意氣用事地想要加以攔阻，可是，其中的一個猛力地揍了他一拳。結果，他就被打倒在地上，一時動彈不得。這可能要歸因於他覺悟到，要是還手可能問題變得更複雜，還有神經痛也有點關係吧。

「老頭兒倒下去了，難道是翹辮子啦？」

「不是，我想多半是昏過去的樣子。這樣剛好，趕快工作吧。」

庄造一直躺在地上，偷偷觀察情況的發展。是不是受到房東的委託來把他趕走的暴力集團？如果是奉房東之命而來的，那爲什麼事情的關鍵連一句都沒有提起？第一，隨身帶來的鐵鍬是做什麼用的？他們說的「工作」，到底是指什麼？

兩個人正要翻開榻榻米。那是庄造每天晚上舖棉被的地方。兩個人翻起了榻榻米後，接著撬開地板，然後開始挖掘地板下的地面。目的不明的鐵鍬，這時終於開始發揮了它的功能。

然而，這種行爲是精神正常的人所幹得來的嗎？一股衝動驅使庄造要爬起來，問個究竟。

だが、ためらっているうちに、作業をしながらの二人の会話から、事態が少しずつわかりかけてきた。

「まだ埋まっているだろうな」

「大丈夫だ。だれかが手をつけたような形跡はない。こんな場所を、理由もなく掘ろうとする物好きはないよ」

「そうだな。それに、この家をおれたちが秘密のかくれ家に使っていたのを、知っている者もないはずだ……」

この二人の男は、かつてある官庁につとめていた。そこで収賄をし、また公金を横領し、せっせと金をためこんだ。二人の熱意とチーム・ワークのため、それは能率的にはかどった。なまじっかな強盗や詐欺は、危険も多いし、手にしうる金だって知れている。その気になって腹をすえてかかるのなら、権限のある役職についたほうが、はるかに割りがいいものらしい。

しばらくは発覚しなかった。なぜなら、派手に乱費をしなかったからだ。また、二人が巧妙にかばいあったせいもあった。二人は地味に生活し、ひたすら貯金をした。といって、銀行へ預けたのでなく、現金のまま特大の貯金箱におさめた。それを、逮捕される直前に、この地下に埋めたのだった。

かくした場所を、警察の取調べの時も、裁判の時も、二人は決してしゃべらなかった。し

但是，在他猶豫不決的當兒，卻從兩個人在進行工作的談話中，逐漸了解情況。

「不知還埋在地下沒有？」

「沒有問題。沒有被人動過手的跡象。世界上不可能會有這樣好奇的人，好奇到無緣無故地來到這種場所挖土。」

「說的也是。加上也不可能會有人知道，咱們曾經利用這個房子做爲隱藏秘密的地方……」

這兩個人曾經在某政府機關服務。他們利用職務上的方便收賂，並侵占公款，拼命地存錢。由於兩人的熱忱和聯合作業的關係，工作很有效率地進展著。

半調子的搶劫或詐騙，危險既多，所能到手的錢也是有限的。既然下定決心要大撈一筆，找個可以利用權限的好差使，利用職權去搞，合算多了。

有一段時間沒有被發覺。因爲他們沒有把以非法的手段弄到的錢濫行揮霍。還有一點，要歸功於兩人巧妙的互相袒護。兩人過著樸實的生活，只顧儲蓄。說是儲蓄，其實他們並沒有把錢存在銀行裡，而是把一大把一大把鈔票放在一個特別大的儲蓄箱裡。並且在剛要被捕之前，埋藏在這裡的地下。

不管是對警方的調查，或是在法庭上的審問，兩人絕不把隱藏的地點吐露出來。如果要招

ゃべるくらいなら、最初からやらないほうがいいにきまっている。

単独犯ならともかく、二人組となると、取調官の巧みな作戦で、たいていは口を割ってしまうものらしい。しかし、彼らの場合はちがっていた。二人は実の兄弟だったからだ。

なるほど、と庄造は思った。兄弟ならみごとなチーム・ワークも保てるし、分け前をめぐっての仲間割れもしにくいらしい。身よりのない自分をさびしく感じ、うらやましく思った。

作業は、はかどっているらしかった。

「まだか」

「もうすぐだ。ほら、安全装置がでてきた。用心のために埋めておいた、古雑誌をつめた石油缶だ。万一、だれかが掘ったとしても、ここであきらめるだろうとの計略で……」

石油缶が畳の上にほうりあげられた。

「早く手にしたいものだな。刑務所生活で罪のつぐないはすんだのだから、名実ともにおれたちの金だ。まさか、今晩、だれかにあとをつけられなかっただろうな」

「それは大丈夫だ。問題は、このじいさんのほうだよ」

「ほっといていいだろう。べつに、じいさんに被害を与えたわけじゃない。警察へ届けたとしても、なにがおこなわれたかの見当はつくまい。じいさんが必死に大事件と主張すればするほど、警官はもうろく老人の被害妄想と判断する。さぞ持てあますことだろうな」

出來的話，那又何必當初？安份守己的過日多好！

獨行犯的話那就無話可說，要是有共犯的話，由於辦案人員的巧妙套供，多半會在無意中把實情供出來。可是，他們的情況跟別人不同。因爲他們兩人是親兄弟。

原來如此，庄造想著。兄弟的話就可保持完美的聯合作業，也不會爲了分贓的不公而鬧出糾紛。這時，突然對自己的無依無靠感到淒涼，並羨慕起他們來。

工作似乎在進展著的樣子。

「還沒有挖到？」

「快了。你看，安全裝置挖出來了。這是爲了小心起見，特地埋藏的塞滿舊雜誌的石油罐子。萬一即使有人來挖，挖到這裡也會放棄，我是抱著這個計策……」

石油罐子被扔到榻榻米上來。

「我急著要把錢拿到手呢！監獄生活把我們的罪都抵償掉了，名正言順的，這是咱們的錢。難道今晚會有人跟隨在我們的後面嗎？」

「那用不著耽心。問題就在這個老頭兒。」

「這倒不必去理他。老頭兒本身一點兒也沒有受到傷害。即使去報警，警方怕也看不出曾發生過什麼事吧。老頭兒愈加拼命堅持强調是個大案件，警察就愈會認爲這是老糊塗所患的被害妄想症，想必不好受理吧？」

「ちょっと傑作な喜劇だな。それを見物できないのは、いかにも残念だ」

「帰りがけに水でもぶっかけて、意識をとり戻させればいいだろう。ほっといて死なせては気の毒だ。おれたちの宝の番をしてくれたようなものだからな」

さらに作業は進んだらしく、興奮した声があがった。

「あった、あったぞ」

「よし、さあ、なかをあらためよう」

大きなプラスチック製の容器がでてきた。土を払い、ふたを取ると、高額紙幣がぎっしりとつまっている。

聞き耳をたてていた庄造も、ひとりごとながら、胸をときめかせた。あのせいだったのだな、夢に時どき大金があらわれた原因は。

もちろん、二人組のほうが、その感激はさらに強い。

「とても落ち着いてはいられない。口のなかが、からからになった」

「おい、そこにウイスキーがある。ちょっといただこう」

「ああ、乾杯だ」

二人は机の上にあるびんを見つけ、手にとった。それを見て、庄造は痛みをこらえて立ちあがり、思わず声をかけた。

「やめてくれ。それはわたしのだ……」

「這倒是齣有點傑作性的喜劇。我們不能親自觀賞，確是遺憾透了！」

「回去時順便給他潑上水，讓他清醒過來，不就好啦？置諸不顧，讓他這樣死掉實在過意不去。畢竟他看守了咱們的錢。」

挖掘工作更有進展似的，終於聽到興奮的聲音。

「挖到了！挖到了！」

「好，呃，讓我們點點裡面的錢吧。」

一個大的塑膠製的容器出土了。撢掉外面的泥土，打開蓋子，裡面塞滿了巨額的鈔票。

凝神傾聽的庄造，雖然是別人的事情，內心也在撲通撲通地跳著。可能就是這些鈔票的關係吧，在他的夢中有時會出現巨款。

當然啦，兩人幫這邊的感激，更加激烈。

「怎麼也沉不住氣。口乾渴得很。」

「喂，那邊有威士忌，喝喝再說。」

「好嘛，乾乾杯吧。」

兩人發現桌上的酒瓶，把它拿在手上。庄造看了他們拿起酒瓶，强忍著疼痛站起身來，不由得叫出聲：

「不要拿！那是我的……」

べつにウイスキーが惜しいからではない。自殺をするために、毒薬をとかしてある酒だからだ。自分が死ねなくなってしまう。こんな所で二人に死なれたら、収拾がつかない。

しかし、二人はとりあわなかった。

「おや、じいさん、お目ざめになったな。まあ、けちけちするなよ。代金のことなら心配するな。払ってやる」

「そうだ。おれたちは明日、前から計画していたヨーロッパ旅行に出発するのだ。乾杯ぐらい、させてくれよ」

「ヨーロッパって、どこにあるか知っているかい。遠い遠い西のほうにあるところだよ」

二人は満足と期待とで、大笑いしつづけた。庄造は無理にでもとめようと、そばへ寄った。しかし、若い二人にはかなわない。またも突きとばされてしまった。

さっきから何度もなぐられ、倒れ、おまけに神経痛だ。起きあがるのも一苦労だった。なんとか身を起した時は、すべて手おくれだった。

二人は明日まで待つことなく、すでに西方の浄土へと旅立ってしまっていた。罪はつぐなってあるのだし、死にぎわがあんなに楽しそうだったのだから、極楽にたどりつくにちがいない。

あとに残された庄造は、呆然とあたりをながめていた。びんを取りあげてみたが、悲しい

並不是捨不得那瓶威士忌。爲了要自殺，庄造在酒裡摻進了毒藥。如果給他們拿去，他就死不成了。而且他們兩人在這裡死掉的話，事情就不可收拾了。

然而，兩人並不理睬。

「咦，老伯清醒過來了。喲！不要小氣好不好？酒錢不用耽心，會付給你！」

「噢，對啦。咱們明天就動身到歐洲去旅行。這是我們的老計劃，讓我們乾乾杯吧。」

「歐洲在什麼地方你知不知道？在很遙遠的西方啊。」

兩人因滿足與期待，而不斷地大笑下去。庄造無論如何，也要阻擋他們，因此走近他們身邊。但是，他還是敵不過兩個年輕人，又被推倒了。

從方才起被揍了好幾拳，倒了下去，加上又患有神經痛！要爬起來也是一件不簡單的事。當他勉强爬起身時，一切都來不及了。

兩個人無須等明天，已經到西方的淨土旅行去了。所犯的罪已抵償了，臨死時還是那樣有說有笑，準會到達極樂世界無誤。

留在後面的庄造，呆然地望四週。他拿起了酒瓶，可悲的是瓶裡空空如也。

ことに中身はない。

これから、どうしたものだろう。さっきも二人が話していたが、警察だって、どこまで事態を信じてくれるかわからない。巻きぞえにされるかもしれないし、まかりまちがえば、殺人犯人に仕立てられないとも限らない。自殺するつもりだったと主張しても、この点は立証の方法がないではないか。

しばらくたつと、庄造はいくらか落ち着いた。冷静になると、常識的な唯一の解決法を思いつけた。そして、それを実行した。

二つの死体と、あきびんとを穴に落し、土をかぶせた。その途中で、安全装置とやらの、古雑誌の缶を埋めた。床板をのせ、畳をもとにもどした。緊張のせいか、神経痛も気にならなかった。

すべては、もとのままになった。以前とちがう点といえば、かつては夢のなかの存在であった大金が、いまは手でさわれるということだ。庄造はそれに触れながら言った。

「気の毒なことをしてしまった。このままですむとは、思っていない。いずれは発覚し、逮捕されることだろう。それまで、どこで待つとしようか。そうだ。医者と温泉つきの豪華な高級老人ホームとやらがあるそうだから、そこへでも入り、二人の冥福(めいふく)を祈りながら待つとしよう。しかし、死体が発見され、なぞのとけるのが、わたしの生きているうちに間にあうだろうか」

今後的發展會怎樣呢？正如兩人剛才在交談的，即使是警察也不知會把情況相信到什麼程度。說不定會受到牽連，稍有差錯，說不定會被當作犯人。即使堅持說自己是打算自殺的，可是，就這點而言，卻無法提出證明呀！

過了片刻，庄造或多或少鎮靜下來。待他的腦筋冷靜後，他就想出了合乎常情的唯一解決辦法，並且把它付實施。

他將兩具屍首連同空酒瓶一起丟進洞裡，並蓋上泥上。在這中間，他把那個叫做安全裝置什麼的，裝滿舊雜誌的罐子也埋了進去。舖好地板，最後把榻榻米放回原來的位置。也許是緊張的關係，連神經痛都不在乎了。

一切都恢復了原狀。跟以前所不同的，只有曾經在夢中存在的巨款，現在竟然用手可以摸到。庄造用手摸著鈔票，說：

「我做了於心不安的事情。事情或許不會這樣就了結。總有一天會被發覺，而被逮捕。這期間，我該到那裡去等待呢？噢，對啦，聽說具備有醫師和溫泉的豪華高級養老院，不妨搬到那裡，一方面祈禱兩人的冥福來等待吧。但是，屍體被發現，謎被解開的日子，在我的有生之年，來得及嗎？」

金色のピン

ノックの音がした。

夏の夜の八時ごろ。だが、そう暑くはない。なぜなら、ここは高原地方にあるホテルの一室なのだから。

晴れた昼間であれば、窓のそとに広がるゴルフ場や、そのむこうの白樺の林や、さらに遠くの山々を眺めることができる。しかし、いまは夜であり、霧が出たらしく、そとには静かな暗さしかただよっていない。しめた窓ガラスの外側には、光を慕って集ってきた昆虫たちが、点々ととまっている。

部屋のなかには、二人の女性がいた。いずれも二十五歳で、まだ独身。ひとりは宮下由紀子。都会の資産家の娘であり、避暑のため、十日ほど前からここに滞在していた。いかにも育ちのよさそうな丸顔の女だが、わがままそうな感じもする。

もうひとりは、おとなしそうな容貌の西野文江。由紀子とは学校時代に同級であり、それ以来の友人だった。文江は会社に勤めており、数日間の夏の休暇をとって、郷里へ帰る途中だった。そのついでに、由紀子から絵葉書で知らされていたこのホテルに立ち寄った。そし

金色的別針

有人叩門。

時間是夏天夜晚八點左右。然而，天氣並不怎麼熱。因爲這是高原地區某旅館的一個房間。

在天氣晴朗的白晝，人們可以眺望到在窗外廣大的高爾夫球場，球場那一邊的白樺樹林，或更遠一點的群山。可是，現在是晚上，而且大概是籠罩著霧吧，外面只是一片寧靜的黝暗。緊閉的玻璃窗外，成點狀地攀爬了因戀慕著燈光紛紛蝟集的昆蟲。

房間裡面，住有兩位小姐。她們的芳齡都是二十五歲，都是小姑獨處。其中一位叫宮下由紀子。是大都市某資本家的千金小姐，爲了避暑，約在十天前就來此逗留。一副鴨蛋形的面孔，教養的確很好，不過有時也會令人感到任性。

另一位是容貌溫柔的西野文江。跟由紀子是學生時代的同班同學，並且從那時起就是朋友了。文江在公司服務，請了幾天的暑假，目前正在返鄉的途中。因爲接到由紀子寄給她的風景

て、熱心にひきとめられるのに逆らえず、予定を変えてここに一晩いっしょに泊り、帰省は明日にのばすことにしたのだった。

二人はさっきから、なんということもないが、なつかしさのこもったおしゃべりをつづけていた。

ノックの音はくりかえされた。どこか遠慮がちな響きだった。

「どなたなの」

と言って立ちあがりながら、由紀子は文江の顔を見た。しかし、もちろん文江に、心当りのあるわけがない。ドアのそとから声がかえってきた。

「となりの部屋の者ですが、ちょっとお願いが……」

年配の女の声だった。由紀子が鍵をはずしドアをあけると、そこに老婦人が立っていた。ロビーや廊下などで何回か会っており、由紀子も顔だけは知っていた。主人には先立たれたが、そうみじめでもなく余生を楽しんでいる、といったようすの婦人だった。

「お願いって、なんですの」

と由紀子が聞くと、老婦人は恐縮したような身ぶりで口ごもった。

「とても、お願いできるような筋合いではないんでございますが……」

「うかがってみなければ、わかりませんわよ。どうぞ、おっしゃってみて……」

明信片，就順便來到這家旅館。而且，經不起由紀子的熱心挽留，遂改變了她預定的計劃，在此跟由紀子共渡一夜，把回家的日期延到明天。

兩個女人從方才起，雖然沒有什麼値得談論的，不過還是一直喋喋不休的扯著，洋溢著懷念氣氛的話題。

叩門的聲音再度響了起來。以乎帶點客氣的反響。

「那一位？」

說畢，由紀子一邊站起來，一邊看著文江的臉。不過，當然文江料不出對方是何許人。可是，從門外卻傳來了聲音。

「我是住在隔壁房間的，有點事情想拜託……」

年歲相當大的女人的聲音。由紀子開了鎖，打開門，看到一個老婦人站在門口。在餐廳或走廊等碰過幾次面，由紀子對她有點兒面熟。她的先生雖然先她去世，不過她的餘生並沒有過得太淒慘，可以說她就是這樣的婦人。

「妳說的拜託是什麼？」

由紀子這麼一問，老婦人就顯出慚愧似的樣子，呑呑吐吐的說：

「這是一件很難啓口的事情，可是……」

「不說出來的話我怎麼會知道呢？請妳說出來看看……」

「じつは、あす帰ろうと思ったのですけど、ちょっとお金がたりなくなってしまいましたの。予約の時に、料金を聞きまちがえてしまったらしくて。連絡してお金を取り寄せるには、滞在をのばさなくてはなりません。それで、もしできましたら、この品を買っていただけないかと思いまして……」

言いにくそうな口調で話し、老婦人は手のひらをひろげた。その上にはピンが乗っていた。美しい金色をしていて、長さ八センチぐらい。鉛筆とマッチの中間ぐらいのふとさだった。丸い頭の部分から、とがった先端にかけて、こまかい彫刻が一面にほどこされている。

「あら、なんだか面白そうな品ですわね。ちょっと、拝見させていただくわ」

由紀子はそれを受け取り、部屋の中央にもどって、電灯の下の明るさでよく観察した。さびは見あたらず、また重さからみても、金がけっこう含まれているようだ。しかし、そんなことよりも、彼女の興味をひいたのは、彫刻された模様の異国的な雰囲気だった。

文江もそれをのぞきこみながら、小声でささやいた。

「およしなさいよ。まがいものかもしれないわ。由紀子さん、あなた、お金持ちに見られちゃってるのよ」

しかし、由紀子はその忠告を聞き入れようともせず、ドアのところにたたずんでいる老婦人に声をかけた。

「いかほど、ごいりようですの」

「其實我想明天回家，可是錢不夠。大概是預訂房間時，聽錯了房租。要是跟家裡聯絡寄錢來的話，非得延長停留期間不可。所以，我想到不知妳能不能買下這個東西……」

老婦人用難以啓口的語氣說出，並放開了手掌。手掌上有一枝金色的美麗別針，長度約有八公分。大小介於鉛筆和火柴梗之間。從圓形的針頭到尖的針尖，全刻有細緻的彫飾。

「哎，好像蠻有趣的東西嘛。借我看看好不好？」

由紀子拿到別針，回到房間的中央，在燈光下，仔細地觀察。針上看不到綉，還有就重量來說，所含的金量很夠的樣子。可是，使她發生興趣的，與其說別針的價值，倒不如說是彫刻在針上的具有異國情調的花樣。

文江也邊看別針，邊用耳語說：

「算了吧。很可能是僞造品。由紀子小姐，妳被看成富婆啦。」

然而，由紀子對文江的忠告，連理都不理，向佇立在門邊的老婦人說：

「妳需要多少錢？」

答えがあり、由紀子は机の上のハンドバッグから、むぞうさに高額紙幣三枚を出した。彼女は浪費癖の持ち主というわけではなかった。だが、気に入って欲しいとなると、それを押えきれなくなる性格だった。彼女は札を二つに折り、手渡した。

「はい」

「ありがとうございました。おかげで助かりました。とんでもないご迷惑を、おかけしてしまって……」

ほっとした表情でお礼の言葉をくりかえす老婦人を、由紀子はさえぎった。

「そんなにまで、おっしゃらなくていいんですわ。だけど、このピン、なんに使うものなのかしら」

「お礼の意味で、そのお話をいたしましょう。あたしが若かったころ。ですから、ずいぶん昔のことですわ。ヨーロッパ旅行をした時、ジプシーから買ったものですの。魔力がそなわっているとか説明されて……」

「お話のほうも面白そうね。で、どんな魔力ですの」

「ひとを呼び寄せる力です。そのピンを床の上にさし、それに糸を結び、糸のもう一方のはじにはカブト虫を結びつけます。そして、呼び寄せたい人の名を告げるのです」

「それから、どうなるの。問題の相手は、いつ現れるのかしら」

「カブト虫が床の上をはいまわるにつれ、糸がピンに巻きつき、虫はピンに近づきます。糸

對方開出價錢。於是由紀子從桌子的手提包裡，輕而易舉地拿出了三張大鈔。這並不是說她是一個好浪費的小姐，而是她的性格所使然。凡是她中意的東西，非得把它弄到手不可。她把鈔票折成二折，交給老婦人。

「呃，拿去。」

「謝謝妳。幫了我很大的忙。毫無道理的打擾妳……」

由紀子打斷露出如釋重負的表情，反覆道謝的老婦人的話，說：

「用不著說得這麼客氣。不過，這枝別針有什麼用途呢？」

「我來告訴妳，算是我對你的謝禮吧。在我年輕的時候。那是很久很久以前的事情。當我到歐洲旅行時，向吉普賽人買來的。聽說具有魔力……」

「來路也很有趣嘛。那，到底是什麼魔力呢？」

「就是招喚人的力量。把這枝別針插在地板上，用線連起來，再把線的另一端綁在獨角仙蟲的身上。並且告訴牠妳所要招喚來的人的名字。」

「那麼會產生什麼結果呢？所要招喚的人不知什麼時候會出現？」

「隨著獨角仙蟲在地板上繞圈爬動，線就會纏繞在別針上，而逐漸接近別針。就在線完全纏在針上的時候。」

がすべて巻きついた時にです」

「なんとなく、神秘的な物語りですわね。でも、そんなにすばらしい力のあるピンなら、手放す気持ちにはならないんじゃないかと思うんだけど」

由紀子はちょっと意地の悪い質問をしたが、老婦人はこう答えた。

「持ち主ひとりに、一回きりしか使えないのです」

「本当にききめがあるのかしら」

「さあ、それは、なんとも申しあげられません。でも、あたしの場合はございましたよ……」

老婦人はまた感謝の言葉をくりかえしてから、静かに自分の部屋に帰っていった。

そのあと、二人はふたたび、おしゃべりにもどった。文江は批難するような口調で言った。

「変な物語りにのせられて、由紀子さん、とうとう買わされちゃったのね。あなたも人がいいわ」

「あら、買うときめたのは、あの話を聞かされる前よ。あたし、これを見たら、急に欲しくてたまらなくなっちゃったの。ごらんなさい。きれいじゃないの」

ピンは金色に輝き、なぞめいた空気をまわりにまとっているように見えた。古い時代、遠い国のにおいが、立ちのぼってくるようでもあった。文江はうなずいた。

「価値がありそうなことは、あたしもみとめるわ。だれかに売れば、いまのお金は回収でき

「總覺得是個好神秘的故事。不過，要是具有那樣驚人力量的別針，我想妳不至於這樣輕易讓手吧？」

由紀子提出有點兒故意與人爲難的質問，但老婦人這樣回答：

「每個物主只能使用一次。」

「眞的有效力嗎？」

「呃，那就很難說了。不過，我自己是有效力的……」

老婦人重覆道謝了之後，靜靜地回到自己的房間去了。

老婦人走出房間後，兩個人又聊了起來。文江以責難似的口氣說：

「上了怪故事的當，由紀子小姐，妳終於向她買了。妳也是夠善良的。」

「哎，我在還沒有聽她講故事之前，就決定要買了。我一看這枝別針，就急得想要呢。妳看，不是很漂亮嗎？」

別針發出金色的光輝，看來好像把謎般的氣氛集中在周遭似的。而且也像古老的時代，遙遠國度的香味往上昇起似的。文江首肯道：

「有價値這點，我也承認。只要隨便賣給別人，現在付出的錢總可以收回的。不過，那時

そうね。でも、その時は、いまの物語りをつけ加えなければだめよ」

「あのおばさん、本当にききめがあったと言ってたけど……」

「だれを呼び寄せたのか、聞いておけばよかったわね」

いまになって、文江は残念そうに言った。しかし、時計を見ると、少しおそすぎる。老婦人は支払いのめどがつき、安心してすでに眠ってしまったかもしれない。それを起すのも気の毒だ。

由紀子はあたりを見まわしていたが、窓のほうに目をとめ、思いついたように言った。

「やってみましょうよ。このピンの魔力が本当なのかどうかを……」

「由紀子さん、あなた信じてしまったの。どうせ、でたらめよ。だけど、ちょっと好奇心をくすぐられるわね。それで、だれを呼び寄せてみるつもりなの」

「そうだわ。曽根明男さんがいいわ。あなたも知っている人だし……」

由紀子の頭にこの名が浮かんだのは、ただの気まぐれからではなかった。彼女は一年ほど前に、ある会合で文江に紹介され、曽根と知りあいになった。彼は由紀子に熱をあげはじめたようだった。それから三回ほどデイトを重ねた。頭のいいスマートな青年で、彼女としても、いやな気はしなかったのだ。

それなのに、このところ、さっぱり音さたがない。仕事が忙しいのだろうか、ほかにガールフレンドを見つけたのだろうか。由紀子には、それがいくらか不満だった。

非得把現在的故事加上去不可。」

「那位伯母說過眞的有效力……」

「到底招喚了誰，向她問清楚就好。」

事到如今，文江才遺憾的說。可是一看錶，時間有點晚了。說不定老婦人的付款問題獲得解決，已經放心進入夢鄉了呢。如果把她喊醒，的確過意不去。

由紀子環視著四週，把視線停在窗的方向，想起來似的說：

「讓我們來試試看，這枝別針的魔力到底是眞的，還是假……」

「由紀子小姐，妳眞的信起來了？反正，那是胡說八道。不過，好奇心有點被逗起的樣子。那麼，妳打算招喚誰？」

「嗯，對啦。曾根明男先生。妳也認識的人……」

由紀子的腦海裡浮上這個名字，並不只是一時的心血來潮。約在一年前的某次聚會上，經由文江的介紹，認識了曾根。他開始熱戀起由紀子似的。嗣後他們大概約會了三次。他是個腦筋聰明的瀟灑青年，由紀子對他也抱有好感。

盡管如此，最近音信杳然。是不是工作忙？或者另有了女朋友？這點使由紀子感到有些不滿。

といって、こっちから会いたいと連絡するのもしゃくだ。もし、ピンの力で呼び寄せることができれば、ちょっと愉快じゃないかな。このように考えたからだった。

「べつな人にしましょうよ」

と、文江はひかえめに反対したが、由紀子は思いとどまるようすを見せなかった。

「いいじゃないの。学校の時の先生を呼んで、もし現れたら持てあましちゃうわ。ほかに手ごろな人は、ないじゃないの。いまのおばさんじゃ、つまらないし、ありがたみもないわ。それに、名前も聞かなかったわ」

ピンを買ったのはあたしよ、と言いたげな口調だった。彼女は立ちあがって窓をあけ、ガラスのそとにとまっていた小さなカブト虫を一匹つかまえた。

「近くで見ると、気持ちが悪いわ。あたし、虫にさわるのきらいなのよ」

いざとなると、文江はしりごみした。だが、由紀子はこの試みに夢中だった。

「ねえ、糸を結びつけるのだけ手伝ってよ」

虫を自分で押え、文江にたのんで、カブト虫のツノに糸を結ばせた。糸の他端をピンに結び、それを床にさした。それから、老婦人の説明にあった通りにとなえた。

「さあ、あたしたちの知っている、曽根明男さんを呼び寄せておくれ」

逃げ出そうとするのか、カブト虫は床をはいはじめた。だが、ピンのまわりをまわるたびに、糸はピンに巻きつき、少しずつ中心に近づいていった。おそくなったり、早くなったり

話雖這麼說，爲了跟他見面，而由自己主動跟他連絡，也是夠討厭的。如果藉這枝別針的力量來招喚他，不是稍微可令人感到愉快嗎？這正是由紀子之所以要招喚曾根的理由。

「換個別人吧。」

文江客氣地加以反對，可是，由紀子並未顯出打消招喚曾根的樣子。

「不是很好嗎？如果招喚學生時代的老師，而眞的出現的話，就不好應付了。況且又沒有適當的人。剛才的伯母太無聊，也不値得感謝。而且也沒有問她的名字。」

別針是我買的啊，由紀子的語氣恨不得要這樣說出來似的。她站起來打開窗，捉到一隻爬在玻璃外的獨角仙蟲。

「逼近看，實在嚇人。我討厭用手去摸小蟲。」

到了緊要關頭，文江就躊躇不前了。然而，由紀子卻熱衷要做這個試驗。

「嗳，只要幫我把線綁起來就好了。」

她自己用手壓著蟲，請文江把線綁在獨角仙蟲的角上。同時把線的另一端連結在別針上，然後插在地板上。於是，就按照老婦人的說明，念誦起來。

「呃，將我們所認識的曾根明男先生招喚來吧。」

是不是想要逃掉呢？獨角仙開始在地板上爬動了。可是，每當獨角仙蟲繞著別針一圈，線就纏繞起別針來，而蟲本身也忽快忽慢地靠近了中心。

しながら。

そのうち、文江が言った。

「よしましょうよ。ばかばかしいじゃないの、こんなこと」

「あたしには面白いわ。文江さんはどうやら、ピンの魔力を信用してないっていうわけね」

「そうよ。常識で考えれば、ありえないじゃないの」

「それとも、あなた曽根さんがきらいなの」

「そんなことはないわ」

「それだったら、どっちにしても困ることはないじゃないの。あたし、ためしてみたくてならないのよ」

由紀子の目は光りをおびていた。理屈の点からも、感情の点からも、文江にはそれ以上の反対をすることはできなかった。文江は口をつぐんだ。

静かななかで、カブト虫の歩くかすかな音だけがつづいた。そして、ゆっくりとピンに近づいてくる。時間の流れにつれカブト虫が動き、カブト虫が動くにつれ、時間が流れていった。

由紀子の表情のうえで、好奇心が燃え方を高めていた。文江はそれを不安げに見まもっていたが、またも言った。

「本当にこれを、最後までやってみるつもりなの」

這期間，文江開口說：

「算了吧。這樣做不是太傻了嗎？」

「對我來說是蠻有趣的。文江小姐好像不相信別針的魔力似的。」

「不錯。用常識來判斷，這是不可能的事情。」

「或者妳不喜歡曾根先生。」

「沒有這回事。」

「如果是這樣，那不管是誰，都不會令人傷腦筋嗎？我急得想試一試呢。」

由紀子的眼睛炯炯有光。不管從道理上來說，或從感情上來說，文江再也不能反對由紀子了。文江閉口不言。

在鴉雀無聲的寧靜下，只能聽到獨角仙不斷爬行的微弱聲音。而且，慢慢地接近別針。隨著時間的消失，獨角仙在爬動；隨著獨角仙的爬動，時間在消失。

在由紀子的表情上，不斷升高強烈的好奇心。文江雖然忐忑不安地看著此一情況，又開口說了：

「妳眞的打算要做到完？」

「そうよ。ここまできて、やめることはない。ほら、もう少しじゃないの」

カブト虫は、ピンに触れそうなまでに近くなった。


その時、ドアにノックの音がした。

二人は思わず顔をみつめあった。由紀子の目は期待でさらに輝き、床にさしてある金色のピンの頭のようだった。

文江の顔は青ざめていた。血がどこへともなく蒸発してしまいでもしたようだった。とつぜん、文江はひきつったような声をあげた。ピンの先端のような、鋭い金属的な声を。

「やめて……」

そして、ハンケチでカブト虫の動くのを押えた。由紀子はその声に驚いて聞いた。

「どうなさったのよ」

「曽根さんは来ないのよ。来るはずがないのよ」

ドアでは、またノックの音がした。ゆっくりした、弱々しい音だった。

「でも、だれか、たずねてきたじゃないの。それなのに、なぜ、来ないっておっしゃるのよ」

「死んだからよ」

「あら、そんなうわさは聞いてないわ。文江さんだって、いままで、そんなお話をなさらなかったじゃないの」

「不錯。已試驗到這種地步，總不能停下來吧。妳看，不是只剩下一點點嗎？」

獨角仙已接近到幾乎要碰到別針的距離。

這時，有人叩門。

兩人不由然得面面相覷。由紀子的眼光，由於期待而發出更明亮的光芒，好像插在地板上的金色的針頭。

文江一臉蒼白。彷彿身上的血不知蒸發到那裡去了。突然，文江叫出了痙攣發作似的聲音。那聲音正像別針尖端的尖銳金屬聲。

「停下來……」

於是，用手帕壓住了正在爬動的獨角仙。尖叫聲驚嚇了由紀子，結果就開口問了：

「怎麼啦？」

「曾根先生不會來的。不可能會來。」

門又被叩響了。慢而軟弱的聲音。

「可是，不是有人來了嗎？為什麼還說不會來呢？」

「因為死了。」

「哎，這件事我沒有聽說過。到現在為止，妳不是還沒有提起這件事嗎？」

ノックの音は、あけてくれとうながす響きをたてていた。文江は目をひきつらせ、ふるえ、表情が凍りついていた。しかし、口だけは勝手にしゃべりつづけていた。

「あたしが殺したの。あのひと、あたしを愛しておきながら、あなたと知りあうと、あなたのほうに心を移してしまったのよ。ひどいじゃないの。ひどすぎるわ。それで、あたし半年ほど前に、いっしょに山へ出かけた時、毒をのませて……」

悲鳴のようにわめきつづけ、文江は立ちあがった。カブト虫は手ににぎられていて、それにつながっている糸で金色のピンは床から抜けた。彼女は窓を開き、濃い夜の霧の奥に投げ捨てた。

ひとしきりつづいた文江の泣き声が絶えると、室内には恐ろしいまでの静かさがもどる。もはや、ノックの音はせず、ドアのそとにだれかいそうなけはいもない……。

叩門聲發出催促開門的反響。文江的眼睛抽筋、發抖、表情僵硬。可是，嘴巴滔滔不絕地說個不停。

「我把他殺掉的。那位仁兄本來愛著我，但是跟妳認識了之後就移情別戀了。不是太過份了嗎？的確太過份了。因此，約半年前，我和他一起上山時，給他服毒……」

文江像悲鳴似的喊叫個不停，並站了起來。獨角仙被抓在手裡，連接在牠身上的線，把金色的別針扯離了地板。她打開窗，把別針和蟲統統扔進了夜晚的濃霧裡。

文江的哭泣聲持續了一陣子，待停下來之後，房內又恢復了寧靜，寧靜得令人感到恐怖。已經沒有人再叩門，而門外也不會有人的樣子……。

和解の神

ノックの音がした。

ここは旅館の一室。海岸ぞいにあり、温泉地としても有名だ。窓からは夕ぐれの海が見わたせる。また、たくさんの旅館やホテルにともりはじめた、灯やネオンの輝きも美しくながめられた。静かにひろがる海との対照のためか、人間くさい華やかさを特に感じさせる光景だ。

この部屋のつくりは日本風だ。しかし、洋風の長所も採用されていて、鍵のかかるドアがついている。ノックの音はその上に響いた。

部屋のなかには、ひとりの男が落ち着かぬようすですわっていた。そとを眺めようともせず、腕時計ばかり気にしている。机の上の灰皿には、まだ長いタバコの吸殻が、すでに何本もたまっている。

男はずっと、ノックの音を待っていたのだ。胸をときめかせ、心の底から、その音を待っていた。だから、約束の時間には早すぎるとは思ったが、反射的に目を輝かせ、うれしそうな声で言った。

和事佬

有人叩門。

這裡是有名的溫泉勝地，沿著海岸的一家旅館的一個房間裡。從窗口可以瞭望到黃昏的遼闊海面。而且，還可觀賞到許多旅館或大飯店華燈初上時，閃爍著的美麗燈光或霓虹燈。也許跟靜靜舒展著的海面成對照的關係吧，這種光景倒特別令人嗅到一股世俗的繁華感。

這個房間的裝潢是日本式的。然而，也採用了洋式的長處，有扇裝上鎖的門。叩門聲就在這個門上響了起來。

房間裡面有一個男人，心裡忐忑不安地坐著。連看窗外也不看，只顧注意腕上的錶。桌上的煙灰缸，已經堆積了好幾根沒有抽幾口的長香煙頭。

這位仁兄一直在等待著叩門聲。他抱著緊張的心情，由心的深處，等待著這個聲音。所以，他認爲叩門聲雖然未免比約定好的時間來得過早。可是，眼睛卻反射般的露出光芒，以高興的聲音說：

「どうぞ」

しかし、それに応じて入ってきたのは、男の待っている相手ではなかった。この部屋の担当の女性だった。

「失礼いたします」

「なんですか」

と、がっかりした表情になった男へ、女は用紙をさし出しながら言った。

「宿帳の記入をお願いしたいのですが……」

男はそれを受け取り、ためらうことなく書きこんだ。

安井　隆二　三十二歳
妻　佐知子　二十七歳
「これでいいかね」

「けっこうでございます。で、お連れさまは……」

「まもなく来ることになっている。八時の予定だ」

「なにか、お飲み物でもお持ちいたしましょうか」

「いや、あとにするよ」

隆二が断わると、彼女は灰皿をかえたり、部屋のすみの浴衣をあらためたりした。彼はそれをぼんやり見ながら考えた。宿帳への記入を、そのまま受け取ってくれただろうか、と。

「請進。」

但是，進來的人，並不是男人所等待著的對象，而是這家旅館的女服務生。

「要打擾你了。」

「什麼事？」

說著，露出失望的表情。女服務生一邊把紙交給他，一邊說：

「想拜託你塡寫一下住宿登記……」

男人接上紙，毫不猶豫地寫了。

安井　隆二　　三十二歲

妻　佐知子　　二十七歲

「這樣可以嗎？」

「可以，不過，另一位呢……」

「馬上就要來，預定是八點。」

「要不要喝點什麼的？」

「不，等會再說。」

隆二謝絕了之後，女服務生只好換了換煙灰缸，整整房裡牆角的浴衣。他邊呆呆地看著她做這些事情，邊在腦海裡想著：對於住宿登記，女服務生會不會把他的話信以爲眞？女人的臉

女の表情には関心や好奇心といったものはなく、事務的なものだった。宿泊業の関係者にとっては、客がどう自称しようが、よくあることで、どうでもいいことなのだろう。いくらかのチップを渡した。

彼女は頭をさげ、部屋から出ていった。隆二はそれを呼びとめて「名前も、関係も、年齢も、すべて本当なんだぜ」と、話しかけたい衝動を感じた。

人目を忍ぶ、いかがわしい旅行者でないことを、強調してみたかったのだ。しかし、それは思いとどまった。相手はべつになんとも感じないだろうし、かえって妙に思われるのがおちだ。

隆二はここで、妻の佐知子を待っていた。しかし週末を利用した奥さまサービスといった、ありふれたものではなかった。彼女に会うのは、これが二カ月ぶりということになる。二カ月前に、佐知子は家を出ていった。

隆二を見限って出ていったのでも、ほかに好きな男ができたからでもない。ちょっとした口論がこじれ、隆二が「出て行け」と追い出してしまったのだ。

原因として、性格の根本的なずれや、おたがいに許しがたい不貞な行為があったわけではない。夫妻は長い恋愛のうえで結婚したのだし、共ばたらきで、よりよい生活を築こうと努力しあってきた。

上絲毫也沒有露出關懷或好奇的表情，只是做著份內事。對旅館業者來說，不管客人怎麼講，都是司空見慣的事，反正無傷大雅吧。他給了她些小費。

女服務生低著頭，走出了房間。隆二的心裡湧出了一股衝動，想喊住她說：「姓名也好，關係也好，年齡也好，都是眞的呢。」

爲的是有意强調，他並不是屬於那種想要逃避別人耳目的可疑旅客。然而，他還是打消了這個念頭。對方沒有感到任何異樣，反而使人覺得不尋常。

隆二在這裡等待他的妻子……佐知子。可是，這並不是所謂利用週末來服侍太太之類的例行公事。他和她已經有兩個月沒有見過面了。兩個月前，佐知子離家出走。

她並不是遺棄隆二，也並不是另外有了她所喜歡的男人。而是爲了一點兒口角鬧彆扭，結果隆二把她趕出去。

原因既不是爲了性格的根本不合，也不是彼此之間有著不可原諒的不良行爲。夫妻是經過長時間的戀愛才結婚，兩人都有工作，爲了要過更好的生活而共同努力過來的。

二人は愛しあっていたし、性格も一致していた。いや、一致しすぎていたともいえる。そこが問題だった。強情な点でも共通していたのだから。

隆二はある生産会社につとめ、佐知子は貿易会社につとめていた。そして、彼女のボーナスの額が、彼のより少し多かったことが、いさかいの直接の原因となった。

しかし、家庭内のいざこざというものは、原因などどうでもいい。重大なのは、その発展の経過といえる。二人の場合も、使いみちをめぐっての意見の相違という論点はどこかへいってしまい、対立という結果だけが残った。

「だいたい、おまえは生意気だよ」

と、あげくのはてに隆二が興奮して言い、佐知子が応じた。

「あなたこそ、生意気よ」

「それなら、出ていったらどうだ。おまえが反省し、あやまるまで家へ入れない」

「ええ、出ていくわよ。あなたがあやまるまで、帰ってこないわよ」

すべては行きがかりだった。おたがいに、相手があやまるだろうと期待し、自分はゆずろうとしなかった。普通なら、なんとかおさまるところだが、二人はあくまで性格が一致していた。

かくして、佐知子は出て行き、隆二は引きとめなかった。

たちまち隆二は、後悔を味わった。ひとりきりの生活になると、自分にとって佐知子がい

兩人都相愛著，性格也相一致。不，也可以說是一致得太過份了。問題就在這裡，就是固執這點也是共通的。

隆二在某家製造廠服務，佐知子在貿易公司上班。並且，她的獎金比他稍多了一點這件事，竟成了他們之間爭吵的直接原因。

可是，家庭糾紛也者，倒不必究詰原因。要緊的，倒是其發展的經過。他倆的情況就是這樣，雙方在家庭開支上的不同意見，不知消失到那裡去了，剩下只是對立這個結果。

「妳根本就是傲慢。」

最後隆二終於激動地說出，佐知子也回嘴了。

「你還不是傲慢。」

「那麼妳就給我出去。在妳反省，向我道歉之前絕不准妳回來。」

「呃，出去就出去，在你認錯之前，我決不回來。」

這全是沒有預料到的事情。雙方都期待對方會承認錯誤而來道歉，自己一點兒也不讓步。要是一般的情況，總會解決，不過，兩人的性格卻徹底一致。

佐知子就這樣離了家，隆二也不加以挽留。

轉瞬間，隆二後悔起來。一旦過著光棍的生活，他就會感到佐知子的存在，對他是多麼重

かに必要な存在であり、彼女をいかに愛していたかを痛切に思い知らされた。鏡に自分の顔がうつらなくなったような、空虚な感じだった。

こうなってしまった事態を、どう解決したものか、隆二の頭にはいい方法が浮かばなかった。彼は自分のおろかさ、また不器用さにいや気がさした。

もちろん、すぐに出かけていって、あやまればすむことはわかっている。しかし、その簡単なことが彼にはできなかった。できるくらいなら、あの時に和解してしまっているはずだ。さきに頭をさげることができない性格を、まったく持てあました形だった。

おそらく、佐知子のほうも同様なのだろう。いくら待っても、折れてこない。

彼は思いあまって、友人と酒を飲んだ時に、それとなく助言を求めてみた。しかし「自分で始末しろよ」とか「さっさと、あやまってしまえ」とかの、ありふれた意見ばかりだった。他人の家庭内の問題に口を入れ、抜きさしならなくなるのを警戒しているのかもしれない。

隆二はなすところなく、悶々とした日々を過した。いや、なすところなくではない。彼なりのことをやった。妻が戻ってくれるよう、心のなかで祈りつづけたのだ。われながら無器用なことだと思い、あまり効果を期待しなかった。

しかし、奇跡が訪れてきた。佐知子からの手紙が届いたのだ。

こんなことを回想しながら、隆二は服のポケットからその手紙を出し、読みなおしはじめ

要，也痛切地體會到他是如何地愛著她。同時，內心產生了一股空虛的感覺，彷彿自己的臉無法照在鏡上似的。

事情已經演變到這種地步，要怎麼去解決？隆二腦海裡，想不出好辦法來。他對自己的愚蠢、笨拙，感到討厭。

當然啦，他不是不知道，只要即時出去向佐知子道歉，事情就可解決。但是，這麼簡單的事，他卻無法做到。要是能夠做到，他們之間的吵架，早在那時就和解了。這是一種全然無可奈何的情勢，就是無法先向對方低頭的性格。

佐知子這邊的情況，也許跟隆二相同吧。不管怎麼等，隆二都不願讓步。

他想不出主意來，所以跟朋友們喝酒時，委婉地徵求他們的意見。可是所得到的不外是「自己去處理吧。」或「趕快去向她道歉！」之類的平凡的意見而已。說不定是顧慮到要是被捲入別人的家庭糾紛，那只有自討沒趣也未可知。

隆二無所事事地，過著悶悶不樂的日子。不，他並不是眞的無所事事，而是做了他所要做的事。在心裡不斷地禱告著太太的回來。不過認爲自己這樣做未免笨拙，因此，不太敢期待會有效果。

然而，奇蹟出現了，他收到佐知子寫來的信。

隆二在腦海裡一邊回想這件事，一邊從口袋裡掏出那封信，重新讀起來。信上的每一個字

た。なつかしい佐知子の筆跡であり、その内容も、彼の心に食い入るようなものだった。いまさら読みなおすまでもなく、彼はその内容を暗記してしまっている。

自分の至らなさを、くりかえしてわび、新婚旅行でとまった旅館の、同じ部屋でお会いしましょうと提案してあった。おいやならかまいません、あたしは必ずまいります、と追記してある。

隆二はそれを読んでおどりあがり、引き寄せられるような気持ちで、この旅館にやってきた。その指定の日がきょうであり、部屋はここ。そして時間は……。

隆二はまた腕時計をのぞいた。そろそろ八時、約束の時間だ。彼は早くから来て待っていたのだ。むこうから先にあやまってきたのだから、こっちでも、早く来ることで誠意を示そう。待ったのは一時間ぐらいだが、彼にはずいぶん長く感じられた。考えてみれば、正確には二カ月も待った瞬間なのだから。

ドアにノックの音がした。

なつかしい、愛情のこもった響きだった。隆二の動悸(どうき)は高まり、すぐには声が出なかった。しかし、努力してしぼり出した。

「どうぞ……」

ドアが開き、佐知子が入ってきた。なつかしい、愛情にみちた姿だった。彼女は後手にド

都是他所懷念的佐知子的筆跡。信的內容也直打進他的心裡去。他根本無需重讀這封信，他已經把信的內容全背起來了。

再三的表示自已的不體貼，並建議在新婚旅行時，一起住宿過的旅館的同一房間裡見面。如果不願意也沒關係，我一定要去，信上這樣補充著。

隆二讀到這段內容，雀躍三尺，帶著被吸引似的心情，來到這家旅館。定好的日期是今天，房間正是本房，而時間是……。

隆二又看了看錶，時間快要八點，就是約好的時間。他早就來到這個房間等待著。是對方要先來向他道歉的，不過自已也得早點來，以表示誠意。他只不過等了一小時左右，可是卻覺得等了很久。回想起來，說正確一點，他整整等了兩個月的這一瞬間嘛。

有人叩門。

這是帶著愛情，且令人懷念的響聲。隆二內心的跳動加劇起來，一時無法叫出聲來。經過一番努力，才勉強發出了高聲。

「請進來……」

門打開了，佐知子走了進來。令人思慕的，而瀰漫著愛情的姿勢。她隨後關著門，看清楚

アをしめ、彼をみとめ、まっすぐ見つめながら言いかけた。

「あの、あたし……」

「そのさきは、言わなくてもいいよ。ぼくも悪かったんだ。いや、ぼくのほうが悪かったんだ……」

隆二は一息にしゃべりつづけた。待っているあいだに、気のきいた文句を考えたつもりだったが、口から出るのは、たわいない言葉だった。佐知子はそばへきてすわり、ほっとしたように問いかけた。

「それじゃあ、これから、またいっしょに暮せるのね」

「そうだとも。この思い出の部屋から、あらためて出発しなおそう。……で、おなかはすいていないかい」

「ぺこぺこよ」

佐知子は笑った。隆二は電話で命じ、食事と酒とを運ばせた。給仕はけっこうと断わり、それは佐知子が自分でやった。

少しはなれた海岸からは波の音が伝わってくるし、どこからともなく、温泉のかおりがただよってくる……。

なにもかも、新婚の時と同じだった。もちろん、それにつづく夜も……。

是他，邊目不轉睛地看著他，邊說：

「嗯，我……」

「別再說下去了。我也不好。是的，是我不好……」

隆二一口氣喋喋不休地說了下去。在等待佐知子出現的時候，雖以爲想出了動聽的詞句，不過這時說出口卻是沒多大意思的話語。佐知子來到隆二的身旁，坐了下來，如釋重負似地，開口問：

「那麼，從今以後，我們又可以共同生活在一起囉？」

「不錯。從這間令人回憶的房間，讓我們重來吧。……噢，妳肚子不餓嗎？」

「肚子餓癟了。」

佐知子笑了起來。隆二用電話叫了菜和酒。他辭退了女侍的服務，而由佐知子自己來做服務工作。

從遠處傳來了波浪的衝擊聲，不知從什麼地方漂來了溫泉的味道……。

一切的事務與景象，無不和新婚當時相同。當然啦，接著而來的夜晚也……。

朝がしのび寄ってきた。海のかなたから昇った陽は、部屋のなかに明るい光線を送りこんでいる。

みちたりた眠りから、どちらからともなく目ざめ、どちらからともなく声をかけあった。

「いいお天気のようだな」

「ええ。みんな新婚の時と同じね。あの朝もいい天気だったわ」

「ああ、もう二度と、こんなことはしないようにしよう。ぼくもつくづく反省したよ」

「ねえ……」

と佐知子がなにか言いかけてやめ、隆二はうながした。

「なにか言いたいことがあるのかい」

「ええ。あなたって、本当にすばらしいかたね。見なおしたわ。あたしがさびしさにたえきれなくなった時、こんな提案をして下さるなんて。にくらしいほどのアイデアね」

隆二は聞きとがめた。

「いったい、どういう意味なんだい、それは」

「もう一回この部屋へとまろうという手紙をいただいた時は、あたし、うれしくて涙が出たわ」

彼は、身をおこしながら言った。

「その手紙を見せてくれないか」

早晨不知不覺來到了。從海的那邊升上來的朝陽，把明亮的光線，照進了房裡。

經過充足的酣睡後，雙方差不多同時醒過來，而差不多同時講起話來。

「天氣好像很好的樣子。」

「嗯。一切都和新婚時一樣。那天早上的天氣，也是很好的。」

「噢，讓我們不要再有這種事發生了。我也痛切地反省了。」

「哎……」

佐知子不知想要說什麼而停了下來，隆二催促她。

「有什麼想要說的事嗎？」

「唔。你確實是個了不起的人。我非對你重新估價不可。正當我寂寞難耐時，竟然提出了這麼好的建議。好到令人生恨。」

隆二責問著：

「這到底是怎麼一回事呢？」

「當我接到提議要再一次來這個房間住宿的信時，我高興得流出眼淚來。」

他邊起身邊說：

「可不可以讓我看看那封信？」

「ええ。だけど、なぜなの。ご自分の手紙を読みなおそうなんて……」

佐知子は枕もとのハンドバッグをあけ、手紙を出して彼に渡した。隆二は目を走らせた。自分の強情さをわび、この部屋で会おうという内容だった。彼は首をかしげながらつぶやいた。

「よく似た字だが、ちょっとちがうな」

「どういうことなのよ、それ」

「ぼくが書いたのじゃないってことさ」

「変なこと、おっしゃらないでよ。あなたのお手紙じゃないとしたら、あなたがここにいるわけがないじゃないの」

「いや、ぼくにも手紙が来たんだ。ほら」

隆二は立ちあがり、服のポケットから問題の手紙を出してきた。佐知子は眺めながら言った。

「ほんとだわ。あたしそっくりの字ね」

「となると、この二通の手紙はだれが出したものだろう」

二人は顔を見あわせた。

「あたし、あなたがお書きになったものとばかり思っていたわ」

「まったく心当りがないな。ぼくの友人とも思えない。きみの字や文章を、こんなにまねら

「唔，可以。不過，什麼道理？要看自己寫的信……」

佐知子打開了放在枕頭旁的手提包，拿出信交給隆二。隆二轉動眼睛看著。內容寫的是向對方道歉自己的倔強，並約定在這個房間見面。他一邊歪起頭來，一邊嘟喃著說：

「字跡很像，不過並不是。」

「你說什麼。」

「我說不是我寫的。」

「不要這樣說好不好！如果信不是你寫的話，那你爲什麼會來這裡？」

「不，我也收到來信。妳看。」

隆二站了起來，從口袋裡掏出了問題的信件。佐知子邊望著信，邊說：

「果然不錯。跟我的字一模一樣嘛！」

「這麼一來，這兩封信到底誰寄來的？」

兩人面面相覷。

「我一直認爲是你寫的呢。」

「完全想不透。也不可能是我的朋友。沒有一個能夠把妳的字或文章模仿到這種地步。會

れる者はないからな。もしかしたら……」

「もしかしたら、だれなの……」

彼女は気づかわしげに聞き、彼は答えた。

「神さまじゃないかと思ったのさ」

祈りがかなえられたから、との説明は言いそびれた。

「まさか……」

「しかし、こんな適切なアイデアを考えつき、実行してくれるような気のきいたやつは、ぼくの友人にはいない。きみの友人にはどうだい」

「やっぱりいないわ」

「しかし、神秘的だな。だれかに見つめられてでもいる気分だ」

「それはそうね。でも、温かく見まもられているようじゃないの」

「ああ、いやな気分ではない。それとも、このなぞをとくため、もう一回けんかをしてみようか」

「いやよ」

佐知子は頭を振り、隆二も同感だった。やがて、彼は言った。

「どうだい。朝食の前に、新婚旅行の時と同じに、海岸の波うちぎわまで行ってみようか。そこで、このだれからともわからない手紙を、海に流してしまおう」

不會是……」

「會不會是誰……」

她擔心地問著，他卻回答說：

「我認爲是神明。」

只是不敢表明自己的禱告終於如願以償了。

「難道……」

「可是，想出這樣適當的主意，而且付之實施的靈巧的傢伙，在我的朋友之中是沒有的。妳的朋友之中，不知怎麼樣？」

「還是沒有。」

「但是，很富於神秘性。我覺得不知給什麼人盯視著似的。」

「說的也是。不過，好像被人溫暖地照顧一般。」

「哦，這種感受還不壞。或者爲了解開這個謎起見，讓我們再來吵一次好不好？」

「我才不要呢。」

佐知子搖了搖頭，隆二也抱著同感。旋即他說：

「怎麼樣？在吃早餐之前，讓我們跟蜜月旅行時一樣，走到海岸邊吧。在那兒讓我們把這兩封不知誰寫來的信，丟進海裡，讓它們隨波漂流吧。」

「いいわ。でも、ちょっと待っててね。顔をなおすから」

佐知子は鏡台にむかい、簡単に化粧をととのえた。そして、鏡のなかの自分に笑いかけた。心のなかで、こうつぶやきながら。

「作戦はうまく成功したわ。あとになって、あたしのしわざとわかると大変だけど、海へ流してしまえば大丈夫だわ。あたしだって、さきにあやまったという実績を残すのはいやよ。でも、このままじゃしようがないから、こんな方法を考えたの。効果がありすぎて、神さままで出てきちゃったわ。でも、そこがあの人のいいところなんだわ。きまじめで、強情で。すぐにあやまるような男じゃあ、たよりなくてどうにもならないもの……」

「好哇。不過，請稍等一等。我要打扮一下。」

佐知子面對化妝鏡，簡單地做了臉部的化妝。並且，對著鏡上的自己笑了。在心裡這樣嘟喃著：

「作戰圓滿成功了。事後如果知道是我的把戲就糟糕，既然丟進海裡就沒事了。我還是不願留下先向人道歉的實績。不過，雙方都不讓步，按照目前的情況堅持下去也不是辦法，所以才想出了這一招。由於效果太好，連神明都出現了。不過，這就是他的優點。誠實而倔強。假如他是一個馬上認錯而道歉的男人的話，那就太不牢靠而沒出息……」

計略と結果

ノックの音がした。

玄関の戸を勢いよくたたく音だった。眠っていた大友順三は、それで目をさました。枕もとの電気スタンドをつける。時計の針は、午前一時をさしていた。

しかし、医者という看板をかかげている以上、知らん顔はできない。居留守をきめこんだことがわかると、あとで問題となる。そんな事態は、彼の望まぬことだった。

順三は四十歳。地方の小さな町に開業してから、五年ほどになる。人当りがいいので、評判はよかった。とくに繁盛もしていないが、安定した生活がつづいている。ここは都会とちがって空気もいいし、人びとも尊敬してくれる。満足すべき日々だった。

「先生、お願いします」

ノックとともに、女の声がしている。なまりのない点からみると、この地方の住人ではない。都会からの旅行者かもしれない。

「はい、ちょっとお待ち下さい」

彼は鍵をはずした。二十五歳ぐらいの女が、カバンを片手に立っており、その肩に男がも

圈套與結局

有人叩門。

玄關門被叩得蠻起勁的。酣睡中的大友順三，給這叩門聲吵醒了。他扭亮了枕頭邊的枱燈。時鐘的指針，正指著凌晨一點。

然而，只要掛上了醫師的招牌，就不能裝不知道。在家假裝不在家，如果被查出來，是會出紕漏的。這種事是他所不願意惹上的。

順三今年四十歲。自從到地方的小鎮行醫以來，約有五個年頭了。待人和藹，因而受到一般人的好評。生意雖然沒有特別興隆，生活還算很安定。此地與都會不同，空氣新鮮，人人都尊敬他。自己所過的日子，是該滿足了。

「醫師，拜託您。」

隨著叩門聲傳來的，是女人的聲音。從沒有鄉音這點判斷，來者不可能是本地人。也許是來自都會的旅客。

「好，請稍等一下。」

順三開了鑰匙。一個二十五歲左右的女人，用單手拿著皮包，站在門口。一個男人倚靠在

たれている。男の顔は青ざめていて、敷石の上に血がぽとりとたれた。順三は診察室の電気をつけ、白衣をまとい、手を貸して台の上に横たえた。

「どうなさいました。自動車事故ですか」

「いいえ。猟銃が暴発しちゃったの。血がとまらないのよ」

横たえられた男は、痛そうにうめき声をたてるばかり。順三は首をかしげた。

「シーズン・オフのこんな時間に、なんで猟などを……」

「手入れをしていて……」

女はしどろもどろな答えをした。順三は不審に思いはしたが、傷を調べるほうが先決だった。負傷は足のふくらはぎの部分。触れるとひどく痛がる点から、骨に及んでいる可能性もあった。

「ひどい傷のようですね。とりあえず、消毒と止血をいたします。しかし、看板でごらんのように、わたしの専門は内科です。慎重を期して、となりの町の外科にすぐ運びましょう」

だが、重傷の男は首を振り、女は言った。

「ここでお願いするわ。傷の手当てぐらい、おできになるはずよ」

「いや。簡単な傷ならともかく、重傷です。無責任なことは許されません」

「だめ。ここで、できる限りのことをするのよ」

女は興奮した、押しつけるような口調になった。順三はとまどって言った。

她的肩上。臉色蒼白，鮮血滾落在舖路石上面。順三打開診斷室的電燈，穿上白衣，將傷患扶倒在診療枱上。

「怎麼一回事？出了車禍？」

「不是。獵槍走火。血一直流不停。」

躺在診療枱上的男人，只顧痛苦呻吟著。順三歪起頭來。

「現在又不是打獵的季節，爲什麼去打獵……」

「在保養……」

女人牛頭不對馬嘴地回答。順三雖感到懷疑，不過，還是先驗傷要緊。受傷的地方只在腿肚。一碰就痛得無法忍受，由這點可以知道可能傷及骨頭。

「傷勢好像很嚴重的樣子。暫且給予消毒和止血。你們從招牌可以看出，我是內科醫師。爲了慎重起見，我馬上把你送到鄰街的外科醫師去。」

但是，身負重傷的男人卻搖了搖頭，而女人開口說：

「拜託在這裡做臨時處置，應該沒有問題吧。」

「不。要是輕傷的話那還可以，這是重傷呀！不負責任的處置，是不被允許的。」

「不行！我要你在這裡做緊急治療。」

那個女人激動起來，並以强迫性的語氣說。順三逡巡一下才說：

「いったい、なぜです。患者のためを思えばこそ、申しあげているのですよ」

「ここにいるほうが、本人のためなのよ」

女はその説明をするかわりに、横たわっている男のポケットからなにかを取り出し、順三につきつけた。拳銃だった。

「なんのまねです」

「まねじゃないわ。本物よ。本気なのよ。さあ、早く……」

さからわないほうが賢明なようだ。これ以上の質問をすると、ろくなことになりそうにない。変にかかりあいになって、平穏な暮しをこわされてはたまらない。

順三はおとなしく治療にとりかかった。止血をし、消毒をし、局所麻酔の注射をした。それがききはじめ、男のうめきは少しおさまった。つぎに、弾丸を取り出しにかかった……。

その時、部屋のすみの電話が鳴りだした。

どこかで急病人かな。順三は女に声をかけた。

「ちょっと、その電話を聞いて下さい」

だが、女は拳銃をにぎったまま言った。

「だめ、先生が出るのよ。よけいなことは言わず、なにごともありません、とだけ答えるのよ」

やれやれ、容易ならざる局面のようだ。順三は手をふり、鳴りつづけている電話機をとっ

「到底是怎麼一回事呀？我說的全是爲了傷者著想啊！」

「我認爲在這裡治療，才對傷者有好處。」

女人不加解釋，卻從躺在治療枱上的男人口袋裡，掏出某種東西，並把它抵在順三的身上。那是一枝手槍！

「你這是什麼意思？」

「不是什麼意思，而是眞的。我是一本正經。呃，快啊……」

還是乖乖地順從她爲妙。要是再追問下去，保險不會有好事的。要是受到莫明其妙的牽連，平靜的生活給破壞了，那不就完啦？

順三和善的給傷者治療。止止血、消消毒、並給他打針，作局部痲醉。針藥發生了效力，傷者的呻吟稍稍停了下來。接著，他準備取出子彈……。

這時，在屋角的電話響了起來。

不知那兒的緊急病患？順三對女人說：

「請妳接一下電話好不好？」

可是，女人仍然握著手槍，說：

「不行！你去接。不准多說，只要回答：沒有發生什麼，就可以了。」

哎呀，這好像是不容易應付的局面。順三擦了擦手，拿起了直響不停的聽筒。女人靠近他

た。女はそばへ寄り、双方の会話を聞きとろうとしている。

「はい、なんでしょうか」

「こちらは警察ですが……」

電話の相手は、顔みしりである警官の聞きおぼえのある声だった。

「こんなに夜おそく、だれか急病ですか」

「いや、ご注意です。一時間ほど前に強盗事件発生と、隣接の署から連絡がありました。男は金を奪ったあと、パトロール警官に発見され、発砲されました。負傷したまま、女の運転する車で逃走しました。その男の服装と、大体の人相は……」

それを聞きながら、順三は横目で患者をながめた。ほぼ一致している。おそらく、その犯人なのだろう。なぜなら、女の手の銃口が、彼の胸をつっついて念を押している。こうなると、当りさわりのないことしか言えない。

「それで……」

「この方角にむかう可能性もあるらしいので、いちおう、各病院に警告中なのです。そちらは大丈夫ですか」

「ええ……」

ほかに答えようがない。順三は腹をたてた。まぬけな警官め。こんな場合、どうすればいいのだ。そばにいますとでも、答えろというのか。

的身旁，想要聽聽雙方的談話。

「喂，有什麼事？」

「這裡是警察……」

對方的聲音，是順三所面熟的一位警察的聲音。

「三更半夜打電話，難道有人生了急病不成？」

「不是有人生病，而是要你留意。從鄉局來了通知說：約一小時前發生了强盜案件。有一個人搶了錢之後，被巡邏警察發現，挨了槍負著傷，坐著由女人駕駛的車逃跑了。搶犯的穿著和大致面貌……」

順三邊聽著電話，邊用著斜眼望著傷患。跟警方所描述的，大同小異。可能就是搶犯，鑑於女人的槍口對準他的胸膛在吩咐。這麼一來，他所說的，只有跟傷患毫無相干的話而已。

「那麼……」

「很可能逃到這方向，姑且先警告各醫院。你的醫院沒有問題吧？」

「沒問題……」

除此之外，就沒有其他可回答的話。順三怒氣塡胸。愚蠢的警察！這種場面要我怎麼辦？難道你要我回答說：搶犯就在我身邊！

「来客に注意し、少しでも怪しかったらドアをあけず、すぐ連絡して下さい」

「わかりました」

と順三は、ぶっきらぼうに電話を切った。まったく、まぬけきわまる警官だ。これでもう、外部へ救援を求める方法は絶えた。警察は義務を果したことになり、二度と電話はかけてこないだろう。こっちからかけることは、もちろん不可能だ。


「さあ、手当てをつづけてちょうだい」

女は拳銃でさしずをした。男の情婦かなにかなのだろうか。いや、男のほうが子分かもしれない。美人ではあるが、冷たい表情で、目に鋭さがある。拳銃のかわりに花束を持たせても、この感じはやわらぎそうにない。

順三は言われたとおり、弾丸を取り出しにかかった。いまの電話で事情はわかった。しかし、同時に悪化もした。こうなると、おいそれと見のがしてくれないだろう。手当てがすんだからといって、おとなしく帰りそうにない。

この状態から抜け出す方法を、順三は考えつこうと努めた。重傷ではあるが、死ぬ心配はなさそうだった。だが、この二人はそれを知っていない。そこを利用して……。

順三はむずかしそうな顔をし、つぶやくように言った。

「このままではいけない……」

「當心來客，如果發覺有點兒不對勁，就不要開門，馬上跟警方連絡。」

「知道啦。」

說完，順三莽撞地掛斷了電話。簡直是個糊塗透頂的警察！事到如今，已沒有任何可向外求援的方法了。警方也等於已辦完例行公事，可能不會再打電話來了。從這裡自動打給他，當然不可能。

「喏，請繼續給他治療吧。」

女人用手槍指示順三，她會不會是傷者的情婦，抑或什麼的？不，說不定男的就是她的部下。女人雖然是個美人兒，可是表情冷淡，眼光銳利。即使讓她捧著花束來代替手槍，其給人冷酷無情的感受，還是不會有兩樣的。

順三遵從女人的吩咐，準備從傷口取出子彈。剛才的電話使他了解事情的眞相。可是，同時也使事情惡化。這麼一來，他們不會輕易地放過他的。看來，傷勢治療過後，他們不可能會乖乖地離去。

順三處心積慮，想逃出這種處境。患者雖負重傷，但沒有生命之虞。然而，這一男一女卻不知道這點。如果加以利用……。

順三露出嚴肅的臉孔，嘟噥著說：

「照這種情況是不行的……」

計画どおり、女が聞きとがめてくれた。

「どうなの」

「出血がひどすぎた。脈が弱っている。輸血が必要なのです」

「じゃあ、やってよ。早く」

「ここには血液の用意がありません。となり町の外科医まで行かないと……」

女は黙り、手をひたいに当てた。明らかに困っているらしい。男を見殺しにはできず、逃走をあきらめるだろう。順三は内心で喜んだ。

「なんとか、方法はないの」

「まさか、わたしの血を移すことはできないでしょう。あなたの血が使えるかどうか、血液型を調べてみましょうか」

順三はさらに返答をうながした。

「どれくらいの血があればいいの」

「相当量が必要です。採血できる限度の、ぎりぎりまでやってみましょう」

順三はいい気持ちだった。真相を知らない相手をからかうのは、楽しいことだ。

横たわった男は、この会話を聞き、暗示にかかったように弱音を吐いた。

「助けてくれ。死にたくない。つかまってもいいから、輸血をしてくれ」

かぼそい声で、女と順三に訴えた。順三はそしらぬ顔をし、女は決断に迷いつづけた。こ

果然照他的計劃，女人盤問他：

「怎麼啦？」

「流血過度，脈膊很弱，必須輸血。」

「那麼就給他輸血吧。要快啊！」

「這裡沒有血漿。不到鄰鎮的外科醫院去的話……」

女人默默無言，把手擋在額頭上。顯然正在爲此事傷腦筋的樣子。對於患者，她不能見死不救，所以會放棄逃跑的念頭。順三的心裡，感到沾沾自喜。

「有沒有什麼辦法？」

「總不能要我輸血吧？妳的血能不能用，讓我來檢查血型吧。」

順三更進一步催促對方答覆。

「要多少血？」

「需要的數量相當多。在可能的範圍內，讓我儘量抽妳的血吧。」

順三得意洋洋起來。戲弄不知眞相的對方，是一件快樂的事情。

橫臥治療枱上的男人，聽了順三與女人之間的談話，好像中了暗示的，說出了不爭氣的話。

「救救我！我不願意死。給抓到也好，請給我輸血吧。」

他用微弱的聲音向女人和順三求援。順三假裝沒聽見，女人不知如何下決定才好，而感到

のままでは男が助からないし、自分の血を提供したら、このように青ざめ、ぐったりとするのだ。

「さあ、冷静な判断をなさって下さい」

順三は、またもうながした。女は男をみつめ、それから、さっき持ってきたカバンをながめた。そして、冷静な答えをした。だが、それは順三が期待したものではなかった。

「このままでだめなら、しかたがないわ」

「どうなさいます」

「お金の入ったカバンを持って、あたしだけ逃げることにするわ」

男は身を起しかけ、なにか言いかけたが、あきらめた。動けば命にかかわると心配したのだろう。また、無理に引きとめようにも、拳銃は女の手に移っているのだ。

思いがけぬ答えに、順三も驚いた。しかし、それでもいい。ぶっそうな凶器が出ていってくれれば、ほっとできるというわけだ。

「では、早く逃げて下さい。患者はわたしが車で運ぶことにしましょう」

「そうはいかないわ。先生が、どうせ黙っているわけがないでしょ。警察に連絡されたら、たまらないわ。先生はあたしといっしょに行くのよ。非常線を突破して、安全な所にたどりつくまでの人質よ」

「それはひどい。患者はどうするのです」

迷惑。按照目前的情況持續下去的話，男人無法獲救。如果自己捐血給他，則她會跟他一樣變得蒼白，精疲力盡。

「喏，請妳作個冷靜的決斷吧。」

順三又催促她。女人凝視著男人，接著望了望剛才帶來的皮包。並且，做了冷靜的答覆。但是，她的答覆並不是順三期待的。

「這樣不行的話，我也沒有辦法啊。」

「那好要怎麼做呢？」

「帶著裝滿錢的皮包，我一個人逃走。」

男人剛要起身，不知說了什麼，結果還是放棄了。可能擔心身體一動就會有生命的危險。再者，即使想要勉強制止她，手槍已在女人在手上。

女人的意外回答，連順三都感到驚訝。不過，那樣也好。只要危險的兇器一離開，他就可以放心了。

「那麼，請快逃吧。傷患由我用車子來送就可以。」

「那怎麼可以？大夫總不會保持沉默吧？要是跟警察聯絡的話，那還得了？大夫要跟我一起走。權充突破警戒線抵達安全地帶的人質啊！」

「那太過份了！那麼患者怎麼辦？」

「どうなってもいいわ。あたしはお金と自分のほうが大切なの」

それを聞いた男は、力をふりしぼって裏切りを怒り、効果がないと知って哀願もした。しかし、冷静を通り越して冷酷になってしまった女と、手の拳銃に対しては、なすすべもない。女は順三に命じた。

「そうときまったら、すぐ出発よ。さあ」

計画で予期したことと、まったく逆な結果になってしまった。順三はがっかりし、恐怖をおぼえた。利己と残酷の世界に踏切ってしまった女だ。どこまで連れて行かれ、あげくはどうされるのか、想像もつかない。

さっきまでの状態のほうが、まだしもよかった。といって、いまさら訂正しても、信じてはくれないだろう。もはや、作戦を立てなおすこともできない。

なにか名案はないだろうか。順三は手を洗ったり白衣をぬぐ動作をゆっくりとやり、時をかせいだ。だが、少しぐらい引きのばしたとしても、救助のあてはなく、打開策が浮かんできそうにない。

女は拳銃を片手にカバンをかかえ、いらいらした表情になっている。飛びかかろうにも、逃げようにも、すきがない。

とつぜん、玄関にノックの音がした。

「管他呢！我認爲最重要的是錢和我自己啊。」

聽到這句話的男人，對於女人的出賣自己大發雷霆，並且知道即使發怒也不會有什麼效果，因此最後還是向女人苦苦哀求。可是，對於已超越冷靜的境界而變成冷酷的女人，以及她手上所拿的手槍，他是毫無辦法的。女人命令順三說：

「事情決定好了的話，馬上出發，走吧。」

跟順三之計劃所預期的，產生了恰恰相反的結局。順三大失所望，並感到恐怖。一個踏進了自私與殘酷世界的女人。不曉得會被她帶到什麼地方去，最後不知會被她怎樣處置，簡直令人想像不到。

剛才的狀況還不算壞。話雖這麼說，現在再想加以修正，對方也可能不會相信了。已經無法重新擬定作戰計劃了。

不知有什麼妙計沒有？順三慢呑呑地洗洗手，脫掉白衣，爲的是要拖延時間。可是，即使把時間再延長一點點，也不見得有救助的對象，而且也不會出現什麼，來打開這個僵局。

女人一手持著手槍，一手夾著皮包，露出焦急的表情。想對著她撲上去，或是逃跑，都沒有機會。

突然，有人叩玄關門。

女はびくりとし、順三に命じた。

「戸をあけず、だれであろうと、適当に帰ってもらうのよ。もし、なかへ入れでもしたら……」

拳銃が動いた。追いつめられて、必死になっている女だ。うたないとは保証できない。順三はうなずき、外の客に言った。

「どなたでしょう」

「警察です」

「ああ、さっきの逃走犯人のことですね。それでしたら、ここは大丈夫です。ごくろうさまです」

こんな程度しか口にできない。しかし、外の声はさらに言った。

「なにをのんきなことを言う。大友順三、おまえを逮捕に来たのだ。無資格の医者の容疑だ」

「しかし、そんなことは……」

「言いぶんがあるのなら、署に来てからにしてくれ。あけないと、無理にでも入るぞ」

「待って下さい。いま、服を着かえますから……」

順三は言葉をとぎらせ、女を見た。女は小声で聞いた。

「あれは本当なの」

女人驚愕一下，命令順三說：

「不可開門，無論是誰，要巧妙的把對方趕走。要是讓對方進入屋內……」

手槍動了起來。女人已被追到走投無路的地步，只有拼命一途了。沒有人敢保證她不會開槍。順三點點頭，向門外的客人說：

「誰？」

「警察。」

「噢，為了剛才逃犯的事嗎？請放心，這裡沒有問題。您受累了。」

順三所能回答的，只有這種程度的話而已。但是，外面的聲音，重新說下去。

「還在說什麼滿不在乎的話！大友順三，我們是奉命來逮捕你的！你這個密醫嫌疑犯！」

「可是，那件事……」

「有異議到警署再說！要是不開門，我們會强制進去！」

「請等一下。現在，我要換換衣服……」

順三把話打斷，看著女人。女人小聲問他。

「那是眞的嗎？」

順三は力なくうなずいた。

「ああ、十年ほど前に麻薬を不法に使い、免許を取りあげられた。しかし、巧妙に書類を偽造し、保健所をごまかし、ここで開業した。普通の医者以上にあいそよくし、信用も得て、万事うまくいっていたのに。なぜ、いまごろになって発覚したのか、わけがわからない。ああ、すべて終りだ……」

彼はぐったりとし、青ざめた。台に横たわる重傷の男よりも、衰弱した外観だった。

女はそのようすを見て観念した。いずれにせよ、警官の入ってくるのは防げない。また、もぐり医者という犯罪者では、人質の役に立たない。

「もう、だめのようね。あきらめるわ。いいようにしてちょうだい」

順三は戸をあけた。三名ほどの警官が入ってきて、女をつかまえ、拳銃とカバンとを取りあげた。また、横たわる男の人相と服を確認し、うなずきあった。それから、警官の一人は、順三の肩をたたきながら言った。

「ご無事でけっこうでした。ほっとなさったでしょう。どうです」

「はあ……」

と、順三は呆然とため息をついた。もぐり医者がばれて、ほっとしたもないではないか。

だが、警官は楽しそうだった。

「さっきの電話の応対で、すぐにわかりましたよ。いつもあいそのいい先生が、いやにそっ

順三無力地點頭。

「哎，約在十年前，我違法使用麻藥，結果行醫執照被吊銷了。後來，我巧妙地僞造了文書，瞞過保健所，來到此地重新開業。我待人的態度比普通醫師還要和藹可親，得到了人們的信任，萬事進行得很順利呢。怎麼會到這時才被發覺，眞是莫明其妙。啊！啊！一切都完了……」

他精疲力盡，臉色變得蒼白。外表看起來比橫臥在治療枱上的重傷男人，還要衰竭。

女人看了順三的這副德性，只好聽天由命了。無論如何，絕對阻止不了警察的進入屋內。再者，以被認爲密醫的罪犯，做人質也沒有用。

「已經沒有辦法啦。我只有死心。任憑你去處理吧。」

順三打開了門。三名警察進入屋內，抓住女人，拿掉手槍和皮包。同時仔細觀察躺在治療枱上的男人的相貌和衣服後，互相點了點頭。然後，其中的一個警察拍了拍順三的肩膀說：

「平安無事，好極了。該放心了吧？怎樣？」

「啊……」

順三呆然長嘆了一聲。可不是因密醫被發覺，才好不容易擺平了嗎？但是，警察倒顯得滿高興的。

「從剛才的電話對話，我馬上就知道了。平常很會說話的醫師，突然說起冷淡的話來。這

けない言葉だった。わたしには、ぴんときましたよ。念のために来て調べてみると、玄関のそとに血がたれている」

「…………」

「しかし、凶器を持った、追いつめられた犯人といっしょです。飛びこんでは危いと思って、芝居をしたわけですよ。警察も、それほどのばかではありません」

「芝居だったのか……」

「もっとも、先生がうまく口を合せて下さったおかげもあります。危いとこでした……」

そんな会話を聞き、女はだまされたと知って歯ぎしりしていた。だが、やがて感心したように、つぶやいた。

「芝居にしては、うますぎたわ……」

順三は心のなかで舌打ちし、後悔した。とんでもないことになった。女め、よけいなことをしゃべりやがる。この警官は、言葉に対して、すぐぴんと感じる性格らしい。念のために調べてみることも好きらしい。警察も、それほどのばかではないそうだ。

これで、一難は去ったというものの……。

點提醒了我。為了慎重起見，跑來調查，果然發現玄關門外滴有鮮血。」

「……」

「但是，你是跟帶有兇器，被窮追的犯人在一起。我認為一衝進來會有危險，所以才表演了一齣戲。警察並不是那麼傻呀！」

「原來是在演戲……」

「不過，也要歸功於醫師的回答跟我們配合得天衣無縫。好險啊……」

聽了他們的對話，女人知道受騙，而咬牙切齒。但不久，感到佩服似的，嘟喃著說：

「以演戲來說，的確表演得太好了……」

順三在心裡咋舌，並且後悔起來。這一下子可糟了，混蛋的女人，幹嘛多嚕嗦，這位警察可能擁有一種特殊的性格，能即刻受到別人的言語的提醒。同時似乎喜歡為了慎重起見而著手調查。警察不見得那麼傻。

雖然渡過了一個難關，可是……。

職務

ノックの音がした。

ここは港の近くにある、小さなビルの警備員室。壁の時計は夜の九時を示していた。部屋のなかは殺風景なものだった。簡単な机と椅子(いす)、そのほかには、とくに人目をひくようなものはない。

この部屋にはドアが二つあった。その一つは、いまノックの音をたてた外の道路に面したドア。もう一つは、ビルの廊下へのドアだ。夕方の退社時刻がすぎると、正面の出入口にはシャッターがおろされ、この部屋を通用口として利用する以外に、ビルへの出入はできなくなる。

夜のこのビルには、警備員である白井五郎ひとりしかいなくなるのだった。彼は二十五歳。そう大男ではないが、筋肉の発達したからだの持ち主だった。

時どきビルの内部を見まわり、警報機を点検したり、火気を調べたりする。あとは、朝までここで番をしていればいい。容易な仕事ともいえるが、それは平穏であればのことだ。怪しい人物が押入ってきたら、身をもって防がなければならない。

職務

有人叩門。

這裡是離港口不遠的一棟小型大樓的警衛室。牆壁上的時鐘的長針指著晚上九點。室內陳設很簡陋。除了簡單的桌子和椅子，就沒有任何可引人特別注目的東西了。

此室有兩扇門。其中一扇就是剛被叩響的，朝著外面的道路開著。另一扇就是通到大樓走廊的門。下午的下班時刻一過，大門出入口的百葉窗就被拉下來，因此，除了利用這個警衛室的通用口之外，就無法進出這棟大樓了。

晚上，住在大樓裡面的人，只有警衛白井五郎一個人而已。他的年齡二十五歲。他的身材並不高大，不過，身上的肌肉卻很結實。

經常在大樓裡巡視巡視，檢查警報器，看看有沒有煙火。然後就在這間警衛裡守候到天亮。工作可以說得上簡單，不過這是指不出事而言。若碰到可疑的人物闖進來的話，就非得親自去阻擋不可。

非常の際に逃げ出すようでは、その担当者としての価値はない。だれもいないのと同じことではないか。もっとも、いままでそんな事件に直面したことはなかったが……。

五郎は朝までの時間を、小型ラジオに耳を傾けたり、本を読んだり、時には体操をしたりしてすごす。

しかし、いまは壁にむかってナイフを投げていた。ひまをみて毎日くりかえしているため、だいぶ上達してきた。テープでつけた、板に描いた的に、五本のうち四本の割で命中する。もちろん、彼はこの能力を悪用しようとは思っていない。万一の際に、身を守りビルを守るためを考えてのことだった。

壁にぶつかるナイフの音で、五郎は最初のノックを聞きもらした。しかし、ふたたびノックの音がし、彼はやっとそれに気づいた。

「だれだろう、いまごろ……」

彼はつぶやき、壁にささった数本のナイフを抜き、机の引出しにしまった。そして、一本だけ手のひらにかくし、油断なく声をかけた。

「どなたです」

こんな時間に訪れる者の心当りはない。だが、ドアの外で女の声が答えた。

「あたしよ。ラ・メールの明子」

若要在緊要關頭逃跑，那就失去當警衛的意義了。這豈不等於沒有任何人在場一樣？不過，到目前爲止，還沒有發生過那種事件……。

到天亮的這段期間，五郎是利用聽聽小型收音機、看看書，有時做做體操來排遣時間。然而，他現在卻對著牆壁投射小刀。由於利用空間和每天反覆練習的關係，他的成績進步得很快。對著用膠布貼起來，描繪在板上的靶子去擲刀，五刀之中，一定會命中四刀。當然啦，他並沒有想要把這番功夫用到邪途上去。他只是在碰到萬一的情況時，才要拿出來保護自己的身體和這棟大樓。

小刀碰到牆壁的聲音，使五郎聽漏了最初的叩門聲。可是，門又重新被叩響了，這次他好不容易才注意到。

「到底是什麼人，在這個時間……」

他喃喃自語，接著拔起了插在牆壁上的數把小刀，收藏在桌子的抽屜裡去。不過，留著一把，藏在手掌上，提高警覺地出聲問道：

「什麼人？」

他猜不出什麼人會在這個時刻來。不過，門外傳來的是女人的回答聲。

「是我。『海洋』的明子。」

それを聞いて、五郎は緊張をゆるめ、手のナイフをポケットにしまった。〝ラ・メール〟とは、ここから少し先にある喫茶店、明子とはそこで働いている十九歳の女の子だ。五郎も時たま寄るので顔みしりだった。その声にまちがいない。

彼は鍵(かぎ)をはずした。明子が若い笑い声とともに部屋に入ってきた。飾りのない室内とは、いささかそぐわない感じだ。利口そうな表情の女で、五郎も内心では好意を抱いていた。彼は浮き浮きした口調で話しかけた。

「いらっしゃい。で、なにか用かい」

「五郎さん、いつかいってたじゃないの。夜はこの部屋にいて退屈だから、寄ってみないかって……」

「退屈な仕事のことはたしかだが、そんなことを話したっけかな」

「あら、忘れちゃってるのね。あたし、いまお店が終ったとこ。海ぞいの公園でも散歩してみたくなったんだけど、ひとりじゃ危険だし、それに、みっともないわ。それで、さそいに寄ってみたのよ。海にうつるお船の灯でも眺めに出かけない……」

だが、五郎は残念そうに答えた。

「さそってもらったのはうれしいし、出かけたいのはやまやまだが、そうはいかないんだ。ビルの見張りが、おれの仕事なんだから」

「でも、ちょっとぐらいなら大丈夫じゃないの」

聽到對方回答，五郎鬆懈了一時的緊張，把手上的小刀放到口袋裡去。「海洋」就是離此不遠的一家茶館，明子就是在茶館工作的一個十九歲少女。五郎偶而會光顧茶館，因而認識她。這是她的聲音不錯。

他開了鑰，明子帶著年輕的笑聲，走進了警衛室。這與沒有裝飾的房間相對照，給人一種有些不相稱的感覺。明子的表情伶俐，五郎的內心對她抱著好感。他以喜不自禁的語氣說：

「請進來，有什麼事？」

「五郎先生，你不是說過嗎？晚上在警衛室裡很無聊，有空來玩吧……」

「工作確是無聊，但是，我說過那樣的話嗎？」

「哎，自己說的話都給忘啦！我的店剛打烊，本來打算在沿海的公園散散步。可是一個人很危險，而且也不像樣。所以嘛，我才來邀你一道去呢，要不要去看看映在海面上的船燈？」

然而，五郎遺憾地回答了：

「妳來邀我我很高興，出去倒想出去，可是心有餘而力不足，看守大樓是我的工作。」

「不過，出去一下子，大概不要緊吧？」

「その、ちょっとのあいだに、なにかが起ってみろ、くびにされてしまう。おれは、この職を失いたくないんだよ」

「収入がいいの」

「ああ……」

五郎はうなずいた。たしかに給料は悪くない額であり、会社は景気がよく倒産のおそれもない。とくに学歴があるわけでもない彼を、ここの社長は信用して使ってくれている。そればかりか、勤務ぶりによっては、いずれはもっと重要な仕事に昇進させるとも約束してくれた。徹底した実力主義が、社の根本方針らしかった。

前途に希望がある。だからこそ、任務はおろそかにできないし、いざという時は、からだを張ってもつくすつもりなのだ。

「それじゃ、しようがないわね」

明子は戸口に立ったまま、あきらめたような、心残りのような口調で言った。しかし、五郎は彼女を、このまま帰したくなかった。そこで、すすめてみた。

「どうだい。コーヒーでも飲んでいかないか。ラ・メールほどうまくはいれられないかもしれないが」

「ありがとう、いただくわ」

明子はうなずき、そばの椅子にかけた。五郎はパーコレーターをセットした。眠気ざまし

「萬一在這一下子發生了什麼紕漏，我就會被開除，我不願意失去我這份工作。」

「收入高嗎？」

「嗯……」

五郎點了點頭。薪水的確不錯，公司的業務很好，沒有倒閉之虞。尤其是對於沒有什麼高等學歷的他，該公司的董事長因信賴而雇用他。不僅此也，還答應過他，視他的工作情形，早晚還會把他提升到更重要的職位。徹底的實力主義，可能就是該公司用人的根本方針。前途不可限量。所以說對於任務絕對疏忽不得，緊急的時候，豁出身子來拼命，以在所不惜。

「那樣的話，就沒有辦法啦！」

明子一直站在門口，以斷念和依依不捨的口氣說。但是，五郎並不願意就這樣讓她白白回去，於是，他就勸了勸她說：

「怎樣，喝杯咖啡？味道也許不像『海洋』那麼好。」

「謝謝，喝就喝吧。」

明子點了點頭，接著坐在旁邊的椅上。五郎插上電咖啡壺的插頭，煮著咖啡。這是為了提

のために、ここに用意してある。コーヒーのできるのを待つあいだ、明子はおしゃべりをつづけた。

「ここの社長さん、なんのお仕事をしているの」

「貿易さ」

「それは知ってるけど、なんの貿易なの」

「くわしくは知らないよ」

「お店へ来るお客さんのうわさだと、商売にかけては、ずいぶんやり手だそうね」

「そうらしい。しかし、おれの現在の仕事は、命令どおり、このビルを守ることだ。会社の内容については、いずれ昇進でもしたら勉強することにするよ」

「好奇心を起して、夜中に社長室を調べてみようなんて気にはならないの。なにか、金もうけの種になるようなことが、あるかもしれないじゃないの」

「とんでもない。そんなことをしそうもないと見こまれたからこそ、おれはここで働いていられるんだ。秘密書類でも盗み読みすれば、よその会社に売れるかもしれない。だけど、社長は注意深い男だから、いずれはばれるだろう。そんなことになるよりも、いまの仕事を忠実にやっていたほうがいい」

「えらいのね……」

明子は尊敬したようすだった。やがてコーヒーがわき、二人はそれを口にした。

神用而準備的。在等待咖啡煮開的中間，明子喋喋不休地說：

「這家公司的董事長，不知在做什麼事？」

「當然是貿易。」

「那個我知道，不過做什麼貿易呢？」

「詳細的事情我不知道。」

「我聽到店裡來的客人談論說：在生意上，他是個高手呢。」

「很可能。可是，我現在的工作就是奉命看守這棟大樓。對於公司的內幕，待我高昇時，才要學習呢。」

「爲了好奇，要不要在半夜裡，偷偷調查董事長室看看？說不定會發現賺錢的秘訣。」

「哪裡話。就是因爲被看定我不會做那種事，才能在這裡工作。如果盜取秘密文件，說不定還可賣給別家公司。可是，董事長是一個很謹慎的人，總有一天會被發覺。與其說要那樣做，倒不如老老實實的忠於現在的崗位來得好。」

「眞偉大……。」

明子表示欽佩的樣子。不久咖啡開了，兩人就喝起咖啡來。

五郎は楽しい気持ちだった。収入がいいとはいえ、話相手のない、孤独で単調な仕事だ。それが思いがけなく、今夜はこんなふうにすごせるのだ。

そのうち、明子は壁の板を目にした。そして、ふしぎそうに聞いた。

「なんなの、あれ。おまじないのようね」

「そうじゃないよ。ナイフ投げの的さ」

五郎は自分のいいところを示したくなり、ポケットからナイフを出して投げた。それは見事に命中してくれた。明子は目を丸くし、ちょっと首をすくめた。

「すごいのね。でも、危いわ」

「これは、万一の時のためさ。ずいぶん練習したんだぜ」

彼は調子に乗り、引出しから残りのナイフを出し、つぎつぎと投げた。大部分が命中し、明子は感嘆の叫びをあげた。

「ほんとに、すごいわね」

その時、ドアが開き、また閉じた。静かな、だがすばやい開閉だった。

そのけはいを感じた五郎が顔をむけると、ひとりの青年が立っている。手には刃物を持っていて、ぶきみに光っている。そして、低い声で言った。

「おとなしくしたほうが無事だぞ」

「いったい、どなたです」

五郎感到喜氣洋洋。雖然收入可觀，但是既沒有談話對手，而且又從事孤獨而單調的工作。沒想到今晚卻有這種場面。

這期間，明子發現了貼在牆壁上的木板。並且，感到奇怪地問他：

「那是什麼？好像符咒似的。」

「不是符咒，而是刀靶。」

五郎想顯耀自己的優點，從口袋裡拿出小刀，投射上去，小刀巧妙地命中了目標。明子睜大了眼睛，稍微縮下脖子。

「很了不起，不過很危險啊！」

「這是爲了預防萬一，下了一番苦功呢。」

他得意忘形起來，於是從抽屜裡拿出剩下的小刀，一刀接一刀扔射出去。大部份都命中了目標，明子感嘆地驚叫起來。

「眞了不起！」

這時門開了，又關了。很靜，但極快的開關。

察覺這個情勢的五郎把臉轉過去看時，看到一個青年人站立著，手上帶著一把刀，刀身閃著令人害怕的亮光，而且，低聲說：

「乖乖地聽話對你才有好處！」

「你到底是什麼人。」

と言いながら、五郎は後悔した。聞きただすまでもなく、まともな客ではない。思わぬ不覚をとってしまった。たえず気をくばってきたというのに、こんなになってしまうとは……。ドアの鍵をかけ忘れていたし、そのうえ、ナイフも手もとにない。壁にかけ寄ろうとしたが、それもできなかった。明子が悲鳴をあげ、彼に抱きついてふるえていたからだ。

侵入者は言った。

「おれを社長室に案内しろ」

「しかし、金は金庫のなかだろうし、あけ方は知らない」

「いいから、社長室のドアの鍵をはずし、おれをなかに入れればいいのだ」

それを聞いて、五郎は想像した。金庫破りの才能を持つ相手なのかもしれない。それとも、あけ方の簡単なロッカーのなかの、取引きの書類か商品のサンプルがねらいなのだろうか。しかし、いずれにせよ従うことはできない。あくまで防ぐのが仕事ではないか。五郎は断固として言った。

「いやだ。おことわりだ」

「そうはいかない。どうしてもやらせるぞ。さあ、そこの女は、そばをはなれていろ」

明子はおびえたように、五郎からはなれた。五郎は少し喜んだ。一対一なら、相手のすきをみて、刃物をもぎとれるだろう。腕にはいくらか自信もあった。そのためには、彼女が足手まといになっては困るのだ。明子を巻きぞえにしたくなかった。

五郎說著，感到後悔。用不著問清楚，就可知道是一個不正派的客人。意想不到地出了紕漏。不斷地警戒著，結果沒有想到竟會碰到這種場面！

他忘記鎖門，加之手上已經沒有刀了。想要跑到牆壁去，可是又無法跑去，因爲明子慘叫著，抱著他在發抖。

侵入者說：

「把老子帶到董事長室去！」

「可是，錢是鎖在保險櫃裡，我又不會開。」

「那可不管，只要打開董事長室的門鎖，讓老子進去就行。」

聽了對方的話，五郎在腦海裡想像著，來者說不定是個開保險櫃專家。或者他所覬覦的是那些放在容易打開的櫥櫃內之交易文件和商品樣本？

然而，不管來者要的是什麼，決不能聽從對方的要求。他的工作不就是徹底的防守嗎？五郎斷然地說：

「不，我拒絕！」

「那不行，非得要你開不可。呃，那邊的小姐走開！」

明子膽怯地離開了五郎。五郎顯得有點高興。要是一對一，那他一定會伺機奪取對方手上的刀。對於自己的本領，五郎抱著幾分信心。所以說明子的存在，對他是一個包袱。他不願意把她牽連進去。

しかし、事態はそう期待どおりに展開しなかった。侵入者の青年は五郎にむかわず、手をのばして明子を引き寄せたのだ。そして、首すじに刃物を押しつけた。

「さあ、これでもことわるつもりか」

「五郎さん、助けて」

またも明子は悲鳴をあげた。救援を求めるその声を聞き、五郎は進退に窮した。自分だけなら、あくまで抵抗してみせる。その自信もあった。しかし、彼女を見殺しにでもしたら、一生それを苦にしつづけることになるだろう。一方、社長のドライな命令も頭に浮かび、決心がつかなかった。

「どうするつもりだ」

相手は答えをうながした。どうやら、一枚うわてのようだ。ついに五郎は心をきめた。

「わかった。言うとおりにする」

「よし、そうこなくてはいかん。では、両手をうしろに回せ」

侵入者は明子に命じ、ひもでしばらせた。五郎は、明子が適当にやってくれないかな、と思った。

だが、それもだめだった。侵入者は明子にしばり方をさしずし、さらに自分で点検した。反撃のすきはなかった。もはや、両手は動かせなくなった。この状態では、刃物を持つ相手にはたちむかえない。五郎は壁にささったナイフを、うらめしげな視線で見つめるばかりだ

但是，情況並不按照自己的期待發展下去。侵入者並不對著五郎，反而伸手把明子拉到他身邊，並且，把刀口對準她的脖子。

「呃，這樣你還要拒絕？」

「五郎先生，救命！」

明子又慘叫起來。聽到求救的喊叫聲，五郎便處於進退維谷之境，而不知該怎麼辦才好。要是自己一個人，一定會抵抗到底，他有這個自信。可是坐視不救她，他的一生一定會受到痛苦的煎熬。另一方面，董事長的鮮明的命令也浮現在他的腦海裡，使他下不了決心。

「你到底要怎麼樣？」

侵入者催他回答，對方好像比他高明一等似的，五郎終於下定了決心。

「知道了，聽你的就是啦。」

「好。不這樣做也不行，那麼把雙手放在後面！」

侵入者命令明子，用繩子把他的雙手綑綁起來。五郎希望明子能夠把他隨隨便便綁一下就好了。

可是，希望落空了。侵入者指示明子如何綑綁，自己還進一步加以檢查。五郎已沒有反擊的餘地了。雙手已經無法動彈了。按照目前的情況，他是無法跟手持短刀的對方對抗的。五郎只有以抱怨的眼光，瞪著插在牆壁上的小刀的份了。

った。

五郎は命ぜられるままに、社長室の鍵のしまい場所を教え、ビルのなかを案内した。静かな廊下に奇妙な行進の足音が響いた。うしろ手にしばられ先頭に立つ五郎、侵入者に手をつかまれたままの明子。

社長室は二階にあった。鍵がまわされ、照明がつけられ、みなはなかに入った。

侵入者の青年は五郎を、机のそばの来客用の椅子にかけさせ、ポケットから出したひもで、そこにしばりつけた。また、口の上にさるぐつわもした。

もう、手ばかりでなく、身動きもできず、声も出せない。できることといえば、聞くことと、見ることだけだ。

五郎は相手を眺めた。せめて、人相だけでも覚えておこう。また、なにを盗むのか、指紋を残した場所を見きわめておこうと思ったのだ。

さらに、かすかにこう期待した。すきをみて、あるいは相手が引きあげたあと、明子が力をかしてくれるだろうと。おれが彼女を救ったようなものだ。

しかし、それがこなごなに打ち砕かれるような光景が展開した。侵入者と明子とが、楽しげに談笑しはじめたのだ。顔をみあわせ、うまくいったことを喜び、成功を祝しあっているようすだ。

五郎は、さるぐつわの下で歯ぎしりした。明子がぐるだったとは。そこに気づかなかった

五郎遵照對方的命令，告訴對方收藏董事長室的鑰匙的地方，並帶他到大樓內。在寧靜的走廊裡，響起了奇妙的走路的腳步聲。雙手被綁在背後而走在前頭的五郎，被侵入者捉住手的明子。

董事長室在二樓。鎖被打開，電燈被點亮，大家都進去了。

侵入者讓五郎坐在桌邊客人用的椅子上，並從口袋裡拿出繩子，把五郎綑在椅子上。而且，用東西堵住他的嘴。

目前的五郎，除了雙手之外，身體要動也動彈不得了，嘴巴要喊也喊叫不出來了。所能爲力的，只有用耳朵去聽，用眼睛去看而已。

五郎望著對方。最低限度，也得記住對方的相貌。還有，到底要偷什麼東西，看清對方留指紋的地方也好。

更進一步，微微的這麼期待著。也許待對方退去之後，明子會伺機幫助他，因爲明子是他救的。

可是，這種想法被粉碎的光景展開了。侵入者和明子開始快樂的談笑起來。兩人面面相覷，慶賀著事情的順利，並慶祝著成功似的。

五郎在堵塞物的堵住下，咬牙切齒，明子竟然是同謀！自己多麼愚蠢，竟沒有注意到這點！

おれは、なんという間抜けだ。

裏切り女め。いずれ警察に訴え、共犯で逮捕してもらわなくては、腹がおさまらない。こんな女は、そうなるのが当然だ。

五郎の怒りにおかまいなく、二人は部屋の照明を消し、楽しそうな足音を残して出ていった。どこの部屋へ入って行くのかと耳をすませたが、見当はつかなかった。

暗いなかに、五郎ひとりが残された。身動きできないからだから、くやしさの蒸気が立ちのぼるようだった。しかし、こうなってしまっては、どうしようもない。

窓に明るさがみなぎりはじめ、海のかなたから陽がのぼってきた。五郎はその光で、自分のみじめな姿を見せつけられた。

そのうち、廊下に足音がし、ドアが開いた。いつもより早く出勤してきた社長だった。目の鋭い、いかにもやり手そうな、事業の鬼といった人物だった。

社長はしばられた五郎をみつけ、ひもをほどき、そして言った。

「なんだ。このざまは」

「はい、申しわけありません。強盗にやられました。しかし、人相はわかっています。また、手引きした女もわかっています。すぐつかまえに行ってきます……」

五郎は犯人の人相の説明にとりかかった。社長はうなずき、つぎに首をふった。

妳這個女叛徒，早晚總要報警，並以共犯的罪名加以逮捕，否則，這口氣是無法消散的。這種女人應該落到那樣的下場，才有道理。

盡管五郎在憤怒，兩人卻只顧關掉室內的電燈，留下快樂的腳步聲，走了出去。他雖然豎起耳朵，想聽清楚他們到底往那個房間去，結果還是聽不出方向來。

五郎獨自一個人被遺留在黑暗中。全身動彈不得，所以因悔恨而來的怒氣，便不斷往上昇。然而，事到如今，對於自己，已無能爲力了。

晨光曦微開始瀰漫在窗上，朝陽從海的彼方漸漸上升了。五郎藉著晨光，看到了自己可憐兮兮的樣子。

這時，走廊傳來腳步聲，接著門被打開了。比平時還早上班的董事長，雙眼炯炯有光，看起來好像是一個很能幹的，可說是事業的鬼才人物。

董事長看到五郎被綑綁在椅子上，解開繩子，說：

「什麼話嘛！這個洋相！」

「嗳，很對不起，遭到強盜的強劫。不過，我記得對方的面貌，還有，引路的女子也知道。現在馬上去抓……」

五郎正在敘述犯人的像貌。董事長點點頭，接著搖了頭說：

「その男なら、警察に訴える必要はない。べつに被害はなかったからだ。ところで、いずれにせよ、おまえはくびだ」

五郎はがっかりして、頭をさげた。

「わたしの手落ちです。くびは仕方ありません。……しかし、わけのわからない強盗だ」

このつぶやきに、社長は解説した。

「いや、強盗ではない。就職志願者だ。ぜひ自分を採用してくれと言ってきた。いまの警備員より能力のあることを、実証してみせますからと主張していた。悪く思わないでくれ。わが社の方針は、実力主義なのだからな」

「那個男人用不著去報警，因爲沒有受到任何損失。可是，無論如何，你總算被開除了！」

五郎頹喪地低著頭。

「這是我的過失，開除也沒辦法。……可是，莫明其妙的强盜。」

對著此一嘟喃的話，董事長解釋道：

「不，不是强盜，而是來謀職的。他要求一定用他，並且堅時著說，能力遠超過現任的警衛，要以事實來證明。請不要見怪，本公司的方針是實力主義，唯才是用。」

しなやかな手

ノックの音がした。

夜の十時ごろ。ここは高級なマンションの三階の一室。家賃もけっこう高そうだ。なかは広く、また豪華だった。家具はいい品がそろえてあり、すみのほうには金庫が置かれてあった。ステレオのセットが音楽を流している。

なかにいるのは、ここの住人、駒沢という四十歳の精力的な男だった。青年の持つ活気と、中年の持つ図々しさを二つとも持っていた。

駒沢は小さな雑誌社を経営している。もちろん一流誌ではなく、スキャンダル専門誌と呼ぶほうが早い。根拠の薄弱な情報を、低俗で刺激的な記事に仕上げてのせる。評判はかんばしくないが、売れ行きは良好だった。さらに、いろいろな妙味もある。だからこそ、このような生活もできるのだ。

彼はいま、ひとり椅子にかけ、ブランデーをグラスにつごうとしていた。

ノックの音につづいて、ブザーが響いた。駒沢はつぶやきながら立ちあがった。

柔軟的手

有人叩門。

晚上十點鐘左右。這裡是高級公寓三樓的一個房間。看來房租不會太低。房間裡面不但寬闊，而且豪華。傢俱的陳設，幾乎全是高級品。房間的一個角落裡，放著一個保險櫃。立體聲音響正放著音樂。

屋裡的人，也就是這個房間的房客，名叫駒澤，年齡四十，是一個精力充沛的男人。他兼有青年人的活力和中年人的厚臉皮。

駒澤經營一家小雜誌社。當然不能算是第一流雜誌，倒不如把它叫做醜聞雜誌來得乾脆。把根據不太確實的資訊，編成低俗而刺激的記事後，刊載出來。雖然沒有獲得大眾的好評，不過銷路還不算壞。加上，還有種種妙處，難怪能過這種生活。

他現在獨自一個人坐在椅子上，正想把白蘭地酌在酒杯裡。

接著叩門聲之後，蜂音器也響了起來。駒澤喃喃自語地站了起來。

「ははあ、なにか思いつめている客だな。ブザーの押しボタンが、すぐ目に入らなかったとみえる」

彼はいちおう注意ぶかく、ドアについている小さなのぞき穴から観察した。彼の顔からは警戒心が消え、笑いながらうなずいた。

二十歳ちょっとと思われる、ほっそりした色白の美人が立っている。上品な服装。いくらか緊張した表情だ。

スキャンダル雑誌をやっていると、このような夜の訪問者がよくある。自己を売り出したい歌手、記事の手加減をしてもらいたいタレント。趣味と実益の双方が満足できる商売といえた。

駒沢は女が一人であることをたしかめ、ロックをまわし、迎え入れた。

「さあ、どうぞ、どうぞ。ひとりで酒を飲むのは、どうも味気ないと思っていたところです。さあ、ごいっしょに一杯やりながら、問題を話しあうことにしましょう」

女は入ってきて、室内を見まわしながら言った。

「あの、雑誌をなさっておいでの、駒沢さんでいらっしゃいますの」

「そうですよ。わたしです。さあ、ごえんりょなく、椅子(いす)におかけ下さい。ここにはわたしひとりですし、今夜はもう、だれもやって来ません。ゆっくりとお話しができますよ」

「あたし、お話しをしに来たのではありませんわ」

「哈哈，是個心不在焉的客人。好像沒有立即看出蜂音器的按鈕就在眼前。」

他首先小心翼翼地從門上的小窺視孔，向外觀察了一下。警戒心從他的臉上消失，並露出笑容而點起頭來。

一個二十歲剛出頭，皮膚白，身材苗條的美人站在門口。衣著高尙，臉上的表情有點兒緊張。

創辦醜聞雜誌以來，就常遇到這類夜晚的訪問者。想要賣名的歌星，想拜託斟酌新聞記事的女明星。這一行可說是趣味與實利雙收。

駒澤弄清來者是一個女子，開了鎖，把對方迎到房裡。

「喏，請，請。我正想著一個人喝酒總是乏味。呃，一起喝喝，並談論問題吧。」

女人走了進來，環顧著室內而說道：

「嗯，您是那位辦雜誌的駒澤先生嗎？」

「是呀。就是我。喏，不要客氣，請坐下。這裡只有我一個人，今天晚上，已不會有人來。我們可以慢慢談。」

「我並不是來談話的啊。」

「なにも、そう結論を急ぐことはないでしょう。もっとも、わたしのほうは、どっちでもかまいませんがね」

駒沢はにやにやした。この女は肉体を提供する気で来たのだろうか。それとも、金銭だろうか。どっちにしても悪くない。媚態を呈さないところと、ハンドバッグが大型なところから察すると、金を持ってきたかもしれないな。

「あたしは急ぐのよ」

女はこう言い、そのハンドバッグに手を入れた。ふたたび出された手には、小型の拳銃がにぎられていた。先端についているのは消音器か。白くデリケートなしなやかそうな指との対照が、異様なムードを発散した。それを目にし、駒沢はあわてて言った。

「悪ふざけはおやめなさい」

「冗談なんかじゃないわ。本気よ」

「しかし、話しあえば解決することです。音楽をとめ、落ち着いて話しましょう」

彼はステレオのほうに歩きかけた。女は拳銃をかまえたまま、念を押した。

「非常ベルなど、押そうとしないほうがいいわよ。それだけ最後の時が早くなるわ」

駒沢はセットのスイッチに触れただけだった。音楽は消え、室内には息苦しい静寂がひろがった。彼は弁解をはじめた。

「記事のことでしたら、わたしだけの責任ではありません。読者たちの需要に応じて、わた

「用不著那麼急著下結論呀。尤其是我，不管那一方面都無所謂。」

駒澤嗤笑起來。這個女子是不是爲了提供肉體而來？或者是金錢？反正兩者都不壞。從不展露媚態這點，和帶著的手提包是大型的這點判斷，她可能是送錢來的。

「我很急啊。」

女子說畢，把手放進了手提包。從手提包裡再伸出來的手，已經握著一支袖珍手槍。附在尖端的東西，可能是消音器吧？跟白而纖弱、柔軟的手指頭對照起來，洋溢著不協調的氣氛。看到此一情景的駒澤，慌慌張張地說：

「請不要胡鬧好不好？」

「這不是開玩笑，而是正經的。」

「不過，商量就可以解決。把音樂關掉冷靜來談談吧。」

他走向了立體聲音響。女人仍然握著手槍，叮囑著：

「最好不要想去按緊急鈴爲妙。那樣只會加速你最後的一刻。」

駒澤只是碰了一下音響的開關而已。音樂停了下來，室內擴散著苦悶的寂靜。他開始辯論起來。

「如果是報導的話，那不只我一個人的責任。我只不過是順著讀者們的需要，提供報導而已。」

しはただ供給しているだけのことですよ」

「そうかもしれないわね」

と、女はあまり表情を変えなかった。

「記事がご不満なら、どんなご希望にもそいますよ。早まったことは、なさらないで下さい。しかし、あなたはどなたですか」

「あたしの名前は、犬塚信子よ」

駒沢はしばらく首をかしげていたが、やがて言った。

「聞いたことのないお名前だ。うちの雑誌でいままで記事にしたことも、これから取り上げる予定もありません。なにかの誤解でしょう」

「誤解はしていないわ」

「しかし、いったい、お仕事はなんなのです。歌手でしょうか、俳優でしょうか。いや、手の指が芸術的なところを拝見すると、バイオリンのほうでしょうか……」

駒沢は思いつくままにあげた。だが、女は首を振り、静かに言い渡した。

「そんなたぐいじゃないわ。死神よ」

「なんですって……」

「つまり、殺し屋なのよ」

駒沢は信じられないという表情になった。

「那很可能。」

女人說畢，臉上的表情，沒有多大改變。

「對於報導要是不滿，那我可以按照妳的任何希望去做。請妳可不要貿然從事。可是，妳是什麼人？」

「我的名字叫做犬塚信子。」

駒澤暫時歪起頭來，不久又開口說：

「沒有聽過的名字。到目前爲止，從來沒有在我的雜誌上報導過，今後也沒有預定要刊登出來。是不是有什麼誤會？」

「沒有誤會。」

「不過，妳到底是幹什麼的？歌星、演員？不，從妳的富有藝術性的手指看起來，妳是一個提琴手……」

駒澤想到那說到那。可是，女人搖了搖頭，靜靜地宣告說：

「不是那一類的。我是死神。」

「妳說什麼？」

「就是職業兇手。」

駒澤露出令人難以置信的表情。

「そうは見えない、とおっしゃりたいんでしょう。だからこそ成功するのよ。もし、黒ずくめの服の青年や、腕っぷしの強そうな男だったら、こう簡単に、なかへ入れてはくださらなかったでしょうね」

「まさか……」

「そんな職業が本当に存在するとは……」

「さっき、ご自分でもおっしゃってたじゃないの。需要のあるところ、供給ありよ。熱心な依頼人は、なんとかしてあたしに渡りをつけようとするわ。あたしのほうも、心がけてお客をさがす。連絡がつけば、商談が成立というわけね」

「商売として割り切っているのなら、取引きに応じてくれ。その倍の金を払う。三倍でもいい。どうだ、手を打ってくれないか」

駒沢は、いくらか落ち着きをとり戻したようだった。交渉によって、事態を有利に展開できそうだとの自信を抱きはじめた。

「そうはいかないわ。商売は信用の上に成り立っているのよ。そんな裏切りをしたら、これから依頼人がなくなってしまうわ」

「それなら、廃業して困らないだけの金額を払う。あなたのような美人のためなら、全財産を投げ出しても惜しくない」

駒沢は大げさな文句まで持ち出した。しかし、女は冷静だった。

「難道……」

「真是看不出，你想要這樣說吧？就是看不出來才會成功啊。要是一個穿著全身黑色衣服的青年，或者看來蠻有力的人的話，就不會這樣簡單讓我進來。可不是嗎？」

「可真有那種職業……」

「你不是剛說過嗎？有需要，就有供應。熱誠的委託人，總會想辦法跟我搭上關係。我也會留心去找客戶。一有聯絡，商業上的談判就可成立。」

「如果當做一種買賣的話，那妳就跟我做交易吧。我會加倍付出代價。三倍也可以。怎麼樣？快決定吧。」

駒澤好像恢復了幾分鎭靜的樣子。藉著交涉，可能會使情況朝向有利的方面發展，他開始抱起這個自信。

「那怎麼可以？生意是建立在信用上。要是這樣出賣人，以後就不會有客戶了。」

「如果耽心沒有客戶，那我可付給妳巨款。即使妳歇業，也不致於有困難。爲了像妳這樣的美人，縱然把全部財產拿出來，也不足爲惜。」

駒澤誇下了大海口。但是，女人倒很冷靜。

「そうはいかないわよ。このまま引きあげたら、あなたが黙っているわけがないでしょう。あたしは顔を覚えられたし、名前も言ってしまったわ。見のがしたら、お金はすぐに取り返され、一生こっちが恐喝されてしまうわ。だから、取引きはできないのよ」

「どうしても、だめか」

「だめね。でも、ブランデー一杯を飲むあいだぐらいは、待ってあげてもいいわ。あたし思いやりがあるのよ」

駒沢はグラスに酒をついだ。あまり震えてもいない。女はブランデー・グラスを見て目を丸くした。

「また、ずいぶんついだものね。まあ、いいわ。早くお飲みなさい」

彼は少し飲み、そして話しかけた。

「だれにたのまれたのか、聞かせてくれないかね。なぞのまま死ぬのも心残りだ」

「どうせ、まもなく最期なのだから、教えてあげるわ。歌手の香木町子さんよ。あたし、依頼人のかたには、敬称をつけて呼ぶことにしているのよ」

女はちょっと笑った。駒沢は頭をかき、つぶやくように言った。

「なるほど、そうだったのか。香木町子については、少しひどく書きすぎたかもしれないな」

「本人にとっては、少しどころじゃないようよ。これ以上書きたてられると、歌手としての

「那怎麼可以？我要是這樣退回去的話，你總不會保持緘默吧？我的容貌已被記下來，名字也說出來了。要是放你一馬，錢立即被人要回去，我一生中就會受到恫嚇。所以不可能和你交易。」

「無論如何，都不行嗎？」

「不行。不過，喝一杯白蘭地的時間，我倒可以等。我是很會體諒人的。」

駒澤把酒酌在玻璃杯裡。沒有什麼發抖。女人看了白蘭地杯，睜大了眼睛。

「你又倒了不少酒。嗄，沒有關係。請快喝吧。」

他喝了一點兒，然後對她說：

「到底是受了誰的委託，能不能告訴我？如果死得迷迷糊糊那才遺憾呢。」

「反正就要死了，不妨告訴你吧。就是歌星香木町子小姐。我對委託人一向是加上敬稱來稱呼的。」

女人稍微笑出來。駒澤搔著頭，嘟喃著說：

「噢，原來如此。對於香木町子，可能把她報導得有點過份。」

「就她本人來說，那就非同小可了。給人這樣一渲染，做為歌星的生命可不就完蛋啦？如

生命が終りになるんですって。それなら、いっそのこと……」

「こっちを、というわけか」

「ええ、正当防衛よ。あたしはそのお手伝いをさせていただく形ね」

「とんでもない話だ。言いぶんがあるのなら、法廷へ訴えればいい」

「判決を待ってたのじゃ、適切で満足できるような結果が得られないことぐらい、あなたもご存知のはずよ。それに、弁護士への費用もばかにならないわ」

「どうしても、見のがしてくれないか」

「どうしても、だめね」

女は断念してくれそうになかった。

駒沢はまた酒を口にし、ちょっと考えた。あまり追いつめられた表情はない。彼はさらに話しをつづけた。

「それじゃあ、知りたいことを、みな質問してしまうことにするよ。そもそも、きみのような女性が、なんでこんな仕事をはじめたんだ」

「原因のひとつは、父の死よ。あたしの父は無実なのに有罪にされ、刑務所で病死してしまったの。本当に悪事をしたのなら、あきらめもつくでじょうけどね。だから、あたしはその、悪事をする権利を遺産相続した形よ」

果那樣，乾脆……」

「所以就要把我幹掉。」

「是的，正當防衛麼。我就是幫手呀……」

「豈有此理！有意見的話，可以到法庭去申訴不就好啦。」

「如果要等待法院的判決，那絕對得不到適當而令人滿足的結果。這點，你一定明白的。加上律師的費用也相當可觀。」

「無論如何，妳都不會放過我？」

「無論如何，都不行！」

看來女人並不死心。

駒澤又喝了一口酒，略加思索了一下。但他並不顯得走進了窮巷末路。他再繼續講下去。

「那麼我想要知道的事情，統統要問妳啦。說起來，像妳這樣的女人，幹麼要做這種事？」

「一個原因就是家父之死。我的父親冤枉地被判了罪，病死在監獄裡。如果眞的犯了罪我就會死心。所以我就把那個犯罪的權利，做爲遺產繼承下來。」

「妙な理屈だが、気の毒な話だな。どうだろう。うちの雑誌で記事にしてあげてもいい。きっと、同情が集るだろう」

駒沢は提案したが、女は拒絶した。

「あたし、人の同情を受けるのがきらいなのよ。悪事であろうと、自分の力で生きてゆくほうが楽しいわ」

「それで、殺し屋をはじめたわけか」

「そうじゃないわ。はじめのうちは、兄と組んで、ちゃちな犯罪をしばらくやったわ。だけど、そのうち兄がつかまるし、あたしも、けちな仕事より、もっと刺激的なことをやりたくなったの。そして、死神となったしだいよ」

「ずっと順調かい」

「ええ。こうして仕事をつづけているじゃないの。このあいだは、高利貸の芝橋という人を片づけたわ。でも、この時は引金をひく前に、死への恐怖で発狂しちゃったわ。生ける屍（しかばね）。それを確認し、執行を中止してあげたわ」

「芝橋の発狂のうわさは聞いたが、それがきみの仕事とは知らなかった」

駒沢は感心した。女は美しい手で拳銃をもてあそびながら言った。

「あなたも本当に発狂すれば、助けてあげないこともないけど、無理なようね。いやに落ち着いているじゃないの。自分のしたことのむくいと、覚悟しておいでなのね。立派だわ」

「理由倒是很妙，不過遭遇蠻可憐的。怎樣？我的雜誌可替妳報導出來。一定會得到大家的同情。」

駒澤這樣提議，可是女人拒絕了。

「我不喜歡接受人家的同情。雖然是壞事，不過我還是認爲自食其力比較快樂。」

「所以妳才開始幹起職業兇手來？」

「不是。剛開始時跟哥哥結夥，幹了短期的小犯罪工作。可是，這中間哥哥被捉走了，我認爲既然要做壞事幹嚒要做小兒科，應該轟轟烈烈地幹一番，所以充當死神。」

「工作一直很順利嗎？」

「嗯。你看我不是這樣一直在工作嗎？前些時候才幹掉一個名叫芝橋的高利貸。不過，在我扣扳機之前，對方由於對死亡感到恐怖而發瘋了，變成行屍走肉一般。我確認這點之後，也就沒有把他打死。」

「芝橋發瘋的事情我聽到了，但我不知道是妳幹的好事。」

駒澤佩服著。女人用美麗的手玩弄著手槍，說：

「如果你也發狂的話，我不會不饒你，可是好像很難。因爲你太鎭靜了。是不是對你所應得的報應覺悟了？眞偉大。」

「いや、ほめてくれなくてもいい。死なないですむ自信があるからさ」

「あら、本当に発狂したのかしら。あたしの決意は変らないのよ。逃げることは不可能だし、ブランデーも残り少ない。まもなく引金をひくわよ……」

　しかし、駒沢はこわがるどころか、楽しげな笑いとともに言った。

「それが大丈夫なんだな」

「なぜなの……」

　女はいくらか不安そうになり、あたりに目をやりながら聞いた。

「説明の必要があるな。いまの会話はすっかり録音してある。わたしが死ねばそれが証拠となって、依頼人もろとも必ずつかまる」

「そんなおどかしはだめね。悪あがきはおやめなさいよ」

「でたらめではない。わたしも職業柄、会話をひそかに録音する装置を用意してある。あのステレオだ。スイッチを切ると、自動的にテープが回り出すしかけになっている。それくらいでないと、スキャンダル雑誌はやっていけない」

「悪がしこいあなただから、やりそうなことね。本当かもしれないわ。でも、教えて下さって、ありがとう。あとで、それをはずして記念に持って帰るとするわ」

「そんな程度なら、わざわざ教えはしない。レコーダーがどこで回っていると思う」

「不，妳不必誇獎我。因爲我自信我用不著死。」

「哎，難道眞的發狂了？我的決心不會變的。要逃也逃不掉，剩下的白蘭地也不多了。我很快就要扣扳機……」

然而，駒澤不但沒有感到害怕，反而快活地笑著說：

「那不要緊。」

「爲什麼？」

女人露出幾分不安的神色，眼光注視著周圍問。

「這有說明的必要。我們的談話，全被錄音了。我一死就變成證據，妳和委託人必定會被捕。」

「你想嚇唬我？沒有用。不要掙扎吧。」

「不是胡說八道。因職業上的關係，我備有把人的對話偷偷錄下的裝置。就是那個立體聲音響，開關一關掉，錄音帶就會自行轉動起來。如果這種腦筋都不動的話，醜聞雜誌是辦不成的。」

「你這個狡猾的人，這種事多半會做得出來的。你說的也許是眞的。不過，謝謝你教給了我。等一下我就把它取下來，帶回去做紀念。」

駒沢はとくいげに指さし、女は目で追った。電気のコードは、部屋のすみにあるダイヤルつきの金庫の下へ伸びている。女は言った。

「金庫のなかなのね……」

「ご名答だ。特に作らせた金庫だが、やっと役立ってくれた。疑うのなら、耳を押しつけてみるとわかる。モーターの回っている音がするはずだ。いや、たしかめてみる方法は、もう一つある。わたしにむけて引金をひけばいい。そうすれば、いずれはっきりする。警察に逮捕されることでね」

立場が逆転し、駒沢は満足そうに笑いつづけた。女は深い息をついた。

「とても信じられないけど、うそでもなさそうね。恐ろしいしかけだわ」

「どうだね。もう、引金をひく気がなくなったはずだ。さあ、そろそろ相談に移ろう。といって、べつに、きみを警察に突き出すつもりはない。あまり追いつめ、興奮して引金をひかれても困るからな」

「あたしを、どうなさるつもり……」

「わたしと仲よくしてくれればいい。きみは美人だ。悪いようにはしないよ。もっとも、依頼人の香木町子のほうは、そうはいかない。いじめかたは、ゆっくり楽しみながら考えることにしよう」

「あなたって、徹底した悪人なのね。同情の余地はないわ。こんなことなら、すぐに殺して

「只是那樣的話，我是不會特意教妳的。妳想錄音機在什麼地方轉動？」

駒澤揚揚得意地用手指頭去指，女人的眼睛追著他的方向。電線伸進放在屋角的帶有標度盤的保險櫃下面。女人說：

「在保險櫃裡面……」

「答得好。特別訂造的保險櫃，好不容易發揮了作用。不相信的話，把耳朵貼上去聽就會知道。一定會聽到馬達轉動的聲響。還有，另一個試探的方法。對著我扣上扳機就可以。這麼一來，早晚總會明白。就是會被警察逮捕。」

立場逆轉了，駒澤心滿意足地繼續笑下去。女人深深地喘了一口氣。

「雖然令人難以置信，不過好像不會是假的。多可怕的裝置。」

「怎麼樣？應該沒有心情扣扳機了吧！那麼，我們就慢慢商量吧。但，我倒沒有意思把妳送到警察局去。逼妳過份，妳激動起來扣上扳機的話，豈不糟糕。」

「跟我相好就可以。妳很漂亮。我會讓妳稱心滿意的。不過，委託人香木町子可不是這樣。虐待她的方法，待慢慢享樂時再來研究吧。」

「你是個道地的壞人。沒有同情的餘地。如果知道是這樣，早就該把你殺掉啦。」

しまえばよかったわ」

「もはや手おくれだ。あのテープは複製を作って、銀行の金庫におさめておくことにする。まあ、そう呆然としていないで、録音を音楽にもどし、一杯やりながら、わたしの要求を聞いてもらうことにしよう。それとも、記念のテープに吹き込む文句がまだ残っているかい」

駒沢の笑い顔は、舌なめずりしているようだった。女はそれに応じて言った。

「あるわ。さっき、以前にちゃちな犯罪をやってたと言ったけど、まだ、その説明をしてなかったわね」

「これは、どういう心境の変化だ。なにもかも、ざんげしようというのは。まあいい、なにをやってたというのかね」

駒沢は愉快そうに、ブランデーの残りを飲みほした。女は拳銃をにぎった自分の手、しなやかな白い手にちょっと目をやりながら言った。

「じつは、どんなダイヤルもあけてしまう、金庫破りだったのよ……」

「已來不及了。那捲錄音帶我想複製一捲收藏在銀行的保險庫裡。嘿，不要目瞪口呆，讓立體聲音響重新放著音樂，喝杯酒來聽聽我的要求吧。或者妳還有話想錄進紀念性的錄音帶上嗎？」

駒澤的笑臉彷彿含有熱切等待對方的回答的表情。女人順著他的表情回答說：

「有啊。剛才不是說過以前做了屬於小兒科之類的犯罪嗎？不過，我還沒有說明出來啊。」

「咦，妳的心情怎麼會起這樣的變化？是不是想把過去的一切都懺悔？那好，到底做了什麼？」

駒澤愉快地把剩下的白蘭地喝乾了。女人略微看看自己握著手槍的手，柔軟的白手，說：

「不瞞你說，其實我是一個專門偷開任何標度盤保險櫃的專家……」

感動的な光景

ノックの音がした。

ある日曜日の午後。ここは荒山昌三郎の屋敷。高級な住宅地にあり、かなり立派な洋風のつくりだった。その玄関のドアがたたかれたのだ。

自分の書斎で手紙類に目を通していた荒山は、その音を耳にし、家人を呼んだ。

「おい、だれかいないか。お客さまのようだ」

しかし、きょうは休日。妻子は親類の家に遊びに行き、手伝いの女は映画見物に出かけて留守だった。家に残っているのは、彼のほかには、庭の手入れなどをする老人ひとり。その老人がやってきた。

「はい、先生。なんでございましょう」

「ノックの音を聞いた。来客のようだ。玄関を見てきてくれ」

「はい……」

老人は取次ぐべく、玄関へむかった。

荒山昌三郎は五十五歳。重々しい声の持ち主で、しゃべり方にももったいぶった調子があ

感人的場面

有人叩門。

某星期日下午。這裡是荒山昌三郎的公館。位於高級住宅區，房屋是西式的建築，相當有氣派。就是房屋玄關的大門，被叩響了。

在自己書房裡閱讀書信文件的荒山，聽到叩門聲，喊著家人。

「喂，來人啊。有客人的樣子。」

然而，今天是星期假日。妻子到親戚家去玩，女傭出去看電影不在家。留在家裡的，除了他以外，只有一個修整庭院的老人。那個老人走了過來。

「來了，先生。有什麼事嗎？」

「有人在叩門。好像客人來的樣子。到玄關去看一下。」

「好……」

老人要去接客，走向玄關。

荒山昌三郎年齡五十。聲音嚴肅，說起話來有些裝模作樣。身材有點兒胖，臉色很好，並

った。ちょっと太っていて、顔色もよく、貫録があった。彼の職業は政治家。外見にふさわしい職業であり、職業にふさわしい外見といえた。とかくのうわさもあるが、実力者との評判だった。

やがて、老人が名刺を手に戻ってきて報告した。

「ぜひ先生にお目にかかりたい、と言っております」

その名刺には、青光プロダクション社長・江川美根子と書いてある。荒山はそれに目をやり、首をかしげながら言った。

「面識がないな。あらかじめ電話もなく、紹介状もない。どんな用だろう。こみいった陳情なら明日、事務所のほうへ来るように言って、お帰ししてくれ。日曜は休養したい」

「陳情のたぐいではないそうです。きれいなご婦人ですよ」

「そうか。まあ、応接室にお通ししてくれ」

陳情でないのなら気が楽だ。それに、美しい女性なら、顔をながめてみるのも悪くない。もっとも、老人の判断ではあてにならないが。

応接室に入ると、はっきりした口調で女があいさつした。

「荒山先生でいらっしゃいますか。あたくし、江川でございます。突然おじゃましてしまいまして……」

且有威嚴。

他是一個政治家。外表跟他的職業好相稱，也可以說職業跟他的外表好相稱。關於他，雖有種種不好的傳說，不過卻以實力者的姿態而獲得好評。

不久，老人手上拿著一張名片，回來向他報告。

「務必要求見先生，對方這麼說。」

名片上印著青光製片社社長．江川美根子。荒山看著，歪起頭來，說：

「不認識。事先也不打個電話，又沒有介紹信，到底有什麼事？要是複雜的陳情，讓她明天到辦公廳來，現在就叫她回去。星期日要休息。」

「看來不像陳情的樣子。是個漂亮的婦人呢。」

「哦。那她帶到客廳吧。」

假若不是陳情的話，那可輕鬆了。加上，既是美麗的女性，那享享眼福也不壞。不過，老人的判斷不見得可靠。

進入客廳，女方以明朗的聲調問候：

「您是荒山先生嗎？我叫江川。突然來打擾……」

三十歳くらいだろうか、すらりとしたからだつきで、地味な色だが上品なデザインの服を、巧みに着こなしている。そのため、胸につけた高価そうな宝石のブローチが、効果的にひきたって見えた。

頭のきれそうな容貌で、活動的な身のこなしだった。プロダクションを経営する女性は、こんなタイプでなくてはならないのだろうな。そう考えながら、荒山は聞いた。

「まあ、椅子におかけ下さい。それで、どんなご用件でしょうか。複雑な問題でしたら、日を改めて……」

「いいえ、政治的なこととは関係ございません。といって、個人的なことでもございませんけど……」

なぞのような言葉に、荒山はとまどった。

「いったい、なにごとでしょうか」

「じつは、このお屋敷を撮影させていただけないかと、お願いにお寄りしたわけですの」

「撮影ですって……」

「はい。あたくしのプロダクションは、テレビ用の映画を作るのが仕事ですの。ですから、劇場用の映画のように費用はかけられず、セット撮影はできません。こんどのロケにふさわしい適当な家はないものかと、自動車を走らせておりましたら、このお屋敷がイメージにぴったりでしたので……」

對方芳齡三十左右，身材苗條，衣著講究，顏色樸素，剪裁卻頗高尚。因此，別在胸前的高價的寶石胸針，看來特別顯眼。

頭腦靈敏，行動敏捷，富於活力。經營製片的女性，要是沒有這種典型的條件，可能無法勝任。荒山這樣想著，開口問了：

「嗄，請坐。有什麼貴幹？如果是複雜的問題，那改天……」

「不，跟政治沒有關係。不過，也不是個人問題……」

謎語般的話，使荒山像丈二和尙摸不著頭緒。

「到底什麼事？」

「我想借用貴公館來拍攝，而來拜託的。」

「拍攝……」

「是的。我經營的製片公司，是專門製造電視用的影片。所以不能像戲院所放映的影片那樣花錢，也不能做搭景拍攝。爲了這次的拍攝外景，正想找一家很適合的房屋，在開著車到處尋覓的當兒，碰巧發現貴公館正符合我的想像……」

「ははあ」

「門の表札を拝見しますと、有名な政治家の荒山先生。お忙しい方なので無理とは思いましたが、いちおうお願いだけしてみようと……」

「なるほど」

荒山はうなずき、ほっとした。予算獲得への運動とか就職依頼といった、面倒な問題でないとわかったからだ。女は事務的な、だが熱心な口調で話しつづけた。

「おいやでしたら、ほかをさがしますけど、いけませんでしょうか、先生。二時間ほどでけっこうですの。借用のお礼としては、軽少ですけど、謝礼金が用意してございます」

使用料などという点は、荒山にとってどうでもいいことだった。しかし、撮影に場所を提供すれば、話の種になるだろう。彼は少し具体的な質問をした。

「で、いつお使いになるのでしょう」

「天気もいいことですし、よろしければ、これから電話で連絡し、すぐにもすませてしまいたいと思いますわ」

「きょうは日曜で来客の予定もなく、こちらもつごうがいい。しかし、そう簡単なものとは知らなかった」

「ええ、うちのプロはスピードを看板にしておりますの。そうでなければ、競争のはげしいテレビ関係でやっていけませんもの。それに撮影用のカメラなども、昔とちがって、小型で

「噢。」

「當我看到門上的名牌時，才知道是名政治家荒山先生的公館。我知道您的工作很忙，想借用一下也可能借不到，不過我還是認爲姑且拜託一下……」

「原來是這樣。」

荒山點了點頭，如釋重負。因爲他已經知道對方的來意並不是爲了爭取預算來活動，或者託他安插個職位之類的麻煩問題。女人以慎重而頗熱心的口氣，繼續說下去。

「要是不同意，那我只好另找地點啦，可不可以，先生？只要兩個鐘頭左右就可以。報酬雖然不多，不過還是有準備的。」

租金對荒山來講，並不怎麼樣。然而，如果提供場所給人拍攝的話，恐怕就會成爲話題了。他提出了略有具體性的詢問：

「那，什麼時候要用呢？」

「天氣很好，如果您同意，我現在就用電話連絡，馬上就來拍攝。」

「今天是星期天，也沒有客人要來，所以很方便。可是，我沒有想到事情會是這麼簡單。」

「嗯，我的製片是以速度爲招牌的。否則，在這個競爭激烈的電視界裡，是無法立足的。加上攝影用的攝影機等，跟往昔所用的不同，體積雖小，性能優越……」

性能のいいのが作られていますし……」

「そうでしょうな。けっこうですよ。どうぞお使い下さい」

荒山は承知した。損をするわけでもなく、となりの家へ行ってごらんなさいと、断わる理由もない。それくらいなら、ここを使わせたほうが宣伝にもなるというものだ。週刊誌や新聞の芸能欄のすみに、自分の名が出るかもしれない。利口そうな女だから、そんなことを計算に入れているとも考えられる。しかし、こっちにも利益になることだ。

女は喜び、そばの電話を借り、連絡をした。了解を得られたことを告げ、ここの番地や道順などを教えていた。

電話をすませ、女は荒山に言った。

「四十分ほどで、タレントがまいります。もちろん、お部屋を汚したりしないようにいたします。うちのプロは、その点をとくに注意しておりますの」

「女性が社長だと、さすがに、こまかく気をくばるものですな。まあ、置物などがなくならないよう願いますよ」

荒山は冗談のつもりで言ったのだが、女は真顔で答えた。

「そこですのよ。統制のとれていない怪しげなプロになりますと、そんな被害を及ぼすというわさもございます。ほんとに困ってしまいますわ。もちろん、うちのプロはご心配な

「說的也是。好吧，請用好啦。」

荒山答應了。不見得會受到任可損失，而且也沒有理由拒絕人家說：到隔壁去看看。那樣的話，倒不如把這裡讓給她使用，反而可得宣傳之效。說不定自己的名字還會出現在週刊雜誌，或報紙影劇版上。是個能幹的女人，所以這點她可能早就估量在內了。但是，這邊也是有益的。

女人高興起來，借了旁邊的電話，跟社方連絡。說出了獲得同意這件事，並告訴了這裡的地址和路線。

打完電話，女人對荒山說：

「約四十分鐘後，演員就會來。當然啦，我會吩咐他們保持房間的乾淨。我的製片工作，特別留意這點。」

「不愧爲女社長，眞是顧慮得無微不致。嗄，拜託不要讓我的陳設遺失呀。」

荒山雖帶著開玩笑的語氣說，但是女人卻以鄭重其事的面孔回答：

「可眞有這回事喲。聽說要是不上軌道，莫明其妙的製片商，可能會令人家有所損害啊。這點眞的令人傷腦筋。當然啦，對本社您儘可放心……」

く……」

荒山はふと思いついて、べつな疑念をただすことにした。

「それはそうと、どんなストーリーのものです。ギャングの本部とか、秘密クラブとか、そんな舞台に使われては、わたしも世間から変に誤解され、迷惑してしまいます」

「そんなたぐいではございませんわ。ひとりの男が悪の道から立ちなおり、正しく強く生き抜く物語りですの。ここで撮影するシーンは、その男がむかし更生へのきっかけを作ってくれた恩人の家へ、成功してからお礼にやってくるところです」

「いい話ですな。テレビドラマは、そうでなくてはいけません。このごろの番組は、軽薄なのが多くて、問題にすべきだと思っておったところです」

「男はお礼の札束を差し出すが、恩人はそれを受け取ろうとしない。しかし、たっての願いで、恩人は恵まれぬ人びとへの施設の建設を思いつき、その資金として受け取ることになるのですの……」

「なるほど。すばらしい。視聴者へ与える感激を、大いに盛り上げて下さい。そんな場面に利用なさるのでしたら、わたしとしても心から協力いたしましょう。ご自由にお使い下さい。借用料など問題でありません。できればわたしも出演したいところですが、芝居の経験のないのが残念です……」

荒山はまばたきをし、大きな声の演説口調になりかけた。

荒山忽然想起別的事情，決定查問另一個疑慮。

「那且不管，不過妳要拍攝的屬於那一種劇情？如果被做爲盜匪的總部，或者是秘密俱樂部之類的舞臺的話，我難免會受到世人的誤解，而增加麻煩。」

「不是屬於那種劇情。而是演一個改邪歸正的人，要正正當當堅強地活下去。在此拍攝的場面，就是那個男人成功後，來向過去替他製造機會，使他重新做人的恩人送禮。」

「劇情蠻好。電視劇不演這種片子是不行的。最近的節目，多半是屬於那種輕薄的，我正認爲應該提出來檢討呢。」

「男人要贈送大把鈔票，不過恩人不接受。但是，經不起對方的懇切要求，恩人終於想到建設那些不幸者的設施，所以才收起來充當基金……」

「的確不錯。好極了。請盡量增强對收視者的感動吧！如果用來拍攝那種場面的話，我會由衷地加以協力。請盡量使用吧。租金沒有問題。如果可能我倒想出場亮亮相，不過遺憾的是，我沒有舞臺的經驗……」

荒山眨了眨眼睛，說話的聲音轉變爲演說時的大聲腔調。

「ご理解いただけて、あたくしもうれしく思いますわ。お礼の意味で、その恩人の役を、なるべく先生に似させるようにしましょうかしら……」

「ご好意はありがたいですな」

荒山は、まんざらでもなさそうに笑った。

雑談をしているうちに、二人の男がやってきた。女の紹介によると、ひとりは恩人役をするタレント、ひとりはカメラマンだった。カメラマンのほうは若い男で、バッグからビデオカメラを取り出し、手入れなどをはじめた。

タレントのほうは年配の男だった。女の指示で髪の分け方を変え、少し化粧をすると、荒山に似ないこともなかった。

江川美根子という女は演出まで兼ねているらしく、きびきびと指示をした。タレントの歩き方から言葉使いまで、注意を与えていた。荒山にとって、このような光景は物珍しく、感心しながら眺めていた。

訪問客をやるタレントは少しおくれるらしく、その到着までの時間を利用し、恩人役が庭を散歩するシーンの撮影がはじめられた。

荒山と召使いの老人も、いっしょに庭へ出て見物した。しかし、カメラマンの男から、そこは撮影のじゃまだから、あっちへ行ってくれ、こっちへ行ってくれと注意された。それに

「幸蒙您的諒解，我感到萬分的高興。爲了報答您的盛意，那位恩人的角色，我想最好是打扮成您的模樣……」

「很感激妳的好意。」

於是荒山露出了會心的微笑。

在雜談之中，來了兩個男人。經過女人的介紹，知道一個是擔任恩人角色的演員，另一個是攝影師。攝影師是個年輕人，他從袋子裡拿出攝錄放影機，並開始準備攝影。

演員的年齡相當大。他受了女人的指示，改變了髮型，略加化妝，便不能說不像荒山了。

江山美根子這個女人，似乎連演出都一手包辦，敏捷指揮著一切。從演員的步伐到措詞，都給予提醒。對荒山來說，這樣的場面很稀奇，並且佩服地觀望著。

扮演訪客的演員可能會稍微遲到，利用他到達時的這段時間，從恩人在庭院散步的場面開始攝影。

荒山跟他的年老傭人也一起到庭院參觀。可是，攝影師卻不斷提醒他們說那邊會妨礙攝影

従って、うろうろ動く二人に、女は頭をさげて弁解した。

「出演者以外の人がカメラに入っては、困るんですの。なにしろ、編集に手間がかかりますし、時間をむだにするわけにいきませんので……」

「それはそうでしょう。わかりますよ」

小さなプロダクションなら、それも当然だ。荒山はべつに腹も立てなかった。

そのうち、道のほうで自動車の止る音がした。女はそれに気づき、荒山に言った。

「あとのタレントが来たようですわ。では、こんどは応接間を使わせていただき、室内での撮影をすませますわ」

「見物していいでしょうな」

「かまいませんわ。だけど、カメラのじゃまにならないよう、あたくしとごいっしょに、窓のそとからごらんになりません……」

「それでもいいですよ」

タレントとカメラマンは、庭からあがって応接間にむかった。女と荒山とは芝生の上をゆっくりと歩き、窓へと近よった。

先に立った女は、なかのようすをうかがい、器用に手を動かして荒山に合図した。カメラの角度に首を出さぬようにとの指示らしい。荒山はそれに従い、ちょっとのぞいた。

撮影は開始されているようだ。ガラス越しのため声は聞こえないが、応接間の椅子に、机

，請站遠一點，或請到這邊來。女人低著頭，向順從攝影師的指示而前後打轉的兩人，解釋道：

「演員以外的人，要是拍進鏡頭，就頭痛了。因爲在編輯上增加麻煩，而且也不能浪費時間……」

「那當然，我知道。」

小製片商的話，那更是理所當然。荒山並不怎麼生氣。

這時，從路上傳來汽車停止的聲音。女人發覺到這點，於是對荒山說：

「後出場的演員已到了的樣子。那麼，這次請借用客廳，以便完成室內的攝影。」

「可以參觀吧？」

「沒有關係。不過，爲了不妨害鏡頭，可否跟我一道，從窗外看……」

「那樣也好。」

演員和攝影師從庭院上來，走向客廳。女人和荒山慢慢地在草坪走著，並走近了窗邊。走在前面的女人，注視著客廳內的動靜，巧妙地對荒山做了手勢。可能是指示他，不要把頭伸到鏡頭所能照到的角度以內。荒山聽從她的話，只稍窺視了一下。

攝影可能已經開始了的樣子。由於隔著一層玻璃，聽不到裡面的聲音，不過卻看得到隔著

をあいだに二人の男がむかいあっている。うしろ姿しかわからないが、来客役のほうのタレントが、しきりに頭をさげていた。

荒山は女にちょっと突つかれた。注意してながめると机の上に札束が出ていた。問題の感動的な光景に入ったらしい。札束を押しかえしたり、さらにそれを差し出したりしている。感謝の気持ちを示すのなら、もっとオーバーにしたらよさそうなものだ。荒山はこう感じたが、女には言わなかった。なにしろ、こっちは門外漢だ。大げさな演技はいまでは古いのよ、と笑われるかもしれない。

来客役はしきりに頭をさげ、席を立った。自動車が走り出す場面まで撮影するのか、カメラマンの男は門までついていった。

それをみとどけ、女は言った。

「やっとすみましたわ。おかげで助かりました。それでは、お部屋に戻りましょう。品物が紛失していたり、傷ついたりしていたら、あたくしの責任でございます。どうぞ、おたしかめになって下さい」

そう言われ、荒山はふたたび部屋に戻った。しかし、高価な置物や壁の名画に異常はない。しいてあげれば、灰皿に少し吸殻がたまった程度だった。

「こうていねいに使っていただけるのなら、いつでもロケにお貸ししますよ」

「そうおっしゃっていただけると、うれしくなりますわ。では、お約束のお礼です」

桌子，兩個男人面對面地坐在客廳的椅子上。所能看到的只是背影，扮演來客的演員，不斷低著頭。

女人輕輕地頂了一下荒山。留意一看，桌上放著大把鈔票。可能是進入了主題上的感人的場面似的。一方把鈔票送上去，對方卻把鈔票推回去，雙方就這樣地推來推去。

既然要表示感謝的心情，那就要做得更明顯一點。荒山這樣想著，不過沒有對女人開口。總之，這方是外行！小題大做的演技，目前已經落伍了，說不定會被女人這樣嘲笑。

扮演來客的角色，不斷低著頭就離座了。可能是要拍到汽車開動的場面爲止吧？攝影師跟到門口。

將這情況看到最後，女人就開口說：

「好不容易才拍完了。眞是謝天謝地。那麼回到屋裡去。東西若有遺失或受傷害，就由我來負責好了。請您查查看吧。」

聽到女人這麼一說，荒山重新回到屋裡去了。可是，高價的陳設和牆壁上的名畫，都沒有異樣。要挑剔的話，也不過是煙灰缸上多了一些煙頭而已。

「像這樣小心的使用，我隨時都可借給妳拍攝外景。」

「您這樣說使我感到很高興。這是我答應過您的酬禮。」

女はハンドバッグから封筒をさし出した。荒山はいちおう辞退したものの、結局は断わりきれずに受け取った。領収証にサインをするため、なかをのぞくと、たしかに入っていた。そして女は、恩人役のタレントとカメラマンを連れ、礼儀正しく帰っていった。

つぎの日、荒山はかかってきた電話に出た。相手は男の声だった。

「荒山先生でいらっしゃいますか」

「ああ、わたしだ」

「昨日は、とつぜんおじゃまいたしまして……」

女の代理だろうか、それとも、タレントなのだろうか。荒山は気楽に答えた。

「いや、お役に立てば、それでいいのです」

「なにぶん、お願いした件をよろしく……」

「お願いとはなんでしょう。あれで終りなのでしょう。それとも……」

「お忘れになっては困りますよ。補助金獲得への運動費として、資金をお渡し申しあげたではありませんか」

「おいおい、冗談は困るよ」

「そう申しあげたいのは、こちらですよ」

相手の口調は真剣だった。それを知り、荒山はあわてた。どうやら、この家を舞台に使わ

女人從手提包裡拿出了一個信封。荒山起先拒絕不收，結果無法推辭地接受了。爲了在收據上簽名，向信封內一看，裡面確實放有鈔票。

女人帶著扮演恩人角色的演員和攝影師，很有禮貌地回去了。

次日，聽到電話鈴響的荒山，拿起了聽筒，對方是個男人的聲音。

「荒山先生在不在？」

「嗯，就是我。」

「昨天突然去打擾……」

是女的代理？抑或是演員？荒山輕快地回答：

「不，只要有所幫助，那就好啦。」

「拜託的事情，請……」

「拜託什麼？那不是完了嗎？或者……」

「請不要忘掉好不好？做爲獲得補助金的活動費，不是把錢交給了您嗎？」

「喂喂，不要開玩笑好不好？」

「那是該由我來說的。」

對方的語氣很正經。知道這點的荒山，驚慌起來。這間房子彷彿被做爲舞臺，表演了一件

れ、巧妙な詐欺がなされたらしい。来客だけが本物で、みごとに引っかかったのだ。

電話の相手はさらに言った。

「みこみがないのでしたら、運動費をおかえしいただきたいのですが……」

呆然としながら、荒山はふと考えた。この男も一味、いや張本人かもしれぬ、と。しかし、そんな立証はできないし、相手がこの家に金を置いていったことはたしかなのだ。

ひどい騒ぎに巻きこまれたものだ。電話を切った荒山は、ため息をつき腕を組んだ。事情を知らない者が見たら、ちょっと感動的な光景と思うかもしれない。

巧妙的詐欺案。只有來客是眞的，而道地的上當了。

打電話來的人進一步說：

「要是沒有希望，那就請把活動費退還……」

荒山一時茫然不知所措，忽然想起：這個男人是同夥，不，也許是主犯。可是，又無法證明。而對方把錢放在屋裡這點，卻是千眞萬確的。

被捲入了嚴重的醜聞。荒山掛斷了電話，歎著氣，抱起手臂來。不知眞相的人看起來，說不定還會認爲這是有點感人的場面哩！

財産への道

ノックの音がした。

海岸に近い、松林にかこまれた洋風の住宅。そう大きくはないが、金のかかったつくりで、手入れのゆきとどいた庭はけっこう広かった。落ち着いた雰囲気がただよっている。その玄関のドアがたたかれたのだ。

午後の二時ごろ。都会ならさわがしい盛りの時間だが、ここは郊外のため、空気は新鮮で静かさを含んでいた。

住人は辻山(つじやま)利一郎と娘の恵子。利一郎の妻は数年前に死亡し、いまは二人きりの生活だった。あくせくすることなく、ゆうゆうと暮しているとの近所の評判だった。

椅子にかけて雑誌を読んでいた恵子は、ノックの音を耳にして立ちあがった。彼女は二十七歳。髪は長く、伏目がちで、色白だった。おとなしそうだが、感情を内に秘めているといった印象を与える容貌だった。

彼女がドアをあけると、小さなカバンを下げた青年が立っている。三十歳ぐらいだろうか。とりたてて特徴はないが、緊張で固くなっているような感じだった。恵子は聞いた。

致富之道

有人叩門。

這是一家接近海岸，四週爲松樹林所圍繞的西式住宅。房子並不太大，卻是花費不貲的建築。建築細緻的庭院委實很寬。整棟住宅洋溢著沉靜的氣氛。這時有人叩了屋子的玄關門。時當下午兩點左右。要是在市區，那正是熙來攘往的時刻，然而，此地處於郊外，所以不僅空氣新鮮而且氣氛頗爲寧靜。

居住在房子的人是辻山利一郎和他的女兒惠子。利一郎的妻子在幾年前去世了，目前的生活，只有父女兩人相依爲命。他們的生活無憂無慮，過得蠻悠然自在，這點很受到鄰居的好評。

坐在椅子上看雜誌的惠子，聽到叩門聲就站了起來。她芳齡二十七。秀髮披肩，說話時多半不抬眼睛，膚色很白，看起來蠻溫柔的。然而，她的容貌留給人的印象是，她把自己的感情隱藏在心底的深處似的。

她一打開門，便看到一個青年人，手上提著一個小皮包站在門口。年齡大約三十。全身沒有什麼值得特別提起的特徵。不過，令人感到由於緊張而顯得僵硬的樣子。惠子開口問他：

「どなたでしょうか」

「あの、ぼく原口秋夫という者ですが、辻山利一郎さんにお会いしたいと思って、おうかがいしたわけです」

「どんなご用件でしょうか」

秋夫という青年は、親しげな態度をとろうとしながらも、また口ごもった。

「あの、探偵社の和田さんというかたから、ご連絡がすでにあったと思いますが、辻山さんのおさがしになっている息子というのが、ぼくなのです」

時どきつかえながら、訪問の目的を告げた。その言葉で、恵子は目を大きく見開いた。

「あら、そうでしたの……。和田さんからは、さっきお電話がありましたわ。それで、どんなかたがいらっしゃるのかと、お待ちしていましたのよ」

恵子に見つめられ、秋夫はまぶしそうに聞きかえした。

「失礼ですけど、あなたは……」

「あたしは娘の恵子。つまり、あなたが……」

恵子は声を途中で弱めてしまった。お兄さまなのね、という文句が口にしにくいらしかった。会ってすぐの相手に対し、そう親しげに呼ぶことはむずかしい。

「そうでしたか。すると、あなたが……」

秋夫もまた言葉をつまらせた。だが、妹と呼びかけるのがてれくさいとか、興奮のためと

「你是那一位？」

「嗯，我的名字叫做原口秋夫，因爲想和辻山利一郎先生見見面，所以才來拜訪他。」

「有什麼事嗎？」

秋夫這個青年，雖想改採親切的態度，然而，又結結巴巴起來。

「嗯，我想偵探社的和田先生，已經跟你們聯絡過了，辻山先生正在找尋的兒子，就是我。」

來人吱唔其詞地把來意告訴惠子。聽了他的話，惠子睜大了眼睛。

「哎，原來是……。和田先生剛才來過電話呢。所以，不知道什麼樣的人要來，我在等著哩。」

被惠子凝視著的秋夫，帶著晃眼的眼光，反問她：

「很冒昧，不知妳是……」

「我是女兒—惠子。那你就是……」

惠子把話講到一半，就轉弱了聲音。可能就是這句「哥哥嘛」說不出口。一見面就要即刻那樣親暱地稱呼對方，是很難辦到的。

「原來如此，那麼，妳就是……」

秋夫亦無法把話說完。其理由並不是純粹爲了不好意思將「妹妹」這句話叫出口，或是爲

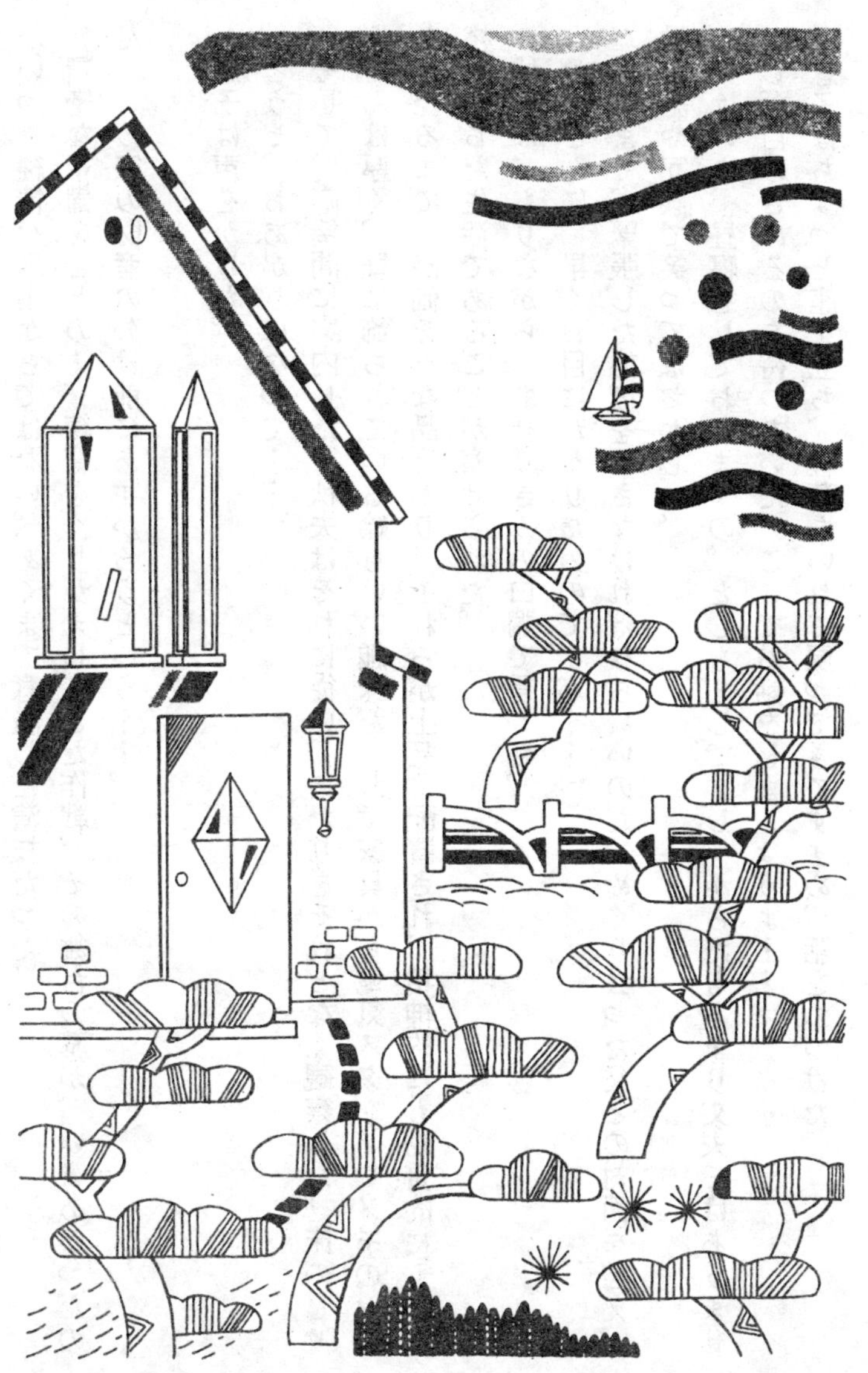

かいった純情な理由からではない。あくまで意識した演技だった。その舞台の幕が、いまあがったのだ。精密な準備をととのえ、練習をくりかえしてきた作戦。この家の財産の分け前にあずかろうという……。

恵子は声をかけた。

「どうぞ、おあがりになって……」

そして、応接間に案内した。秋夫はそれに従い、あたりをそれとなく観察した。床のじゅうたんは厚く、壁に飾られている絵もいい趣味だった。家具から電気スタンドやメモのセットに至るまで、高価そうな品ばかり。それらが上品に配置され、精神的にも物質的にも、余裕にみちた生活であることが察せられた。

秋夫はどもりながら、あせりぎみの口調で言った。

「お父さんに、早くお目にかかりたいのですが……」

あくまで、緊張した態度を示さなければならないのだ。めぐり会った父との対面を控え、世間話や冗談で笑ってはおかしい。

「父はいま、昼寝をしておりますの。としもとしですし、からだもあまり丈夫ではありませんし。目のさめるのを待つあいだ、ここでお話をしましょうよ……」

恵子はちょっと座を立ち、紅茶をいれて戻ってきてすすめ、話をつづけた。

了興奮，這是一場徹底故意安排好的表演。

經由精密的準備，透過再三反覆演習的作戰。那個舞臺上的戲幕，現在往上開了。就是想要分沾這個家庭的財產……。

惠子開口說：

「那麼，請上來吧……」

接著，把秋夫帶到客廳。秋夫跟在後面，暗中觀察著四週。地板上的地毯很厚，掛在牆壁上的畫也富於情趣。從家具、檯燈，到便條盒等，清一色全是最高級品。這些東西高雅地配置著，讓人覺察到不管在精神上抑或物質上，屋裡的人過的，都是富裕的生活。

秋夫結結巴巴，帶著焦急的語氣說：

「我很想早點跟爸爸見面……」

非徹底顯示緊張的態度不可。期待跟邂逅的父親見面，如果竟爲了閑話家常和笑談而發笑的話，就太荒唐了。

「爸爸現在正在睡午覺。年紀已不小，加上身體又不大健康。等他睡醒的這段時間，我們就在這裡聊聊吧……」

惠子暫且離座，端出了紅茶，接著說下去。

「……事情はもうお聞きでしょうけど、父は三十年前、事業に失敗し、ひどい暮しになってしまいましたの。そのため、その時うまれたばかりだった男の子を、手放さなければならなかったそうですわ。でも、そのご、死物ぐるいで働いたおかげで、いまでは財産もでき、なんの不自由もなくなりました。だけど、生活が安定すればするほど、別れた子供のことが思い出され、心が悩む。あたし、見るに見かねて、探偵社におたのみしたのですよ」

「そのことは、うかがいました。夏のある日、プールで泳いでいると、不意に見知らぬ男の人に声をかけられたのです。その人が探偵社の和田さんでした。ぼくの背中のホクロを指し、これがさがしている人の特徴だと言いました。そこで話を聞かされたのです」

秋夫はもっともらしく言った。最初にプールで会ったのは事実だったが、事情を説明されたというより、陰謀の計画を伝授されたのだった。

もちろん計画を打明けられた時は、あまりに突然の話で、はじめ秋夫はしりごみした。しかし、和田という男は熱心だった。自分の指示どおりにやりさえすれば、絶対に成功すると、しきりに主張した。また秋夫のほうにしても、まだ結婚できないような、あわれな日常にあいそがつきていた。かくして、辻山家の息子になりすます工作が開始されたのだ。

恵子は秋夫の話をうなずいて聞いてはいたものの、疑いを含んだような声で言った。

「ホクロの点では、ぴたりと一致していますわ。ホクロは人工的に作れませんものね。でも、

「……事情也許已聽過了。三十年前爸爸在事業上失敗，於是過著極其悲慘的生活。因此，逼得非把剛生下來的兒子，送給別人撫養不可。不過，後來賣命的工作，終於有了財產，生活上沒有任何缺乏了。但是，生活越安定，越會想念離別的兒子，這麼一來內心就不勝懊惱。我實在看不過去他內心的痛苦，才委託偵探社代辦這件事。」

「這件事我已聽過了。夏天的某一日，當我在游泳池游泳時，突然被一個素不相識的人叫住了。那個人就是偵探社的和田先生。他指著我背上的黑痣說，這是他正在找尋的人的特徵，於是他就把事情的來龍去脈告訴了我。」

秋夫煞有其事似的說。最初在游泳池碰到和田倒是眞的，不過，與其說和田把事情向他說明，倒不如說和田將陰謀的計劃傳授給他，來得恰當。

當然啦，當和田把計劃坦白說出時，因爲事情來得太突然，秋夫起先猶豫不決。可是，和田這位仁兄，很熱心。他不斷地強調，只要照著他的話去做，保證絕對成功。再者，在秋夫這邊來說，對於無法結婚，可憐兮兮的日常生活，已討厭起來。這麼一來，就開始進行冒充辻山家的兒子之工作了。

惠子雖然點頭聽著秋夫的話，但是她還是帶著懷疑的語氣：

「黑痣這點，可以說完全一致。因爲它是無法用人工造出來的。不過，光憑黑痣也令人傷

それだけでは困るわ。もっとなにかないと、父に取りつぐ時に……」

「ごもっともなことです」

「だいいち、雄一という名のはずなのよ。あなたはたしか秋夫さんとかおっしゃったわね」

「ですから、ぼく、ひととおり書類を持ってきました。もっと早くまいりたかったのですが、ただ現れただけでは信用していただけないと思って……」

秋夫はカバンをあけ、何枚かの書類を取り出した。これらはすべて、和田の入れ知恵でそろえたものだった。彼はその一枚を手にした。

「……これはぼくの父母、いや正しくは養父母と言うべきでしょうね。幼いぼくを引き取り、実子として籍に入れたという証言を書類にしたものです。その時に、名前だけは自分でつけたいというので、秋夫にしたのです。本来は雄一であることが、これでおわかりになることと思いますが……」

「ずいぶん書類をお持ちのようね。ほかにも、なにかありますの。拝見できるかしら」

「ええ、そのために持ってきたのですよ。これは血液型の証明書です。そして、これは……」

秋夫はいろいろと説明した。なかには古びた書類もあった。しかし、いうまでもなく作り物。和田に教わって、日光にさらしたり薬品につけたりして、古く見えるように細工したものだ。

恵子はそれを手にし、一枚一枚をていねいに眺めた。

腦筋的。如果沒有更多的東西什麼的，那麼向父親稟告時……」

「這是理所當然的。」

「第一，名字應該是雄一才對。而你確實說過你的名字叫做秋夫先生。」

「所以說我就把大致上所需要的文件都帶來了。我本來老早就要來，不過，卻想到光露面是不足令人採信……」

秋夫打開了小皮包，從裡面取出幾張文件。這些文件都是在和田教唆之下一一準備的。秋夫把其中的一張拿在手上。

「……這是我的父母，不，實際上應該說是養父母才對。領養了幼小的我，並以親生子的名義入籍，這份文件是根據他們的證言做成的。當時，他們堅持只有名字要自己來取，所以才改為秋夫。原來的名字叫做雄一，這點我想妳可以從這張文件上看得出來……」

「你帶來的文件蠻多嘛。除此之外還有別的嗎？能不能讓我過目一下？」

「當然可以，我帶來的目的還不是為了給你們看？這是血型證明。還有，這是……」

秋夫一一加以說明。其中也有變舊了的文件。無疑地，這些都是偽造的，和田教他如何的在陽光下晒，如何地加上藥品，玩弄了不少花招，為的是讓這些文件令人看起來確實是舊的。

惠子將文件拿在手上，小心翼翼地一張一張仔細看。

彼女のようすをそれとなく観察しながら、秋夫は思った。恵子は美人であり、感じもいい。なにも、こんな手数のかかる方法をとらなくても、彼女と結婚できさえすれば、もっと確実に財産が自分のものになるのに、と。

しかし、それは無理な相談にきまっている。秋夫にはまるで財産がなく、前途有望な地位にあるのでも、特異な才能にめぐまれているわけでもないのだ。結婚を申し込むチャンスがあったとしても、断わられるにきまっている。やはり、息子になりすます以外に手段はない。兄妹でがまんしなければならない。なにしろ、財産が手に入るのだ。

書類をながめながら、恵子は時どき眉を寄せ、読みかえしたりした。そのたびに、秋夫はひやりとした。

しかし、全部に目を通し終ってから、彼女は大きくうなずいた。

「この限りでは、けっこうなようね。だけど、あたしに決定権はないのよ。最後の確実なきめてとなると、父の勘による判断しかないわけでしょう」

「そうですとも。お目にかかれさえすれば、すぐに心が通じあい、わかっていただけますよ」

秋夫は身を乗り出した。対面の場における演技にも自信があった。感激と興奮。ためらいと愛情。なつかしさと恥ずかしさ。うれしさとぎこちなさ。それらを巧妙にミックスしてぶちまけるのだ。彼はそのため、自分の意志で涙を出せるまでに練習した。

秋夫暗中窺視惠子的容貌，心裡想著：惠子的確是個美人兒，一看就令人產生好感。只要能夠跟她結婚，用不著採取這種迂迴的方式，則財產不是更確實的變成自己的嗎？

然而，那是絕對辦不到的事。秋夫完全沒有財產，他目前所做的工作既沒有將來性，而他的才能也是平平凡凡。縱使他有求婚的機會，百分之百還是會受到拒絕。說來說去，除了冒充兒子以外，就沒有其他的辦法了。非得屈就兄妹的關係不可。反正，財產會入手的。

惠子細看著文件，有時縐起眉，反覆著讀。這時，秋夫就感到提心吊膽的。

可是，當惠子看完全部文件後，她就大大地點起頭來。

「照目前的情形，我想不會有什麼問題的。但是，我並沒有決定權利啊。最後的確實決定，還是要憑家父的第六感來下判斷。」

「那是理所當然的。只要能夠和爸爸見面，即刻會心心相通，想到他的了解。」

秋夫向前探出了身子，並點燃了一縷希望。對於面對面時所要表演的演技，也充滿信心。感激與興奮。躊躇與愛情。懷念與羞恥。高興與冷淡。把這些心理狀態巧妙地配合起來，傾巢而出。為了達到此一目的，他鍛鍊到以自己的意志，就可以使眼淚奪眶而出的程度。

すでに、涙はいくらか流れはじめていた。この調子で、その最終試験を必ず突破してみせる。そして、この辻山家の資産の分け前にあずかってみせる。

「父はなんと言うかしら……」

恵子はつぶやき、その顔には複雑な表情があった。新しい兄にめぐりあえた喜びとともに、不意の侵入者に対する不安と警戒らしきものがあった。

秋夫も目ざとく、すぐそれに気づいた。普通だったら、見のがしてしまったことかもしれない。しかし、あらかじめ和田から注意されていたことだった。

相続人が一人ふえれば、恵子にとって損失ではないか。常識で考えてもわかる。だから、財産に対して野心のないことを示す必要がある、と。それを怠ると、恵子から父への報告が円滑におこなわれず、まとまる話もだめになるかもしれない。

和田の指図で、その対策のため、秋夫は親類や知人から金を借り集めた。一生に一度のお願いだと、無理を言って借り回ったのだ。そして、ダイヤのついたペンダントを買った。

秋夫はそれをおさめた箱をカバンから出し、恵子にさし出した。

「なんだか手ぶらでうかがうのも変なので、あなたへの贈り物を買ってきましたよ。気に入って下さるといいんですが……」

「まあ、すてきだわ。高いんでしょう」

箱をあけてのぞいた恵子の顔には、うれしさが広がった。すべての疑惑の表情は消えてい

秋夫的眼淚已開始奪眶而出了。憑著這股勁頭，他一定會成功地闖過最後的一關。同時，一定要分沾到辻山家的一份財產。

「不知爸爸會說什麼……」

惠子嘟噥著，臉上露出複雜的表情。除了帶有跟新的哥哥相遇的喜悅感之外，還帶著爲這突如其來的侵入者而抱的不安與警戒。

秋夫的敏銳目力，即刻察覺到這點。要是在平時，說不定會忽略掉。然而，事先和田曾經提醒他要留意這點。

多出一個繼承人，不是對惠子構成損失了嗎？這是憑常理就可想得到的事情。所以說，必須表示對財產不抱任何野心。這點要是被疏忽，說不定惠子向父親的報告就無法圓滑，而目的的達成就變爲無望了。

在和田的指示下，爲了採取對策，秋夫便向親戚籌款。「一生中就只這麼一次拜託你」用這一招，今天向張三，明天向李四苦苦哀求，湊到一筆錢，並且，買了一條鑲有鑽石的胸垂。

秋夫從皮包裡，拿出放有胸垂的小盒，把它交給惠子。

「我認爲空著手來拜訪，未免令人感到怪怪的，所以特地買來了一份禮物送給妳。如果合妳的意就好……」

「嗄，好棒啊！價錢很貴吧？」

打開盒子看禮物的惠子，臉上瀰漫了笑容。所有的疑惑表情，一掃而空了。

った。

「いえ、たいしたことはありませんよ」

秋夫は軽く言ってのけた。しかし、じつはたいしたことはあった。普通の会社員の半年分の給料ぐらいの金がかかったのだから。だが、彼は恵子の目の輝きを見て、ほっとした。必要経費としての投資が、みごとに役に立ったようだ。

自分を息子とみとめさせれば、あとはどうにでもなる。この不動産を保証に使えば、金を作ってすぐに返済できるというものだ。和田の助言で細かく準備したため、なにもかも予想以上にうまく進展しているようだ。もう一息。

恵子はペンダントを首にかけ、鏡をのぞいた。

「ほんとに、すばらしいわ。こんな物いただいていいのかしら」

「もちろん、いいんですよ。で、お父さんは、まだお目ざめじゃないんでしょうか。ぼくは一刻も早くお会いしたいのですよ」

秋夫は最終段階へと意気ごんだ。

しかし、恵子は秋夫の期待を裏切るような、変な言葉を口にした。

「さあ、会ってもだめなんじゃないかしら」

「どういう意味です。せっかく息子がたずねてきたのに。それとも、ぼくが本当の息子じゃないとおっしゃるのですか」

「不，沒有什麼了不起。」

秋夫輕鬆地作答。實際上，是很嚴重的。因花掉一個普通公司職員的半年薪水買來的！不過，當他看到惠子的眼睛露出光芒時，卻感到如釋重負。對於不可或缺的經費之投資，彷彿圓滿地發揮了作用似的。

一旦對方承認自己確是他的兒子，以後的事就好辦了。拿這筆不動產做抵押，總可以借到錢，過去的債務，即刻就可還清。由於和田在旁指導，事前的準備做得無微不致，一切的進展，出人意料的順利。只剩下一口氣就可全功告成了。

惠子把胸垂掛在頸項上，照了照鏡子。

「眞的很棒，這麼高貴的東西，我可以收下嗎？」

「當然可以。不過，爸爸還沒有醒來嗎？我急得想要見他呢。」

秋夫對著最後的一步，鼓起了精神。

但是，惠子好像辜負秋夫的期待似的，說了奇怪的話。

「喏，見了還是沒有用啊」

「什麼意思？好不容易兒子來拜訪。難道說我並不是眞正的兒子？」

「ええ、そうなのよ。本当のとこはね、父には息子なんて、はじめからないのよ。架空の存在なの」

恵子は冷静に言い、秋夫はかっとなった。

「それはひどい。こんな手のこんだいたずらでひとをだまし、からかうとは」

「だまそうとしてやってきたのは、どなたかしら」

秋夫は、憤然として立ちあがった。

「ぼくは帰ります。さあ、そのペンダントをかえして下さい」

「だめよ。あたしへの贈り物でしょ。どうしてもかえしてもらいたければ、警察へ訴えたらどう。でも、それには、ご自分の詐欺を告白しなければならないのよ」

「そんな手数のかかることはするものか。腕ずくで……」

と言いかけた時、恵子は短く口笛を吹いた。たちまち、一匹の犬があらわれ、そばへやってきた。そう大きくはないが、いかにも強そうで敏捷（びんしょう）そうで、低くうなっている。

「あたしが命令すると、すぐに飛びつくのよ」

こうなっては、ここであばれるのをあきらめなければならない。だが、いままでの苦心や、借り集めた金のことを思うと、気分はおさまらない。秋夫は言った。

「犬だけはやめて下さい。引きさがります。しかし、あの和田という男はひどいやつだ。ただではすまさないぞ。これから行って……」

「呃，本來就是。老實說，家父根本就沒有兒子。那是虛構的存在。」

惠子冷靜地說，秋夫勃然大怒。

「那太過份了，用了這樣設計巧妙的惡作劇來騙人，來戲弄人。」

「想要來行騙的，不知道是什麼人？」

秋夫憤憤地站了起來。

「我要回去了，呃，請你把那個胸垂還給我！」

「不行呀。不是贈送給我的禮物嗎？如果你堅持要歸還的話，請到警察局去告好了。不過，你得把自己的詐欺坦白出來啊。」

「難道我會去找那個麻煩？憑武力……」

剛說到這裡，惠子便吹了一短聲口哨。突然一隻狗來到了身旁。狗的身體雖然不大，不過看起來蠻強壯，蠻敏捷，並且發出低沉的吼叫聲。

「我一下令，牠馬上向你撲過去！」

這麼一來，非得放棄在此亂鬧的念頭不可。然而，想起到目前爲止所下的苦心，以及到處去籌款等事，情緒便無法平靜下來。秋夫說：

「請不要叫狗撲上來，我回去就是了。但是，那個叫做和田的傢伙，太可惡了。我不會輕易放過他！我現在就去……」

「およしなさいよ。あたしとぐるだったんだから、さがしてもむだね。いまごろは行方をくらましているはずよ」

すばらしい夢と期待は、一瞬のうちに崩れて消えた。秋夫は呆然とし、泣き声をあげた。演技ではない、本物の涙とともに。

「ああ、ぼくはどうしたらいいんだ」

その彼にむかって、恵子はなぐさめるように話しかけた。

「そうがっかりなさることはないわよ。あたしが名案を教えてあげるから」

「どんなことです。こうなってしまっては、名案なんかあるわけがない」

「あるわよ。こんどは、あなたが和田さんの役をすればいいのよ。カモを見つけ、適当に仕立てて、ここへ送りこんでちょうだい。うまくいったら、五割の分け前をあげるわ。十人もつかまえてごらんなさいよ。笑いがとまらなくなるじゃないの」

「そういうしかけでしたか」

「元気が出たでしょ。やり方は、もうすっかり身についてると思うけど、念のために、細かい打合せにかかりましょうか……」

「算了吧。他跟我是同謀，找也找不到啊。目前一定把行蹤隱藏起來了。」

美夢與期待，在刹那間消失得無影無蹤。秋夫呆然不知所措，放聲哭了起來。這不是演戲，流出的淚水是眞實的眼淚。

「啊啊，我該怎麼辦才好呢？」

對著傷心的秋夫，惠子安慰他說：

「用不著那麼垂頭喪氣啊。我來教你妙計好不好？」

「什麼妙計？事到如今，我想不會有妙計什麼的。」

「有啊，現在輪到你來擔任和田先生的角色就是了。找個替死鬼，好好教導他，把他送到這裡。事情進行順利的話，你該得到的份—五成會分給你。送十個人來看看，我保險你會笑個不停。」

「就是這樣的圈套？」

「精神振作起來了吧。我想做法你該完全學到了，不過，爲了愼重起見，讓我們來詳細商量吧……」

華やかな部屋

ノックの音がした。

夜の八時ごろ。ここはわりと高級なマンション。その五階にある一室だった。内部はしゃれた洋風であり、壁に飾られた絵の趣味から、カーテンやベッドに至るまで、どことなく若く華やかな印象を受ける。

それも無理はない。この部屋の住人は草町佐江子という二十五歳の女性だった。あか抜けした美人だ。新しくできたある大きなホテルのなかに、香水の専門店を経営していた。だから、このような生活も可能なのだった。

もっとも、その店の資本は波野鉄三という男から出ていた。彼は某会社の重役。時どき、この部屋を訪れる。つまり早くいえば、佐江子は波野の二号だということになる。

長椅子の上に寝そべって、退屈そうにテレビを眺めていた佐江子は、ノックの音に首をかしげてつぶやいた。

「だれかしら。きょうは、波野さんは来ないはずだし……」

しかし、来客をほっておくわけにいかない。彼女は立ちあがり、ドアの内側から声をかけ

豪華的房間

有人叩門。

時間是晚上八點左右。地點是一棟頗爲高級公寓的五樓之一個房間。房內的擺設十足西洋氣派。從掛在牆壁上的畫，到窗帘、臥舖，無不予人年輕、華麗的印象。

這也難怪。居住在這個房間的，是一位名叫草町佐江子的二十五歲小姐。她是一個很文雅的美人兒。在一棟新建的大觀光旅館裡，經營一家專門販賣香水的小店。因此，過著這種豪華的生活，並不是不可能的。

不過，香水店的資金，是由一位名叫波野鐵三的仁兄提供的。這位仁兄是某公司的董事，常常光臨這個房間。直接了當的說，佐江子就是波野的二號夫人。

隨意躺臥在長椅子上，無聊似地看著電視的佐江子，把頭歪向門，嘟喃著說：

「不知道是什麼人？今天波野先生不可能來……」

可是，對於來客總不能置之不理。她站了起來，從門內答腔：

た。

「どなた……」

「ぼくですよ。須藤です」

それを聞いて、佐江子はにっこりした。須藤優平というのは、やはり同じホテル内で、彼女の店のとなりでカメラの店をやっているスマートな青年だ。

毎日顔をあわせるわけで、おたがいに憎からず思うようになったのも当然のことだ。時たま、この部屋にたずねてくる。彼女も波野のこない日は、迎え入れて話し相手になる。

佐江子がロックをまわしドアをあけると、須藤は快活に話しかけてきた。

「かまわないかい。もし忙しいのなら、引きあげますよ」

「いいのよ。退屈でぼんやりしていたとこなの。いっしょにお酒でも飲みましょうか」

「すてきな提案ですね……」

意見は一致し、須藤はなかに入ってきた。商売がら身だしなみはよく、いくらか軽薄な点もあるが、雑談や遊びの相手としては申しぶんない。

佐江子はテレビを消し、ステレオをつけた。若い二人が甘い会話をするには、このほうがいい。

「いま、カクテルでも作ってくるわ」

彼女はキッチンのほうへ行き、冷蔵庫の氷をはずしたり、酒やグラスを用意したりした。

「那一位……」

「是我，須藤。」

聽到對方的回答，佐江子微笑起來。須藤優平是位瀟灑的青年，跟她一樣在同一家觀光大旅館裡，就在她的隔壁，開設一家照相機店。

因爲每天見面，日久生情，互相愛慕起來，無寧是理所當然之事。偶而，他也會光顧這個房間。在波野沒有來的日子，她會請他來，權充她的談話對象。

當佐江子啓鑰開門時，須藤便快活地說：

「不要緊吧？如果沒空，我就走啊。」

「不、不。我現在正在無聊得很呢。一起來喝喝酒吧。」

「好棒的提案……」

雙方意見一致，於是須藤就進入房間。由於做生意的關係，須藤穿著整齊，衣履入時。這位仁兄做人雖有點輕薄，然而，做爲閒聊或逢場作戲的對象，那再好不過了。

佐江子關掉電視機，改放立體音響。兩個年輕人在甜言蜜語時，唯有這樣才能增加氣氛。

「我現在就去調杯雞尾酒。」

語畢，她就走向廚房，拿出冰箱的冰塊，並準備了酒和酒杯。一切備齊，倆人手持酒杯。

準備はととのい、二人はグラスを手にした。彼女は浮き浮きした声で言った。中年すぎの波野と話すより、よっぽど楽しい。

「さあ、なんのために乾杯しましょうか」

「そうだな。まあ、おたがいに若い人生を楽しみましょう、とでもなるのだろうな」

「そうね。じゃあ……」

やがて、酔いが快くまわり、雑談が進み、音楽はムードを高める伴奏をしていた。はじめのうちは、二人ともべつべつな椅子にかけていた。だが、やがて長椅子に並んですわり、須藤は彼女の肩に手を回した。

くちびるがあわさり、事態はさらに進展しようとしかけた……。

その時、ドアにノックの音がした。佐江子はびくりとして身を引いた。

「なんだい。せっかくの気分がこわれちゃうよ」

と聞く須藤に、佐江子は口に指を当ててみせた。静かにしてちょうだい、という意味だ。そして、ドアに近よって言った。

「どなた……」

「わたしだ。波野だよ。予定が変更になり、きょうは仕事がなくなった。それで寄ってみたわけだよ」

她以喜不自禁的聲調說話。比跟過了中年的波野交談，來得快樂。

「呃，我們該爲什麼來乾個杯呢？」

「不錯。哦，互相享受這年輕的人生，應該爲這件事來乾杯啊！」

「說的也是。那麼……」

不久，他們的醉意就加速前進，進入無所不談的地步，音樂的伴奏也提高了氣氛。開始時，兩人都各坐在自己的椅子上。然而，很快地他們就肩並肩地改坐在長椅上，而須藤的手竟圍繞著她的粉肩。

唇對唇地接著吻，事態正要更進一步發展的當兒……。

正在這個時候，有人叩門。佐江子嚇得縮回了身子。

「怎麼搞的。好不容易才得來的氣氛，不是給破壞了嗎？」

須藤這麼一說，佐江子就朝著他把手指頭放在嘴唇前。她的意思，就是要他不要作聲。於是，朝著門走去。

「誰呀……」

「是我。波野。預定的計劃改變，今天就沒有事了。所以我才來找妳。」

応答をせずに居留守を使えばよかったが、もはや手おくれ。来客が波野となると、いいかげんなあしらいはできない。彼女は喜んだような声を出して答えた。

「うれしいわ。でも、ちょっと待って。いま着がえをしているのよ」

「そんなことは、わたしたちのあいだで気にすることもないだろう」

「だけど、ちょっと待って。お願い……」

「ああ、いいよ」

波野はドアのそとで、すなおに承知した。佐江子は問題の収拾と対策にあわてなければならなくなった。まず、須藤にささやいた。

「大変なことになっちゃったわ」

「なにか急用ができたのなら、ぼくは帰るよ」

「帰っていただきたいんだけど、それが、ドアからは出られないのよ。スポンサーなのよ」

「なるほど、旦那というわけか」

須藤はわかりが早かった。女性がひとりで豪華な生活をしているからには、なにか裏がなければならない。援助をする者の存在は考えられることだ。

「そうなのよ。ごきげんを損じてしまったら、あたし、あがったりでしょう」

「事情はわかったよ。しかし、ここは五階だ。窓からは逃げられないよ。落ちて死んだりするのはいやだ。外国漫画によくあるように、ベッドの下にでもかくれようか」

如果不答腔，佯稱不在家，那不知多好，但已經來不及了。一旦知道來客是波野，就不能隨便對待他了。她帶著欣喜的聲音回答：

「噢，我好高興！不過，請稍等一下！我正在換衣服呢。」

「換衣服？在我們之間，還用得著這樣客氣？」

「可是，還是請您稍等一下。拜託……」

「嗯，好嘛。」

波野在門外，坦率地答應了。佐江子不得不爲了收拾局面和想出對策而慌忙。首先，她喁喁細語地告訴須藤：

「大事不好了。」

「如果有什麼急事，那我就要回去了。」

「當然希望你回去，但不能從門口出去。是後臺老闆呀！」

「原來如此，那就是姘頭囉。」

須藤的反應蠻快的。一個獨身女人過著這樣豪華的生活，背後沒有什麼後臺是不行的。支持者的存在是可想而知的。

「對呀。要是惹他生氣的話，豈不糟糕了？」

「事情的眞相我知道了。不過這是五樓呀。從窗口又逃不出去。摔死在地上我才不呢。噢，對了，在外國的漫畫經常可看到，讓我躲在床底下吧。」

「そうね。あ、そこの洋服ダンスのなかに入ってちょうだい。あたし、うまくあしらって、早目に帰ってもらうようにするから」

佐江子は洋服ダンスの扉をあけた。大型であり、ひとりぐらい入る余地はあった。須藤はスリルを面白がっているようだった。自分に直接の利害のない騒ぎだからかもしれない。

「早いとこたのむよ。このなかで長い時間、香水ときみの体臭のまざった服のにおいをかがされたら、変態になってしまわないとも限らない」

「のんきなこと言わずに、早く早く」

やっと須藤を押しこんだ佐江子は、灰皿のなかの須藤の吸殻をくわえ、口紅のあとをつけた。それから、ドアの鍵をはずし、波野を迎えた。

「お待たせしちゃったわ。きょうはいらっしゃらないのかと、さびしくてならなかったとこよ」

と、息を切らせたふりをし、そしらぬ顔で甘えた声を出した。

「ほんとに、そう思ってくれているのかな」

波野はまんざらでもなさそうだった。彼は五十歳ちょっとで、地位も金もある。不足なものといえば、青年の若さぐらいだ。これぱかりは、どうしようもない。

「ほんとよ。あたしがこんなに楽しい生活をしていられるのも、みなパパのおかげでしょう。忘れたことはないわ」

「說的也是。噢，對了，那就請你暫時在衣櫥裡委屈一下。我會好好應付他，使他早點離開這裡。」

佐江子打開了衣櫥。這是個大型衣櫥，足足可以容納一個人。須藤對於這場刺激，感到蠻有趣似的。也許因爲這是一場跟他自己的直接利害，毫無相干的騷亂吧。

「拜託妳盡快使他離開。長時間在這裡面聞著香水和摻有妳的體臭的衣服，難保不會成爲變態。」

「廢話少說，趕快，趕快進去！」

好不容易把須藤推進衣櫥的佐江子，接著把須藤丟在煙灰缸內的香煙頭撿起來啣在口裡，給煙頭染上了口紅。然後打開門鑰，歡迎波野。

「讓您久等了。我以爲您今天不會來，而正感到寂寞難耐呢。」

佐江子裝蒜，顯得迫不及待似的，帶著撒嬌的聲調說：

「妳眞的是那樣想念我嗎？」

波野未必當眞。他是個五十出頭的人，有錢，有地位。美中不足的是青春的消逝。這點是任何人都無能爲力的。

「眞的。我之能夠過著這麼快樂的生活，全是托您大爺的福呢。從來沒有忘記過您呢。」

しかし、波野はどことなくただよう、いつもとちがう室内の雰囲気に気がついた。酒のグラスが出しっぱなしだ。

「だれかいたのかい」

「ええ、さっきまでね。学校時代の女のお友だちよ」

波野は疑り深そうに観察した。だが、口紅のついた吸殻ばかりなのを見て、いちおう安心したらしかった。

「それならいいんだ。わたしは時どき、きみが若い男と遊んでいるのではないかと想像すると、嫉妬でたまらなくなることがある」

「まあひどい。あたし、パパ以外の男性に好意を抱いたことなんかないわ。それに、若い男ってきらいよ。精神的に物たりないわ」

洋服ダンスのなかでは須藤が聞いているだろうが、この際いたし方ない。波野は少し喜んだ。

「いい意見だな、それは。たしかに、近ごろの若い男は、どうも打算的で、軽薄で……。そうそう、きみの香水の店のとなりでカメラ店をやっている男など、どうも感心しないタイプだな……」

いい調子で須藤をこきおろしはじめた。佐江子ははらはらしたが、逆らっては怪しまれる。積極的に賛成しなければならない。痛しかゆしといった形だった。

然而，波野倒感覺到，不知怎麼的，室內的氣氛跟往常比起來，有點不太對勁。酒杯沒有收拾好。

「誰來過？」

「嗯，學生時代的女同學來過，剛回去不久。」

波野帶著深疑的眼光，觀察了一下。可是看到的煙頭盡是沾有口紅，因此，大致放了心似的。

「那就好。每當我想起，妳會不會和年輕的男人玩時，難忍的妒火，會禁不住湧上心頭。」

「嗄，太過份了。除了您大爺外，我從來沒有對任何男性有過好感。而且我討厭年輕的男人。精神上不過癮嘛。」

躲在衣櫥裡面的須藤，不可能沒有聽到的，但是，這時也沒有辦法。波野有點高興起來。

「妳的見解很不錯。最近的年輕人的確自私自利，並且輕浮……。對了，就在妳香水店隔壁開照相機店的傢伙，他就是屬於令人無法佩服的那種典型的人……」

波野得意洋洋地開始批評須藤起來，並把他說得一文不值。雖然內心很焦急，佐江子也得恭順地聽著，要不然一定會引起波野的懷疑。而且，非得積極地贊同他的看法不可。可以說目前的她，正處於進退維谷的窘境。

「さて、わたしも酒を飲むことにしようか。それと、いつもの精力剤も持ってきてくれ」

と波野は言った。今夜は、ここに腰を落ち着けるつもりらしい。佐江子はウイスキーを持ってきながら、困ったように言った。

「あの、あたし、きょうは気分が悪いの。疲れたみたいだし、早く休みたいわ」

「まあ、いいじゃないか」

「それに、いらいらしているの。なにか、いやなことが起りそうな予感がするし……」

彼女はいろいろと断わり文句を並べたてた。だが、波野には通じない。

「わたしがしばらく来なかったので、さびしかったせいだろう。わたしもそうだ……」

どうしようもなかった。しかし、このまま洋服ダンスのなかに、須藤を朝まで入れておくことはできない。トイレにも行きたくなるだろうし、眠ってイビキをかかれたり、寝ぼけてあばれられたりしてもことだ。といって、波野を追いかえす名案もなさそうだ……。

その時、またもドアにノックの音がした。

波野はそれを聞きつけ、皮肉を言った。

「おい、だれか来たようだよ。スマートな青年でもやってきたんじゃないのか」

「そんなはずはないわよ」

佐江子はドアにむかって聞いた。

「那麼我也來喝喝酒吧。順便把我常用的強精劑也給我拿來。」波野說。

今晚，可能要在這裡過夜的樣子。佐江子端來威士忌酒，爲難似的說：

「咦，我今天心情不太好。身體很疲倦，想早點睡。」

「嘿，那有什麼關係。」

「而且，內心焦急不安。我預感到有什麼討厭的事情將要發生似的……」

她擺出各種各樣拒絕他的理由。然而，這些理由，對波野是講不通的。

「大概是我好久沒有來而感到寂寞的關係吧。我還不是跟妳一樣……」

簡直毫無辦法。但是，也不能讓須藤一直躲在衣櫥裡，等到天亮。他總要上廁所，如果睡著了打鼾，或者睡迷糊了，胡鬧起來，不是更糟了嗎？話雖這麼說，要趕走波野的妙計還是沒有……。

這時又有人在叩門。

波野聽著叩門聲，說出了挖苦的話：

「喂，不知誰來了，會不會是瀟灑的年輕小伙子來找妳？」

「沒有這回事！」

佐江子朝向門問道：

「どなた……」

「あたし、波野の家内ですの」

中年の婦人の声だった。佐江子は青くなったが、気をとりなおして応じた。

「そんなかた、ぞんじませんわ」

「ごまかしてもだめですのよ。主人のあとをつけさせた者から、さっき連絡があって出かけてきたのですものね。さあ……」

「でも、ちょっとお待ち下さい。いま着がえをしているところですから」

考えてみると、さっきと同じ口実だった。しかし、波野はそれに気づくどころではなかった。事態の重大さを知って、ふるえはじめた。そして、佐江子にしどろもどろの小声で言った。

「どうしよう。まさか、こんなことになるとは思わなかった。妻にこんな弱味を握られたら、わたしの計画もめちゃめちゃになる。そうだ。あの洋服ダンスにでもかくれることにしよう。うまくごまかしてくれ。成功したら、どんなお礼でもする。店の名義はきみに書換えてもいい。約束するよ」

こんどは佐江子があわてた。店の権利が完全に自分のものになるのはうれしいが、洋服ダンスは困る。すでに満員なのだ。

「そこはだめよ。トイレのほうがいいわ」

「那一位……」

「我是，波野的太太。」

中年婦女的聲音。佐江子的臉色蒼白起來，不過，一轉念，卻又沉著地答道：

「我不認識那位先生呀。」

「騙也沒有用啊。跟蹤在我先生後面的人，剛剛才和我連絡，所以我便追上來，呃……

」

「不過，請稍等一下。我正在換衣服呢。」

只要略一思索，就會發覺是跟剛才一模一樣的藉口。但是，目前的情況，已不容許波野去尋思這件事了。他知道事情的嚴重，開始發起抖來。並且，以狼狽不堪的語氣，低聲對佐江子說：

「怎麼辦呢？我決沒有想到事情會演變到這種地步。要是給太太抓到這個把柄，那我的計劃就完蛋了。對啦！讓我躲在那個衣櫥裡面吧。好好地騙騙她。事情一成功，任何代價都可付給妳。店舖的所有權變更給妳都可以。這是我開給妳的支票。」

這次輪到佐江子慌張了。店舖的權利完全變成自己的雖是可喜的事，不過，對於衣櫥，就令人傷腦筋了。裡面已經客滿。

「衣櫥裡面不行呀。還是洗澡間比較好。」

なぜだとも反問せず、波野はトイレにかくれた。佐江子はそれを見きわめ、ドアをあけた。中年の婦人が立っていた。金のかかった和服を着ていて、ふとりぎみで貫録がある。押しの強そうな感じだ。

「さあ、うちの人に会わせて下さい」

「部屋をおまちがえになったのではございませんの……」

「まちがえるはずはないわ。その机の上に、グラスがいくつもあるのは、どういうことなのでしょう」

また、口紅のあとのない吸殻も指摘された。それはよく消えていず、まだ煙がでていた。

佐江子は答えにつまった。

「ほら、ごまかせないでしょう。かくれているのなら、あたしがさがします」

強い勢いなので、さえぎりようがなかった。夫人はまず洋服ダンスに近よった。最も目につきやすいからだろう。反対もできない。立ちふさがれば、ますます勢いをますばかりだろう。

もう、どうなってもいいわ。佐江子はやけになった。しかし、破局に直面する勇気はなく、机の上のグラスを片づけるふりをし、キッチンのほうに急いで移った。

波野夫人は洋服ダンスをあけた。なかから、須藤優平が顔を出して言った。

連反問一聲「爲什麼」都沒有，波野就躲到洗澡間裡去了。佐江子弄清楚波野確實躲到洗澡間之後，便去開門。

一個中年婦女站在門前。她穿著豪華的和服，身材發胖而帶有威嚴。令人看來好像很能幹的樣子。

「呃，讓我和外子見面吧。」

「你會不會找錯房子……」

「沒有找錯的道理。那張桌子上有好幾個玻璃杯，是怎麼回事？」

還有，沒有沾上口紅的煙頭也被指出來。那個煙頭上的火，還沒有完全熄滅，仍然在冒煙。佐江子不知該怎麼回答她。

「妳看，妳騙不了我吧？如果躲在裡面的話，我就要來找了。」

對方來勢兇湧，佐江子攔不住她。波野夫人首先走近衣櫥。或許是最惹眼的緣故吧。佐江子無法反對她。如果想站在她的面前阻擋她，那只有越發增加她的聲勢罷了。

事情已到這種地步，隨它去吧。佐江子變得自暴自棄了。她沒有面對悲慘結局的勇氣，只好裝著要收拾桌上的玻璃杯的樣子，匆忙地走向廚房。

波野夫人打開衣櫥。須藤優平從裡面伸出頭來說：

「ばあ……」

ほかに言葉も考えつかなかったのだろう。波野夫人は驚いた。なかにかくれていることは想像していたのだが、まさか、それが見知らぬ青年とは。

「あら、失礼いたしましたわ。こんなところにいらっしゃるとは」

「ぼく、ここの佐江子さんのお友だちなんです。かくれんぼして遊んでいたとこですよ」

「まあ、そうでしたの。でも、いいおとしをして、かくれんぼなんて……」

「ぼく、頭が弱いんで、いつもみんなにからかわれてるんです。いっしょに遊んでくれるのは、佐江子さんだけなんです」

怪しげな言い訳だった。しかし、夫人のほうもばつが悪い。亭主の浮気の現場を押えようと乗り込んできて、人ちがいをしてしまうとは。なにはともあれ、失礼をわびるほかはない。

「ほんとに、ごめんなさいね。どうおわびしたらいいでしょう……」

波野夫人はとまどった。しかし、この青年は精神薄弱とか言っている。子供をあやすように、いたわってやればいいのだろう。頭をなでたり、手を握ったり、できるだけの親しみを示そうと努めた。

その時、閃光がひらめき、カメラのシャッターの音がした。開いたままのドアから、いつのまにか入ってきた男のしわざだった。夫人と須藤をうつしたらしい。

「哇……」

可能是想不出要怎麼說吧。波野夫人嚇住了。他認為很可能躲在裡面，然而，絕沒有想到躲在裡面的人，竟是一個素未謀面的青年！

「哎，很對不起。我沒有想到會在這裡面。」

「我是佐江子小姐的朋友。我們正在玩捉迷藏哩。」

「噢，原來如此。不過，年紀這麼大了，還在玩捉迷藏……」

「我獸頭獸腦，所以經常受到每個人的嘲笑。願意跟我玩的人，只有佐江子小姐而已。」

須藤所說的理由，未免有點兒怪怪的。可是，波野夫人也感到尷尬。本來是為了當場破獲自己丈夫的金屋藏嬌而來，結果，竟然捉錯了對象！無論怎麼說，除了向人道歉之外，再也沒有其他辦法了。

「真抱歉。我不知該怎麼向你賠罪才好呢……」

波野夫人無法再把話說下去了。然而，這個青年人既然說自己呆頭呆腦。那只要像哄小孩似的安撫他一會不就好了嗎？摸摸他的頭，握握他的手，波野夫人盡可能表現她對他的親蜜和關懷。

正在這個時候，閃光燈一閃，並且傳出了照相機的快門聲。這是一位不知什麼時候，從沒有關好的門闖進來的仁兄，所幹的好事。可能把波野夫人和須藤一起拍進了鏡頭。

須藤は急いでその男を引きとめ、聞いた。

「写真屋を呼んだ覚えはないが、どういうことなのです」

「波野さんにたのまれ、奥さんのあとをつけ、浮気の現場を記録したのですよ。離婚訴訟を起し、有利に解決するための材料に使いたいのだそうです」

「まあ、待ってくれ。誤解だ」

「文句や弁解があるのでしたら、波野さんのご主人におっしゃって下さい。わたしはただ、依頼されたことをしたまでです」

須藤は呆然としていた。そのあいだに、カメラを持った男は、さっさと引きあげていってしまった。

須藤連忙制止那位仁兄，並問：

「我並沒有叫攝影師來，這到底是怎麼一回事？」

「我受了波野先生的委託，跟蹤在他太太後面，而拍取了紅杏出牆的現場記錄。聽說他要提出離婚訴訟，而且爲了把事情作有利於自己的解決起見，他想利用這材料來做證據。」

「嘿，等一等！這是一場誤會！」

「如果有什麼異議或答辯的話，請告訴波野夫人的先生好了。我不過是受人之託，忠人之事罷了。」

須藤呆然不知所措。這期間，帶了照相機的仁兄，很快地走了出去。

唯一の証人

ノックの音がした。

ここは病室。一人用の特別室だ。街なかにある相当に大きな病院だった。大きいばかりでなく、設備もととのっており、いい医者がそろっているとの評判だった。

ベッドの上には一人の患者が横たわっていた。三十歳ぐらいの男で、頭にホウタイが巻かれている。インド人のターバンのようだ。ほかにはだれもいない。

ノックの音で、患者は読みかけの雑誌から目をはなし、声をあげた。

「どうぞ」

ドアが開き、若い看護婦が入ってきた。のりのきいた白衣を着ていて、食事をのせたお盆を持っていた。彼女は言った。

「昼食をお持ちしましたわ」

「あ、もうそんな時間か。なんにもせずに、ぼんやりと横たわっていると、時間の感覚がおかしくなってしまうな」

唯一的證人

有人叩門。

這裡是病房，是單人用的特別病房。是在街上的一家規模相當大的醫院裡。醫院除了大之外，裡面的設備也很齊全，而且醫師都是一流的，因而得到一般人的好評。

病床上躺著一個患者。他是一個三十左右的人，頭上紮著綳帶，很像印度人的頭巾。除了病人之外，就沒有任何其他的人了。

聽到叩門聲，患者的視線便離開了正在看著的雜誌，並開口說：

「請進來。」

門開了，進來了一個年輕的護士。她穿著一身漿得畢挺的白衣，端來了一個放有食物的盤子，對患者說：

「給你送來午餐。」

「噢，吃飯的時間已經到啦？不做事呆呆地躺在床上，對時間的感覺會變得怪怪的。」

患者は身を起し、窓のそとを眺めた。この病室は六階なので、見晴らしはいい。少しはなれて、どこかの会社のビルが見える。その屋上で社員たちがくつろいでいた。バレーボールをやっている者もあり、のんびりと話しあっているらしい者もある。昼休みであることがわかった。

ふと思いついて、患者は聞いてみた。どうでもいいことなのだが、話し相手が欲しかったのだ。

「病室に入る時は、ノックをするものかい」

「そうとは限りませんわ。重症の患者や安静の必要な患者を、そんなことで目をさまさせてはいけませんもの」

「というと、ぼくは軽症というわけか」

患者は笑顔になり、看護婦はうなずいた。

「ええ。重態とはいえませんわ。お元気そうじゃありませんの。そのご、ぐあいはいかがですの」

「頭がまだ、ずきずき痛む」

患者はホウタイの上から、手で頭を押えて顔をしかめた。いくらか大げさな動作だったが、看護婦はそれに同情の視線をそそぎながらいたわった。

「ほんとに、お気の毒な目にお会いになりましたのね。それとも、勇敢さに感服したと申し

患者從床上起身，望了望窗外。這間病房在六樓，展望很好。離此不遠的地方，看得到某公司的大廈。在大廈的屋頂上，職員們在休息著。有人在打著排球，也有人悠然自得地在聊天。由此可知現在是中午的休息時間。

忽然想起什麼似的的患者，開口問了。雖是不關緊要的事情，不過他是希望有個談話的對象。

「進入病房時要叩門嗎？」

「不一定。如果叩了門而吵醒重症患者或需要安靜的患者，那也是不行的。」

「這麼一說，我就是輕症患者囉。」

患者臉上露出笑容，護士點了點頭。

「唔。並不嚴重嘛。看起來好好的。最近覺得怎樣？」

「頭還會抽痛。」

患者把手放在綳帶上，壓住頭，皺起眉來。這個動作未免有點小題大作，護士還是同情地注視著，並安慰著說：

「你的遭遇，可眞值得同情。不，也許我得說你的勇敢令人佩服。」

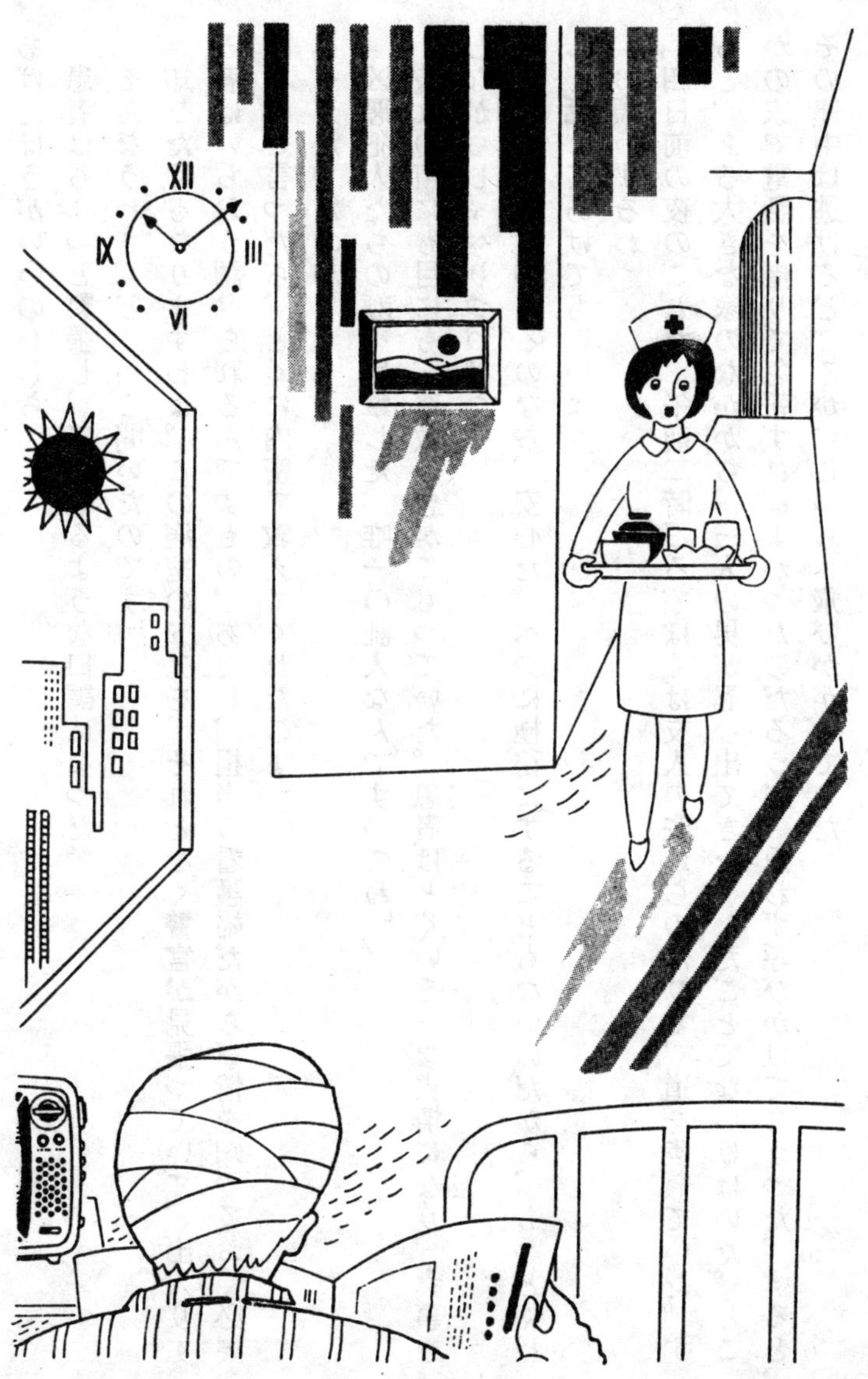
XII
III
VI
IX

あげたほうがいいのかしら」

患者はちょっと緊張し、気になるような口調になった。

「そんなうわさ、どこから聞いたのです」

「知りたくもなりますわよ。この病室のドアを、それとなく警官が見張っていて、出入りする者はいちおう調べられるんですもの。あたし、担当の看護婦だから事情を知っておく必要があると言ったら、とくに内密で教えてくれたのよ」

「そうだったのか」

「凶悪犯人たちの顔を目撃した、唯一の証人なんですってね」

彼女の声にも目にも、尊敬の念がこもっていた。患者はとくいそうな表情になり、食事をしながらしゃべりつづけた。

「警官の見張りがあるのなら、安心だ。べつに極秘にすることもないのだから、もっとくわしく話してあげてもいいよ」

「お願いするわ」

「四日前の夜のことだ。午前二時ごろ、ぼくは友人の宅からの帰りで、道を歩いていた。すると、ある大きな家のなかから、三人の男が忍び出てきた。ただごとでないけはいだ。どこかの家で電話を借りて急報すればよかったのだろうが、思わず呼びかけてしまった。すると、その連中は逃げるどころか、こっちへ飛びかかってきた」

患者略為緊張起來，並以耽心的語氣說：

「那種風聲，從那裡聽到的？」

「很想知道啊。本病房的門，警察在暗中戒備著，出入的人大致會被調查。我說我是值班護士，需要了解事情的眞相，結果特別秘密地告訴了我。」

「噢，原來如此。」

「據說你是目睹那些兇犯面貌的唯一證人。」

不管是她的聲音或眼光，都洋溢著尊敬。患者的表情變得意氣洋洋地，邊用午餐，邊滔滔不絕地說個不停。

「只要有警察的看守，那我就大可放心囉。這也不是什麼特別秘密的事情，所以我可以更詳細的告訴妳。」

「那要拜託你囉。」

「這是發生在四天前的半夜。大概是凌晨兩點鐘，我是從朋友的家正往歸家的途中，在路上步行著。於是，從某一棟大屋子裡面，偷偷地走出了三個人。我感到這不是尋常的事情。要是隨便跑到附近的人家，借個電話報警就好了。可是卻不由地大聲叫喊起來。結果，那一夥人，不但沒有逃掉，反而向我這邊撲過來。」

「まあ……」

「ずいぶん争ったのだが、三人対一人。そのうち頭を強くなぐられ、気を失ってしまった。通りがかった人が発見し介抱してくれたのが、一時間ほどたってからだ」

「さぞこわかったでしょうね」

「いや、その時は夢中だった。しかし、あとで聞くと、その家の主人が殺され、大金が奪われたのだそうだ。それを知った時には、恐怖が一時にこみあげてきたな」

「そうでしょうね。で、その時、犯人たちの人相を見ることができたの」

「ああ、少しはなれた街灯の光で、ちょっとのあいだ見ただけだ。だが、ぼくをこんな目に会わせたやつらだ。決して忘れない。こんど会うことがあったら、すぐに指摘することができる」

「ほかには目撃者はいないそうね」

「襲われたあの家の主人は見ただろうが、殺されてしまった。証人となれるのは、ぼくだけということになる」

「容疑者がつかまれば、裁判の時の唯一の証人というわけね」

「ああ」

「正義のために、がんばってちょうだいね」

「もちろん……」

「嗄……」

「我跟他們猛鬥，三個人對一個人。當時我的頭挨了强力毆打，於是就昏了過去。結果，過路人發現了我，並加以照顧。不過，那是事後的一小時的事情。」

「你一定感到很害怕吧。」

「不，那時我是奮不顧身。但是，事後才聽到那家的主人被殺，而且被搶走巨款。於是恐佈的感覺一時瀰漫全身。」

「說的也是。不過，那時你就看到兇犯們的面貌啦。」

「哦，藉著不遠的路燈的燈光，稍微看了一下而已。不過，他們把我整得這麼慘，我絕忘不了他們。如果再碰面的話，馬上可以指認出來。」

「聽說再也沒有其他的目睹者啦。」

「遭受搶劫的屋主雖然看到兇犯，可是已被殺害。能夠成爲證人的，只有我一個人啦。」

「那就是嫌疑犯一旦被逮捕，送到法庭上審判時，你就是唯一的證人囉？」

「嗯。」

「爲了正義，希望你能堅持到底。」

「那當然……」

雑談をしているうちに、食事は終った。看護婦は食器を持って、病室から出ていった。

白く清潔で、静かで退屈な病室の時間が流れていった。そのなかにあって、ベッドの上の患者はすることがなくて困ったようすだった。眠ろうとしたが、睡眠は充分にとってしまってある。しかたなく、また雑誌を手にし、そのページをめくりはじめた。

またも軽くノックの音がした。つづいてドアが開き、医者が入ってきた。中年の男で、白衣のえりからは、きちんと結んだネクタイが見える。しかし、患者はその顔を眺め、ふしぎそうに聞いた。

「もう、午後の診察の時間ですか。いつもの先生とはちがいますね。なぜです」

「ああ、いつもの人は治療が担当だ。わたしは精密検査のほうで、専門がちがうのだ」

「そうでしたか。で、これから特別な診察でもなさるのでしょうか」

「診察というほどのことはない。参考のために、ちょっと質問に寄ってみただけだ」

「どういうことでしょうか」

「頭部のレントゲン写真、脳波のグラフ、そのほかわたしのとこへ回されてきた資料を、ひと通り検討してみた」

「診断はどうなのですか」

患者は不安そうな声で、そっと聞いた。医者はうなずきながら言った。

在閒聊之中，患者已吃完午餐。護士拿著餐具，走出了病房。

時間在白而清潔，靜而無聊的病房裡飛逝。在這病房裡，躺在床上的患者，彷彿因無事可做而感到苦腦似的。雖想睡覺，由於已睡得太多了而無法入夢。不得已再拿起雜誌，開始一頁一頁地翻下去。

這時，又有人輕輕地在叩門。接著門被打開，進來了一位醫師。他是一個中年人，白衣的領子上，可以看到打得很整齊的領帶。但是，患者望著他的面孔，感到奇怪的問：

「下午的診察時間已經到了嗎？噢，你不是經常來的醫師嘛。怎麼一回事？」

「嗯，經常來的那位醫師負責治療。我負責精密檢查，各人所擔任的工作不同。」

「原來如此。那你現在是不是來替我做特別診察？」

「談不到診察。為了參考，我進來想問點兒事情而已。」

「是什麼事？」

「我把頭部的X光照片、腦波圖、連同其他送到我手上的資料，做了大致的檢討。」

「診斷情形如何？」

患者以不安的聲音，悄悄地問。醫師點著頭說：

「べつに異常は発見されない」

「それはよかった。ご存知でしょうが、ぼくが唯一の証人なんです。頭に異常があるとなっては、証言能力が問題にされてしまいます。そんなことにならないと知って、ひと安心しましたよ」

「それで、気分はどうなんだね」

医者はのぞきこみ、患者はまた頭に手をやった。

「まだ痛むのです。気のせいでしょうか」

「そうだろうとは思うが、さらに入念に検査する必要があるかもしれない。ちょっと、両手を前に出してみて下さい」

「ええ……」

患者は両手を顔の前に出し、あとの指示を待った。

「では、その両手を組んで、頭の下に当ててみて下さい」

「こうでしょうか……」

不審がりながらも、患者はそれに従った。両手の指を組合せ、それを頭と枕のあいだに入れたのだ。どんな試験をやろうというのだろう。

「よし、それでいい」

医者はうなずき、左手で患者のひたいを強く押え、右手でポケットからなにかを取り出し

「沒有發現什麼異常。」

「那好極了。你可能知道的，我是唯一的證人。要是頭部不正常的話，證言能力就會被打上問號。所以我知道不致於走到那種地步，我暫且可放心了。」

「那麼你現在覺得還好嗎？」

醫師往下探望，患者又把手放在頭上。

「還會痛呢。也許是心情的關係吧。」

「我認爲可能。不過，說不定需要進一步仔細地檢查。請你稍微把雙手伸到前面吧。」

「呃……」

患者把雙手伸向前面，等待進一步的指示。

「那麼再把你的雙手拼起來，放在頭下吧。」

「是這樣嗎？」

患者雖感到懷疑，結果還是遵從醫師的吩咐做了。他把雙手的指頭拼合起來，然後放在枕頭和頭部的中間。到底要做什麼試驗呢？

「好，這樣就好。」

醫師點了點頭，左手用力壓著患者的前額，右手不知從口袋裡取出了什麼東西。患者認爲

た。患者は、小型の電灯でも使って目を調べられるのかと思ったらしかった。だが、よく見るとちがっていた。噴霧器のようなものらしい。質問したくもなる。

「なんですか。それは」

「大きな声を立てないように願いたい。これは強い麻酔薬だ。ちょっと吸っただけでも、気を失う」

「いったい……」

あまりに突然であり、わけのわからないことなので、患者は声をあげかけた。だが、それは思いとどまった。病室の壁は厚く、声は伝わらないかもしれない。また、叫んだら、つぎに空気を吸わなくてはならない。相手はその時をねらって、麻酔薬の霧を出すかもしれないのだ。

抵抗しようとしたが、それも不可能だった。両手は組合わさって枕と頭のあいだにあり、頭を押えられているので動かないのだ。うまく計略にかかった形だった。医者は冷静な口調で言った。

「叫んでもだめだ。廊下の見張りには、痛い注射をすると説明しておいた。その叫びだと思うだけだ」

「これが診察なんですか。なんのために、麻酔をかけるのです。説明して下さい」

「診察などではない」

可能用小型電燈去檢查他的眼睛。然而，仔細一看並不是電燈，而是類似噴霧器的東西。他很想問醫師。

「手上拿的是什麼東西？」

「希望你不要出聲。這是强力麻醉藥。只要吸進一點，就會昏過去。」

「到底……」

事情來得太突然，而且也太莫明其妙，患者似乎要驚叫出聲。然而，還是打消了這個念頭。病房的牆壁厚，說不定不傳聲也未可知。再者，喊叫之後接著就要吸收空氣，對方可能乘機把麻醉藥噴出來。

雖想抵抗，其實已是不可能了。由於雙手已拼合起來放在枕頭和頭的中間，加上頭部被壓得無法動彈。這是一種上當上得很巧妙的境況。醫師以冷靜的口氣說：

「叫也沒用。我已對走廊的警衛說明了要替你打一種會發痛的針。他們會認爲你一定是被打痛針而叫出來的。」

「這就是診察？爲什麼施用麻醉藥呢？請說明好不好？」

「不是診察。」

「どういうことなのです。なんでこんな目に会わされるのか、わかりません」

「わからないことはあるまい。自分がどういう立場の者かを考えればいい」

「ぼくは大切な、唯一の目撃者だ。だが、まさか、そんな……」

患者はふいに不安そうな顔になり、あわてた声を出した。とても信じられない、といったようすだった。しかし、医者は大きくうなずいてみせた。

「そうだ。そのためだよ」

「すると、さては殺し屋か。医者に化けて、侵入してきたというわけだな」

「化けたなどと言わんでくれ。わたしはここの病院の、ちゃんとした医者だ」

「その医者が、なぜ……」

「厚い札束を見せられると、どんな人間も気が変るというものだ」

「ぼくを消すつもりなんだな」

「最初は薬品を使って、盲目にする方法はないかと考えた。だが、わたしのしわざとわかっては困る。そこで、やはり安全で簡単な方法を使うことにした」

「しかし、そんなことをしたら殺人罪だぞ」

「そんな心配は無用だ。わたしが医者であることを忘れないでくれ。どうにでも形はつけられる。たとえば、気を失わせておいて、窓からほうり出してもすむ。脳波がおかしかったとすれば、自殺になる。もう、あきらめたほうがいいぞ……」

「那麼是怎麼一回事？我眞不知道我爲什麼要受這種罪。」

「不可能不知道。想一想你自己的立場就好了。」

「我是重要的唯一目睹者，不過，難道，那種……」

患者突然露出不安的神色，發出了慌張的聲音。其表情有如：「簡直令人無法置信」的樣子。可是，醫師倒大大地點了點頭。

「正是。就是爲了這點。」

「那麼你就是職業兇手囉。冒充醫師侵入本病房。」

「不要說冒充好不好？我就是這家醫院的正式醫師。」

「正式醫師爲什麼……」

「看在大把鈔票的面上，任何人都會眼紅。」

「打算把我幹掉囉？」

「最初我想到使用藥物把你弄瞎。可是，要是給人知道我幹的好事，就傷腦筋了。於是，我還是採用既安全又簡單的方法。」

「可是，你要是做那種事，你就犯殺人罪啦。」

「這點你用不著耽心。你千萬不要忘記我是醫師！方法有的事。比方說讓你昏過去，把你從窗口扔出去也可以。要是認定腦波不正常，那可當做自殺處理。我看還是認命吧……」

医者は平然と、患者の顔に噴霧器をさらに近づけた。

患者の両眼は恐怖と絶望で大きく見開き、おびえていた。だが、声をしぼり出し、すがりつくように訴えた。

「ま、待ってくれ。そんなはずはない。なにかのまちがいだ。聞いてくれ。誤解だ」

「ここまできて、いまさらなにを言う。遺言でもあるのなら、少しだけ聞いてやらないこともない。しかし、ただ聞いてやるだけだぞ。だれかに伝えてやるとの約束はできないな」

「それでもいい。いいか。ぼくは証人は証人でも、本当の証人ではないんだ」

「なんのことやら、さっぱりわからない話だな」

「早くいえば、ぼくも一味なんだ。つまり、犯行後ひきあげる時、万一の場合を考えて、頭を自分で軽くなぐり、道ばたに倒れていたのだ。すべては計画のうちだったのだ」

「なぜ、そんな役を引受けた」

「そうすれば、もし仲間たちがつかまったとしても、ぼくが唯一の証人だ。ぼくが彼らは犯人とちがうと証言すれば、みな無罪釈放になる。念には念を入れた、安全第一の作戦だったのだ」

「そうかね。だが、わたしは消すようにとたのまれた」

「だから、なにかの誤解なんだ。もう一回、よく聞きただしてからにしてくれ」

「とんでもない。それから、あらためてやりなおすわけにもゆくまい」

醫師冷靜地把噴霧器更進一步移近了患者的臉。

患者的兩眼因恐怖與絕望而睜得大大的，感到很恐怖。不過，還是勉强發出了高聲，求援似的訴苦著說。

「等，等一等！沒有那個道理。一定有什麼錯誤。聽我說，這是誤會。」

「事到這種地步，還有什麼話好說。要是有遺囑稍微聽一下也無妨。只是聽一聽而已！我並沒有答應要替你傳達給任何人。」

「那也好。知道嗎？我雖然是證人，可是我並不是眞正的證人。」

「你說什麼我完全不懂。」

「直截了當地說，我也是同夥的人。就是做案後要逃離時，顧慮到萬一，所以輕輕地打自己的頭，裝傷倒在路邊，一切都是有計謀的。」

「爲什麼要答應那種事？」

「這麼一來，即使同案們一旦補捕，因爲我是唯一的證人。只要我證明他們不是犯人，就全部無罪被釋放。小心再小心的，安全第一的作戰。」

「原來如此。不過，有人託我把你幹掉。」

「所以說一定有什麼誤會。請你重新查清楚後再說。」

「那怎麼行？從頭再來是不可能的。」

医者はそっけなかった。患者はつぶやくように言った。

「もしかしたら、ぼくを信用せず、裏切られるのを心配したためかもしれない。それとも、分け前が惜しくなったのだろうか」

「いずれ、そんなところだろうな」

医者は同情したような口ぶりで同意した。患者はこの時とばかり、必死に主張した。

「そうにちがいないんだ。いいか、この点をよく考えてみてくれ。やつらは、仲間のぼくさえこのように信用しない。冷酷なんだ。利用価値がなくなれば、すぐに捨てる。そんな連中だから、あなただって、事情を知っているとなると、いつかは消される運命にあるんだ」

「なるほど。そう言われてみると、ひどいやつらだな」

医者の態度は少しやわらいだ。患者はそれで、さらに勢いを得た。

「たのむ。思いとどまってくれ。ぼくといっしょに、警察で本当のことを告白しましょう」

「よし、そうしてもいい」

医者はやっと承知してくれた。患者はほっとし、お礼の言葉を述べはじめた。

「ありがとうございます。ご恩は忘れません。しかし、よくすぐに、ぼくの言葉を信じて下さいましたね。医者をなさっていると、ひとを見る目ができてくるのでしょうか」

「そんなところだ。じつは、そうじゃないかと疑念を持ったので、一芝居うってみたのだ。ポケットのなかに小型のレコーダーをしのばせてね。よく自白してくれた。それとも、うま

醫師毫不客氣地拒絕了。患者嘟喃著說：

「說不定是無法信任我，而耽心我會出賣。或是是爲了捨不得分贓？」

「總之，兩者都有可能。」

醫師帶著同情似的口氣同意。患者認爲這正是良機，因此，拼命地堅持下去。

「我說的絕對不會錯。知道了吧，這點請你好好考慮。那些傢伙連我這個同夥也無法信任。太冷酷啦。只要沒有利用價值，他們馬上丟棄。就是這種人，所以對於像你這種知道事情眞相的人，總有一天定會被幹掉的。」

「說的也是。經你這麼一說，他們的確是殘酷的傢伙。」

醫師的態度稍微緩和了。患者乘機更進一步增强了語勢。

「拜託你！打消殺我的念頭吧。跟我一起到警察局去，把眞相坦白出來吧。」

「好！那樣做也好。」

醫師勉强强答應了。患者放心了，開始向他道謝。

「謝謝。你的恩我絕不會忘的。但是，你很快就相信了我的話。是不是當起醫師來，眼光就變得能夠辨認人？」

「那差不多。其實，我懷疑可能會是那樣，所以要了一招。口袋裡暗藏著一架錄音機。你

くひっかかったと言うべきかな」

それを聞いて、患者は歯ぎしりし、そのあいだから、くやしそうな声を出した。

「よくもだましたな……」

飛び起きようとした。ここで医者も力を抜いていたので、はねかえせたかもしれない。だが、もはや手おくれだ。ここで医者を殺せば殺人になる。逃げようにも、この患者のかっこうではだめだ。そのうえ、ここのドアは警官が見張っているのだ。唯一の証人に、不測の事態がおこらぬようにと……。

自白得很好。或者我該說你上了我的大當。」

聽完這句話，患者咬牙切齒，並從牙縫裡發出悔恨之聲。

「把我騙得好……」

想要跳起來。因爲醫師也鬆懈了力氣，或許可以把他推開而佔上風。可是已來不及了。在此要是殺了醫師就犯著殺人罪。即使想逃走，以這種患者的模樣也逃不掉。加上門口外有警察守衛著。爲了防備唯一的證人，發生不測風雲……。

盗難品

ノックの音がした。

夕方の七時ごろ。坂田順平は大きく柔かな椅子にかけ、パイプをくゆらせながら夕刊を読んでいた。

ここは彼の住居、かなり高級なマンションの一室だ。順平は四十五歳、カメラ関係の会社を経営していた。仕事はこのところ順調に進展していて、生活に不自由はない。したがって、自宅にいる時は、このようにゆうゆうとしていられる。

また、ノックの音がくりかえされた。

順平は、妻が妹にさそわれて音楽会に出かけ、留守であることを思い出した。彼は立ちあがり、ドアのところへ行って聞いた。

「どなたです」

「アパートの管理人からたのまれてうかがいました」

若い男の声だった。順平は鍵をはずしてドアをあけた。胸のポケットにネジ回しをさし、

贓物

有人叩門。

黃昏七點鐘左右。坂田順平坐在一張大而柔軟的椅子上，邊抽煙斗邊看晚報。

這裡是他的住宅，是棟頗爲高級的公寓的一個房間。順平年齡四十五，經營一家跟照相機有關的公司。目前業務進展得順利，生活充裕。因此，在家時就可過著這種悠閑自在的生活。

有人又在叩門。

順平想起妻子被妹妹邀出去聽音樂，自己留在家裡看家這件事。他站了起來，走向門問道：

「是誰呀？」

「公寓的管理員託我來的。」

是年輕人的聲音。順平開了鎖，把門打開。門口站著一個青年，胸部的口袋插著螺絲起子

手袋をはめ、小さなカバンをさげた青年が立っている。順平は当惑したように言った。

「住いのことは、妻にすべて任せきりだ。しかし、今夜はあいにく外出で、十時すぎでなくては帰らない。あしたにでもしてほしいな」

「いえ、簡単なことです。なにかの修理だったら、ちょっと検査するだけのことですから」

青年は勝手になかへ入ってきた。いささか図々しい感じだ。

「いったい、なんの検査です」

「防犯用の非常ベルが、完全かどうかを調べるのです」

「そんなことだったのか。そのベルならそこだ」

順平は壁の押しボタンを、事務的に指さした。青年はそれに近より、ネジ回しを使っていじりはじめた。順平はその背中にむかって、なにげなく話しかけた。

「なんでまた、そんな検査をやるのだ」

「泥棒のためですよ」

その言葉を聞いて、順平は愉快そうに笑い出した。

「これは傑作だ。なんという平凡な答えだろう。そんなことは、言われなくてもわかっている。それとも、ユーモアのつもりかね」

「おかしいですかね。そう平凡とは思いませんがね。少しもわかっておいでではないようだ」

「おいおい、気はたしかなのかい」

，手上戴著手套，提著小皮包。順平困惑地說：

「家裡的事完全由我太太負責。可是，今晚不巧出去了，十點以後才會回來。如果有什麼東西要修理的話，明天再來好啦。」

「不，簡單的事情。只是要檢查一下而已。」

青年擅自進入屋裡，令人感到有點厚臉皮。

「到底要檢查什麼呢？」

「我要查一查防盜用的緊急鈴是否完整。」

「噢，原來如此。那個鈴就在那邊。」

順平一本正經地把牆壁上的按扭指給對方看。青年走近去，使用螺絲起子，開始擰轉起來。順平朝著他的背後，若無其事地說：

「爲什麼又要檢查呢？」

「爲了預防小偷。」

聽了這句話順平愉快地笑起來。

「這是個傑作。多麼平凡的答覆。這種不用說也知道。或者是想要幽默一番吧？」

「奇怪嗎？我並不覺得平凡。你好像一點兒都不知道的樣子。」

「喂，喂，你是清醒的嗎？」

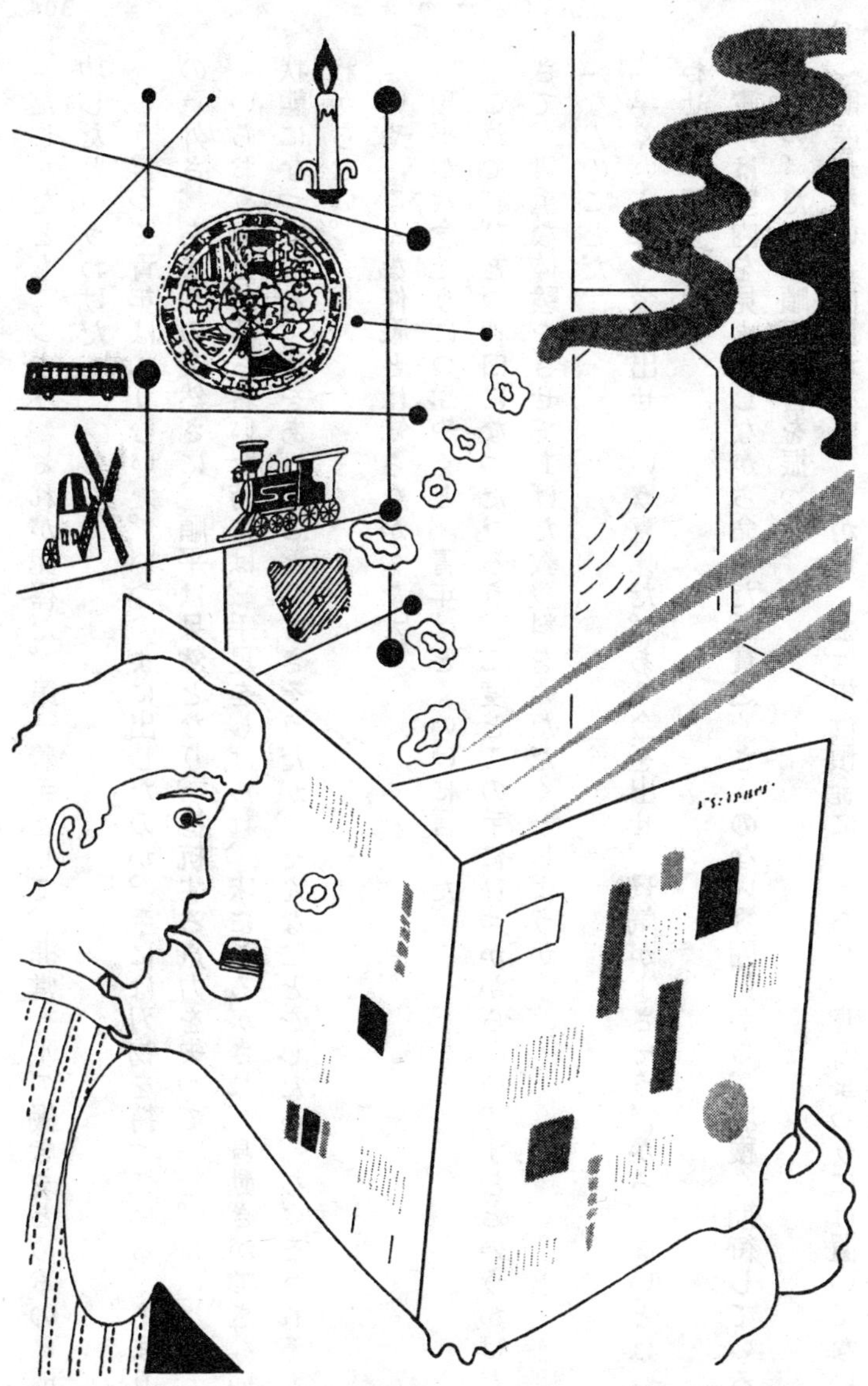

「たしかだとも。つまり、おれが泥棒だ。第一着手として、非常ベルの働きをとめるのに成功したというわけだ」

こう言って青年はふりむいた。いつのまに出したのか、手には刃物を持っている。あまりの意外さ、あまりの突然さに、順平は呆然となり、抵抗する気力を失っていた。

いちおう気分が落ち着いた時には、手足をしばられ、床にころがされ、身動きができない状態になっていた。声をあげることはできそうだが、そんなことをしたら、なにをされるかわからない。

「いや、こんな作戦とは知らなかった」

順平が残念そうにつぶやくと、青年はとくいげに言った。

「これで、ひとつ利口になっただろう。二度とこの手にひっかからないですむというわけだ。さて、貴重な体験をさせてあげた教授料をいただくとしようか」

「なんのことだ」

「早くいえば、金を出せという意味だ。あり金を出せ。景気がよさそうだから、ないとは言わせないぞ」

青年は室内を見まわしながら命じた。貧乏くささのない雰囲気から、収穫を期待しているらしい。だが、順平は首を振った。

「財産がないとは言わない。しかし、金は銀行預金にしてあり、身のまわりには置いてない。

「很正常哩！就是說：我就是小偷！開門見山地說：我已成功地制止了緊急鈴的作用。」

說畢，青年就回過頭來。不知什麼時候取出來的，手裡拿著一把刀。由於事情來得太意外，太突然，順平茫然不知所措，失去了抵抗的力量。

待他情緒鎮靜下來時，手腳已被綑綁起來，並且被推倒在地板上，無法動彈。雖然可以叫出聲來，不過要是這樣做的話，不知會遭到怎樣的下場。

「不，我眞的不知道會來這一招！」

順平疑惑地嘟喃時，青年卻得意地說：

「這樣吃了一次虧，總會學了一次乖吧。就是說下次再也不會上這種當了。那麼，爲了傳授給你寶貴的經驗起見，我該向你要學費囉。」

「什麼事？」

「直截了當地說，就是把錢拿出來！把現款統統拿出來！看來景氣蠻不錯，絕不許你說沒有！」

青年一邊環視著室內，一邊命令道。可能想從這沒有貧窮的氣氛裡，期待著收獲。然而，順平卻搖了搖頭。

「不能說沒有財產。可是，現款是存在銀行裡，而不放在身邊。口袋裡的錢包約放有數張

服のポケットの紙入れに紙幣が何枚か入っている。それでも持って帰ってくれ」

「そんな程度では満足できない。これだけの生活をしていて、手もとに現金のないはずがない」

「妻がへそくりとして、どこかにかくしているかもしれないが、わたしは知らない」

「よし。それなら、自分でさがし出して持ってゆく」

青年は室内を物色しはじめた。物なれたやり方で、手ぎわがよかった。手袋をしたままなので、指紋は残らない。

そのうち、机の上にあった書類用のカバンに目をつけ、手にとった。それを見て、順平はあわてて呼びかけた。

「あ、それだけはやめてくれ。会社にとって重要な書類が入っている」

「そう言われると、ますます見たくなる。おまえもひとがいいな。だまっていれば、おれも見のがしてしまったかもしれない」

青年はかまわず、カバンの中身を机の上にあけた。書類だの設計図だのにまざって、洋封筒がひとつあった。青年がなにげなくのぞくと、高額紙幣の束がでてきた。彼はすばやくそれをポケットに入れ、満足そうに笑いながら言った。

「なんだ、やはり大金があったじゃないか。すなおに早く教えてくれれば、おたがいに手数がはぶけたのに」

鈔票，把它帶回去吧。」

「那怎麼可以滿意？過著這種生活不可能手頭上沒有現款！」

「說不定我的太太攢著私房錢，可是我又不知道她藏在什麼地方。」

「好吧。要是這樣，只好自己把它找出後帶走。」

青年開始在室內尋找。很熟練的做法，做得很漂亮。由於帶著手套，不會留下指紋。這中間，他看到放在桌上的文件用的皮包，用手把它拿起來。看了這件事的順平，慌慌張張地叫起來。

「啊，那個不要去動它！裡面裝有公司的重要文件！」

「經你這麼一說，我偏偏要看。你這個人蠻爽快的。要是你不吭聲，說不定我會把它看漏了。」

青年不管三七二十一，把皮包內的東西倒在桌子上。夾在文件啦、設計圖啦等中間有一個西式信封。青年若無其事的往裡面一看，發現了一疊高額鈔票，他很快地把它放進口袋，滿足地邊笑邊說：

「噢，還不是有巨款？如果你老實的早點告訴我，我倆之間不是可以省掉不少的麻煩嗎？」

「だめだ。その金だけはやめてくれ。それを持っていかれては、なにもかもめちゃめちゃになる」

順平は熱心に哀願した。しかし、見つけられてしまっては、どうしようもない。

「まあ、そう興奮することはないだろう。これだけの生活だ。この程度の金がなくなったって、路頭に迷うこともないはずだ。それとも、なにか特別の理由でもあるのか」

「いや、それは言えない」

「それじゃ、同情のしようもない。悪く思うなよ」

思いとどまってくれそうになかったし、思いとどまってくれるわけがなかった。青年は浴室からタオルを持ってきて、順平にさるぐつわをして言い足した。

「しばらくは警察に届けるなよ。そんなことをしないほうが身のためだ」

それから、念のために電話機のコードを切り、部屋から出ていった。

順平はすぐにも飛び起き、叫び声をあげて追いかけ、奪われた金を取り戻したい気分だった。しかし、現実にはどうもならない。

さるぐつわのため声は出せない。しばり方が巧妙なのか、立ちあがることもできなかった。助けの求めようがない。夜おそくなれば妻が帰ってくるとはいうものの、それまでは待っていられない。早いところ、被害の対策をたてなくてはいけないのだ。

「不行！只是那把鈔票不許帶走。如果你把它拿走的話，一切都糟了。」

順平熱心地哀求著。可是，一旦被發現，那就沒有辦法了。

「嘿，不要那麼激動好不好？生活這樣豪華，僅僅失去這麼一丁點錢，總不致於走上絕路吧？或者另有什麼特別理由？」

「不，這不能說。」

「那麼，就不值得同情了，請別見怪。」

青年不會有打消的念頭，也沒有打消念頭的道理。他從浴室拿出了一條毛巾，堵住順平的嘴，然後說：

「暫時不要報警，這樣對你才有好處。」

接著，為了慎重起見，切斷了電話線才走出了房間。

順平想要馬上跳起身來，叫喊著追下去，取回被搶去的錢。然而，實際上他毫無辦法。嘴上的毛巾使他叫不出聲來。可能對方綁得巧妙使他無法站起身來。他無法求救。太太要到很晚才會回來，他無法等到她回來。必須早一些想出解除危難的對策才行。

いらだたしげに、順平は手に力をこめてみた。ひもは強く手首に食いこんでいるが、これをゆるめる以外に方法はないのだ。彼はそれに熱中した。

一時間ほどつづけると、効果があらわれ、いくらかゆるんできたようだった。彼はそれに力を得て、さらに三十分ばかりつづけ、やっと手を自由にすることができた。

足をほどき、さるぐつわを取ると、ようやく一息つけた。そのとたん、いままでは夢中で気がつかなかったが、手首の痛みを感じた。ひもでこすれて血がにじんでいる。彼は簡単にその手当てをし、水を飲み、タバコを一服した。

その時、ドアにノックの音がした。

順平は妻の帰宅かなと思ったが、それには少し早すぎる。彼はぶあいそに応じた。

「ああ……」

ぐったりと疲れていて、ていねいな言葉を口にする気分ではない。だれだか知らないが、どうせなら、もう少し早く来てくれればよかったのに。ドアの鍵はかけてないのだから、用事のある者ならあけて入ってくるだろう。

ドアが開き、来客が入ってきた。それを見て、順平は目を丸くした。さっきの青年だったのだ。

「なんだ、またやってきたのか。さては、しゃべられるのが心配になり、殺しに戻ってきた

順平焦急地在手上用力。繩子緊緊綑著手腕，然而，除了把它弄鬆之外就沒有其他方法了。他拼命地把繩子弄鬆。

經過一小時左右的掙扎之後，終於出現了效果，繩子鬆弛了好幾分的樣子。他藉此得到力氣，再不斷地掙扎了三十分鐘，好不容易才使手得到自由。

解開腳上的繩子，取下了堵在嘴裡的毛巾之後，好不容易喘了一口氣。到目前爲止，由於拼命地掙扎著要解開繩子，而一直沒有感到疼痛的手腕，這時便覺得痛起來了。被繩子摩擦得流出血來。他做了簡單的治療後，喝了水，並吸了一口煙。

這時，門被叩響了。

順平以爲要是太太回來的話，未免有點兒過早，他不和氣地開口說：

「唉……」

累得精疲力盡使他無法用謙恭和藹的語氣發問。來者雖然不知是誰，反正要來，如果早點來，那不知多好。門上的鑰匙沒有上鎖，對方要是有事，那可能會自動開門進來。

門打開了，來客接著進來。看到他的順平，睜大了眼睛，正是剛才的青年。

「什麼？你又來了。莫非你擔心我把事情說出來，折返回來殺我？」

のか」

順平はふるえ声を出した。しかし、青年はドアを半分ほどしめ、おとなしい口調で言った。

「いや、そんなことではない。あやまりに来たのだ」

「どうして、そう急に気が変った」

「悪いことだと気がついたからだ。金を返すために戻ってきた。おれはさっき、ここから金を盗んだ。なあ、そうだろう」

青年のあまりの変りように、順平は首をかしげた。

「酒にでも酔っているのか。酒を飲むと改心をする酒乱など、聞いたことがないが」

「少し酔ってはいるが、正気だ」

「なんだか計画がありそうだ。おまえの言うことは、どこまで信用していいのかわからないからな。警戒したくもなる」

「そんなことは言わずに、信じてくれ。おれを泥棒だと言ってくれ」

青年は頭をさげた。真剣味がこもっている。

「こんなたのみを受けるのははじめてだ。だが、そう言ったとたん、ひどい目に会わされそうな気がしてならない。あの金はたしかに貴重だが、命のほうはもっと大切だ」

「そんなことは決してない。たのむ、おれを泥棒だと言ってくれ」

青年はくどいほどに言った。ひざまずかんばかりで、必死の感情さえ感じられる。

順平發出了顫聲。但是，青年把門大約關了一半，以和善的口氣說：

「不，不是那回事，我是回來道歉的。」

「爲什麼你的心情變得這麼快？」

「我發覺我做的是壞事，我是爲了退還錢而折回來的。我剛才不是從這裡偷走了錢嗎？可不是嗎？」

對於青年過度的不正常，順平歪起頭來。

「是不是喝醉了酒？喝了酒而痛改前非的酒後狂暴，還沒有聽過哩。」

「雖有點兒醉，不過頭腦還清醒呢。」

「好像有什麼陰謀似的。因爲你所說的話，不知能夠令人相信到什麼程度。所以也難免令人要提防。」

「這種話不要說，相信我吧。說我是小偷吧。」

青年低下了頭。舉止嚴肅而認眞。

「受到這種委託是生平第一次。可是，當我這樣說出來時，好像會遭遇到什麼意料不到的苦頭，而令人耽心不已。那筆錢的確貴重，不過生命更重要。」

「絕不會有那種事。拜託你，說聲我是小偷。」

青年囉哩囉嗦地說個不停。彷彿要跪下來似的，同時令人感到帶有必死的情緒。

「それで気がすむのなら、言ってもいい。しかし、大丈夫なのかな……」

「大丈夫だ。ご迷惑はかけない」

「では、わけはわからんが、言うことにするか。おまえはさっき、わたしをしばって室内を物色し、札束を奪っていった。さあ、これでいいか……」

「ありがとう」

「まったく、妙なやつだな」

順平は狐につままれたようだった。

その時。ノックもせずに、半開きになっているドアから、二人の男が入ってきた。順平は声をあげた。

「なんです。あなたがたは……。さては、こいつの仲間だな。だから、ただではおさまるまいと思っていたのだ」

すると、入ってきた男のひとりが言った。

「いや、警察の者です」

「とても信じられない。なぜ、警察の人がいまごろ……」

「じつは、さっき、あるバーから連絡があった。お客が紙幣を気前よく使っているが、どうも変な紙幣だという。そこで急行し、この青年をつかまえた。事実、たしかに変な紙幣だ。

「如果那樣可以了卻你的心事的話，讓我說一說也無妨。可是，不會有問題吧……」

「不會有問題。不會給你惹麻煩。」

「不過，雖然不明道理，就說你是小偷吧。你剛才把我綑綁起來，在室內到處找尋，把一疊鈔票搶走了。喏，這樣可以吧……」

「謝謝。」

「全然莫明其妙的傢伙！」

順平有如墜入五里霧中。

這時，也不先叩門，從半開著的門，走進了兩個男人。順平叫出聲來。

「怎麼回事？你們……。莫非是這個傢伙的夥伴？所以我認爲事情並不會這麼簡單就平息了的。」

於是，走進來的兩個男人的一個開口說了：

「不，我們是警察。」

「簡直令人無法相信。那爲什麼警察在這個時候……」

「老實說，剛才從某酒吧來了電話。說有一個客人很大方地花用鈔票，所用的鈔票使人覺

厚ぼったく、ごわごわし、色がおかしく、印刷が不鮮明だ。一見してにせ札とわかる。それに、番号が同じものばかりだ」

「なるほど……」

「この青年は盗んだのだと主張する。にせ札の行使は罪が重いから、たいていの犯人は知らずに受け取ったと弁解するものだ。だが、こう数が多くなると、盗んだというほかはないのだろう。その言いぶんが本当なのか、ドアのそとで会話を聞いて、たしかめたわけだ」

順平は、侵入者が青年の仲間でなく警察の者と知って、ほっとしたようだった。

「そうでしたか。たしかに、わたしから盗んでいったものです。どうしようかと、一時は心配でなりませんでした。つかまえていただいて、助かりました。お金を返していただけるのですね」

「図々しいな。それとも、頭がおかしいのだろうか。ここから盗まれたのが本当なら、ニセ札犯人は自分だとみとめることになるんだぞ」

「とんでもない。わたしはにせ札犯なんかじゃありませんよ」

「しかし、この札はきみのだ。そして、使うつもりでいた」

「そうです」

「そして、これはにせ札だ」

「ちがいますよ」

得很奇怪。因此，立即出動把這個青年加以逮捕。果然，他用的鈔票確是跟一般鈔票不同。紙張厚而粗硬，顏色怪而印刷不明。一眼就知道是僞鈔。加上，每張的號碼都一樣。」

「原來如此……」

「這個青年堅持著說是偷來的。使用僞鈔的罪很重，所以一般的犯人都會辯解說是在不知情的狀況下收到的。可是，這麼多的數目，除了說偷來之外，就沒有其他的藉口了。爲了想查明他的口供是不是眞的，所以躱在門外竊聽你們的對話。」

順平知道侵入者不是青年的同黨，而是警察後，如釋重負似的放了心。

「原來如此。的確是從我這裡偷去的。爲了這件事我不知該怎麼辦，一時焦急得不知所措。幸好你們抓到他，而使我得救了。錢總可以退還給我了吧？」

「好不要臉。或者是腦筋有問題？既然承認鈔票是從這裡偷去的，那麼就該承認自己是僞造假鈔的犯人了！」

「豈有此理！我不是僞造假鈔的犯人。」

「可是，這些鈔票是你的。而且，打算使用。」

「說的對。」

「而且，這是假鈔票。」

「不是。」

順平の応答は、整然とした口調だった。それだけに、警察の二人はますます顔をしかめた。

「手のつけようがない。いよいよ逃げられないと知って、精神異常をよそおいはじめたのだろう」

「精神は正常ですよ」

「こっちまでおかしくなりそうだ。いったい、これがなぜ本物なのだ」

「これがなぜ、にせ札なんです」

順平は札の一枚を取り、みなを台所に案内した。そして、蛇口の水で洗ってさし出した。受け取って調べてみると、さっきとは一変し、本物にまちがいない。

「手品みたいなことだ。さっぱりわけがわからないが、どういうことなんだ」

順平はとくいそうに説明をはじめた。

「わたしはカメラ会社をやっています。しかし、現状に安住していては、他社に負けてしまいます。新製品の開発に努力し、やっと試作品が完成しました。水で洗えばきれいに落ちる感光印画紙、つまりこれです。試験的に紙幣にぬって、それに紙幣を複写してみたわけです」

「たしかに新製品のようだな」

「ええ。ですから、さっき盗まれた時は、これが産業スパイや商売がたきの手に渡ったらと、いてもたってもいられない気持ちでしたよ。分析されて、さきを越されたらおしまいですか

順平以井然有序的口氣答覆著。就是這點使兩個警察，越來越感到不知其所以然來。

「沒辦法處理。是不是你知道要逃也逃不掉而開始假裝精神失常來？」

「精神正常哩。」

「連我們都覺得不對勁。究竟這爲什麼是眞的？」

「這爲什麼是假鈔票？」

順平拿起了一張鈔票，並把所有的人都帶到廚房裡去。然後把鈔票用水龍頭的水沖洗了之後，交給他們。把鈔票接過來，仔細一看，跟剛才的判若兩樣，是眞鈔無誤。

「好像變魔術似的。道理一點兒也不懂，這到底是怎麼一回事？」

順平得意地開始說明：

「我經營著照相機公司。但是，如果滿足於現狀的話，一定會輸給別家公司。所以我努力開發新製品，好不容易才完成了試作品。用水可以洗得乾淨的感光印相紙，就是這個。我試驗性的把它塗在鈔票上，而把鈔票複印過來。」

「的確像新製品。」

「唔，所以剛才被偷去時，我想到萬一落入產業間諜或商敵手中的話，連我們都會變得坐立不安呢。如果經對方分析，而被搶先一步的話，就完蛋了。」

らね」

「そうだったのか。だが、紙幣に紙幣を複写するなど、人さわがせじゃないか」

「複写の鮮明さを見るには、サンプルに紙幣を使うのがいいのです。といって、普通の紙でやったら、法にふれるのじゃないかと思ったわけです。それに、悪用されないためには、どの程度の性能に押えるべきかの検討も必要だったのです。しかし、この泥棒は喜んで持っていってしまった。こうなると、製品化するには、もう少し性能を落すべきなのでしょうね」

「原來如此。不過，用鈔票來複印鈔票這類的事，不是會驚擾社會嗎？」

「爲了試驗複印的鮮明程度，用鈔票做樣品比較好。而且用普通紙的話，也恐怕會觸犯法令。其次，爲了防止被濫用，也需要檢討應該把性能控制到何種程度。可是，這位樑上君子竟然高興地把它拿走了。這麼一來，若要把它付諸商品化，應該把性能再降低一點啦。」

人形

ノックの音がした。

都会からはなれた山ぞいの地方。まばらな林にかこまれた、ごく小さな家だった。むしろ、簡単な小屋といったほうがいい。あたりには、ほかに人家はなかった。

なかには、これも粗末な机とベッド。机の上には食器類が散らばり、床には缶詰がいくつか積まれてあった。ちょっと不似合なものといえば、それは金庫だった。小型ではあるが、見るからに丈夫そうで、部屋の片すみにすえつけてある。

そのベッドの上には、一人の男が横たわっていた。目をとじているが、眠っているのではない。こんなに緊張した寝顔など、あるわけがない。男は手をのばし、タバコをくわえて火をつけた。開いた目は警戒の感情にみち、血走っていた。

いまのノックのような、かすかな物音。男はそれを聞きのがさなかった。とつぜんタバコを投げ捨て、身をひるがえしてベッドの下にかくれた。追われている獣のように、きわめてすばやい動作だった。ポケットの拳銃は瞬時に右手のなかに移り、いつでも発射できる身が

偶人

有人叩門。

這是一棟被稀疏的樹林所圍繞的很小很小的村屋，位於遠離都市的沿山地區。不，與其說是小村屋，倒不如說是簡陋的小屋比較恰當。而且，附近也沒有任何其他住家。

屋子裡的桌子和床舖也一樣簡陋。桌子上的食器什麼的，零亂的散置著，地板上堆積著一些罐頭。其中令人感到有點不相稱的，就是保險櫃。形體雖小，不過樣子好像堅固，被安置在屋裡的一個角落。

床上躺著一個男人。眼睛雖然閉著，其實並沒有在睡覺。這麼緊張的睡臉，是不可能有的。男人伸出手，拿起一根煙啣在嘴裡，並點上了火。睜開的眼睛，瀰漫警戒的神情，眼球充著血。

像剛才叩門那樣微弱的聲音，男人都沒有把它聽漏。他突然把香煙扔棄，翻起身來躲入床下。他的動作極為敏捷，彷彿被追趕的野獸似的。放在口袋裡的手槍，剎那間已移到右手上，

まえになっていた。男はまず入口に、そして窓、さらに金庫へと、視線を忙しく走らせた。しかし、物音はそれきり起らず、窓のそとの空を黒い鳥が横切って飛んだ。小屋の屋根にとまっていたカラスが、虫でも見つけてクチバシで突っついた音だったのだろう。

男はほっとし、ベッドの下から出て汗をぬぐった。いままでに何回、このおびえた動作をくりかえしたことだろう。男は立って窓のそばに寄り、そとのようすをうかがった。夏の午後の、けだるい静かさが広がっている。動くものといえば、林の木々をぬって舞うチョウぐらいだった。おだやかなながめだ。しかし、この男には、どこかの木のかげに、だれかがひそんでいるように思えてならなかった。もちろん、気のせいだろう。だが、気のせいであるとの断言はできないのだ。

男は窓ガラスをしめ、カーテンを引いた。風が入らず暑くはなるが、いくらか気が休まった。もっとも、どっちがいいのかはわからない。しめておいても、あけておいても、やはり不安なのだ。これもまた、何度かくりかえしてきた動作だった。

数日前、この男は人を殺して金を奪った。殺した相手は非合法の商売をしていた者。だからこそ、奪った金も相当な額だった。しかし、そのあとが問題だ。追われている獣。まさに、その通りだった。ボスの子分たちは子分たちで、復讐と金の回収のための行動に移りはじめているだろう。また、警察は警察で、独自の捜査にとりかかっているだろう。二倍の密度で、しらみつぶしの追跡がなされているにちがいない。

並且進入隨時都可開槍的姿勢。男人的視線忙碌地掃視著，首先看了入口，接著也看了窗，再進一步看了保險櫃。

然而，聲響就這樣不再發作了，一隻黑色的鳥橫著飛過窗外的天空。會不會是棲息在小屋頂上的烏鴉發現了蟲而用鳥嘴去啄，所發出的聲音？

男人鬆了一口氣，從床下爬了出來，並擦擦汗。到目前爲止，他不知反覆做了幾次這種膽怯的動作了。他站了起來，走近窗邊，窺視了外面的情況。

外面的世界擴展著夏日午後慵懶的寂靜。要說有在動的東西，那只有在樹林間穿梭飛舞的蝴蝶罷了。多麼平靜的景緻。但是，對這位仁兄來說，他不得不認爲好像有人隱藏在某處的樹影下似的。這或許是神經過敏的關係吧。可是，絕不能斷言是神經過敏所致。

男人關起窗，拉上了窗簾。風進不來就悶熱，然而他的情緒卻因而多多少少鎮靜下來。可是，到底要怎麼做比較好，他自己也不知道。不管是關著，或是開著，對他都沒有保險。這種動作，他已反覆做了好幾次。

前幾天，這位仁兄殺了人，並搶劫了錢。被殺害的對象是做非法買賣的，所以搶到手的金額相當龐大。然而，問題也隨著來了，他變成被追趕的困獸。他的處境正是這樣。頭子手下們這方面，爲了報仇和追回巨款可能已開始採取行動。再者，警察這方面，也可能也已獨自著手搜查了吧。追蹤他的工作，準是以加倍的密度，並以地毯轟炸的方式進行著無誤。

SUICA

もちろん、これは計算ずみのことだった。そのために、男は前々から、かくれ家としてこの小屋を用意しておいたのだ。道からひっこんだ場所で、あまり人目につかない。男は注意してここにたどりつき、札束を金庫におさめ、一息ついたのだった。

当初の予定では、のんびりとこの小屋で、ほとぼりのさめるのを待つつもりだった。だが、いざここへ来てみると、あまり落ち着いた気分にもなれなかった。刺激がなく、静かすぎるためかもしれない。考えることといえば、身の危険への心配になってしまう。そして、考えるにつれ、心配の度が高まってしまうのだった。

警察にしろ、子分たちにしろ、すべてが恐ろしい猟犬のように思えてくる。かすかなにおいをたよりに、あちこち地面をかぎまわり、徐々に近づいてくるのでは……。やがては、音もたてずにこの小屋へしのび寄り、不意に飛びこんでくるのでは……。

静寂のなかで、男はいらいらしていた。睡眠不足でもあり、また眠れもしなかったのだ。眠らなくてはいけないと思い、眠ってはいけないと思う。男はウイスキーのびんを手にし、少し口をつけた。なまぬるい液体がのどを流れ、いくらかの酔いをもたらした。男はベッドに倒れ、うとうとした。

ドアにノックの音がおこった。たしかにノックの音だった。

男は反射的に、またベッドの下にかくれた。いままでに、何度もかげにおびえてきた。し

當然啦，這是計算得到的事情。所以這位仁兄早就準備好這棟小屋做爲藏身之所。距道路雖有點距離，不容易引入注意。他小心翼翼地來到此地，把鈔票收進保險櫃裡，才鬆了一口氣。

當初的構想是悠然自得的在這小屋裡等待事態的平靜。可是，一旦來到這裡，心情卻平靜不了多少。說不定缺少刺激，以及過度寧靜的關係吧。不想也罷，一想就是被逮著的危險。而且，愈想心情愈不安。

警察也好，手下們也好，想起來統統像恐怖的獵犬似的。循著微弱的氣味，在地面上到處嗅聞，慢慢地逼近來……。不久，神不知鬼不覺地偷到此一小屋，冷不防的撲過來……。

在寂靜之中，男人焦急不安。這與睡眠不足有關，其實也無法入眠。雖然明白不睡是不行的，卻也認爲睡不得。他提起威士忌，倒了一點兒在口裡。微溫的液體流過了喉嚨，使他感到幾分醉意，他迷迷糊糊地倒在床上。

門發出了叩門聲，的確是有人在叩門的聲音。

他反射般的，又躲入床下。到目前爲止他已好幾次受到幻影的威嚇。然而，這次並不是影

かし、今回はかげではない。かげがノックをするはずがない。酔いも眠気も、たちまち消えた。

またも、ノックの音がした。その音は動悸を高め、顔から血の気を奪った。うとうとしていたのがいけなかった。ここまで近づかれる前に察知できなかったとは。男は拳銃をドアにむけ、声をかけた。

「だれだ」

この鋭い呼びかけにとまどったように、そとの声が言った。

「ごめんください」

かすれた女の声で、老女らしく思えた。男はそうと知って、肩で大きく息をついた。子分たちや警察のたぐいではなさそうだ。しかし、気を許したわけではなかった。わなかもしれない。

「なんの用だ」

と言いながら、カーテンのかげからのぞいてみた。ドアの前に立つ、山の住人らしき老女の姿が見えた。夕陽のさす林には、人影のひそんでいそうなけはいはない。

「買ってもらいたいものがあっての。まあ、見るだけ見て下され」

なまりのある老女の声が答えた。山での獲物を町に売りに行く途中、この小屋を見つけて立ち寄ったのかもしれない。そのほうが高く売れるし、労力も助かると判断したのだろう。

子，影子沒叩門有的道理，醉意和睡意立刻全告煙消雲散。

門再度被叩響了。這聲音提高了他心跳的速度，並奪去了他臉上的血色。迷迷糊糊中他誤了大事。在對方接近到這裡之前，竟然沒有察覺。他把手槍朝向門，叫出聲來。

「誰！」

對這樣尖銳的應門聲，感覺意外似的，外面回答說：

「對不起，我可以進來嗎？」

嗄啞的女人聲，好像是老太婆。男人知道原來如此，大大地鬆了一口氣。看來並不是手下們或警察人員。但不可解除警戒心，說不定是圈套。

「有什麼事？」

說著說著，從窗簾背後向外窺視。結果看到一個樣子像居住在山地的老太婆。夕陽照射下的樹林，似乎不可能有人躲在那裡面。

「有東西想賣給您，嗄，請您不妨看一下。」

帶著鄉音的老嫗的聲音答道。也許是要把山上的獵物帶到城市去販賣的途中，發現這間小屋而順便走過來也未可知。這樣子。價錢可以賣得高，同時還可以節省勞力，對方可能持這樣的想法。

なにか買うのも悪くないな。缶詰ばかりで、いささか飽きている。男は拳銃を握った右手をズボンのポケットに入れたまま、左手でドアの鍵をはずした。

腰のまがった老婆が、ただようような歩きぶりで入ってきて、身をかがめた。男は油断なく見つめながら聞いた。

「おばあさん。なにを売ろうというのだい。野菜かい、それとも、小鳥かなにかかい」

「いや、そんなものではないだ」

老女はかすかに笑った。そういえば、包みもかかえていず、籠もせおっていない。男は警戒心を高め、観察しなおした。

油けのない白さの多い髪が、しわの多い顔に乱れている。なりふりをかまわない姿だ。しかし、どこかしら異常な印象を発散している。男はやがて、その原因を発見した。こんな山奥なのに、また相当な年齢らしいのに、目の光に鋭さがある。男は聞いた。

「なにを買ってもらいたいのだ」

「すごい品、人形だよ」

「人形……」

男はおうむがえしにつぶやき、その意外さに顔をしかめた。人形ばかりは、いまのところ不要だ。なんでそんなものを売りたがるのだろう。おれが買いそうにでも見えるのか。男は老女の顔を、あらためて見なおした。もうろくしているのかもしれない。あるいは精神がお

買些東西也不壞。一直吃著罐頭，有點吃膩了。他握著手槍的右手，仍然放在口袋裡，用左手開了門鎖。

彎著腰的老嫗，以搖搖晃晃般的步伐走了進來，並把身子彎了下去。他不敢掉以輕心，邊盯視著她邊問：

「伯母，妳要賣什麼？蔬菜？或者是小鳥什麼的？」

「不，不是那些東西。」

老嫗微微地笑了。這麼一來，既不帶著包袱，也不背著筐子。男人提高了戒心，重新加以觀察。

乾燥而幾乎全白的頭髮，散掛著在有著許多皺紋的臉上。多麼不修邊幅的模樣。然而，不知那一點卻與人異常的印象。他很快地發現了原因。在這樣的深山裡，加上年紀又這麼大了，眼神竟然這麼銳利。他問道：

「妳要我買的是什麼東西？」

「很棒的東西，就是偶人。」

「偶人……」

男人機械式的喃喃地重覆對方的話，因事出意外而皺起眉來。偶人之類，此時此地用不著。為什麼要賣那樣的東西呢？是不是老子給人看起來像要買的樣子？他再度觀察看老嫗的臉孔

かしいのだろうか。

しかし、そんなことはおかまいなく、老女は大切そうな手つきで、ふところからなにかを取り出し、机の上に置いた。

「ほら、人形。わらで作った人形だよ」

たしかに、わらで作られた人形だった。山のにおいがし、素朴な形だった。

「なるほど、面白いものだね。しかし、せっかくだが、おれには民芸品の趣味がないのでね」

男は断わった。買ってもいいのだが、気前よく金を払って、話題になったりしても困る。聞きつたえて、ぞろぞろと押しかけてこないとも限らない。目立ちたくないからこそ、ここにかくれているのだ。しかし、老婆は腰をあげようとしなかった。

「わら人形を知らないのかね。呪いのわら人形を。これは本物なんだよ。作り方を知っているのは、もうわたしだけになってしまった……」

くどくどと話がつづいた。材料も普通のわらでないこと。作る時の儀式のむずかしさ。年にひとつしか作れないこと。そして、それを売ることで暮していること。したがって、高く買ってもらわなければならないが、そのかわり効果のあることなど。

「わかったよ。しかし、いらないんだ」

男は手を振り、重ねて断わった。どうやら、頭がおかしいようだ。目の光の異常さも、そ

。可能由於年邁而老耄也未可知，或者會不會是個瘋女？

可是，不管男人怎麼想，老嫗逕自以小心翼翼的手勢，從懷裡掏出某種東西放在桌上。

「你看，偶人，稻草做成的偶人呢。」

的確是稻草做成的偶人。具有山地藝品的韻味，擁有樸素的形象。

「看起來果然很有趣，妳特意帶來。可是，我對民間工藝品卻不感興趣。」

男人拒絕了。雖然買下來也無妨，可是大方地付錢買下來，以致成爲人家的話題的話，就傷腦筋了。要是把事情傳了出去，那麼追蹤他的人不見得不會絡繹不絕地來找他。就是爲了不願意惹人注目，才躲藏在這裡。但是，老嫗並不想離去。

「你不知道稻草偶人嗎？就是詛咒的稻草偶人！這是眞貨，知道製造方法的人，只剩下我一個而已……」

囉囉嗦嗦地把話說個不停。所用的材料並不是普通的稻草啦；製造時，所行的儀式之繁雜啦；一年只能製造一個啦。還有，靠著製造它來過活啦。以致於雖然非出高價購買不可，卻有效果等等。

「知道啦，可是，我不要。」

男人搖了搖手，又一次拒絕了。大概是瘋女吧。從眼神銳利這點，就可得到證明。難道世

れで説明がつく。呪いの人形など、あるわけがないじゃないか。ばかばかしい。

そんな男の感情を、老婆のほうも気がついたらしい。少し声を高めて言った。

「本当だよ。なんなら、ためしてみなさるかね」

男はうなずき、それに従うことにした。やらせてみせ、無効を実証すれば、あきらめて帰ってくれるだろう。やってみないうちは、帰らないかもしれない。まあ、退屈をまぎらせる役には立つだろう。男はこのところ、他人と会話をしたことがなかった。

「わかった。やってみることにしよう。で、どうすればいいのだ」

「旦那さんの、爪か髪の毛を少し……」

男は自分の手を見た。爪は伸びていたが、はさみをさがすのが面倒だった。男は髪の毛をかきむしった。三本ほどの抜け毛が指にからまった。老女はそれを受け取り、しなびた手で、わらの間に押しこんだ。

ぶきみな雰囲気がわきあがった。外見はなんの変化もなく、素朴な人形のままなのだが、どことなく生気をおびたようだった。しかも、それが自分に似ているとなると……。

仮装大会かなにかで、わら人形に扮装した自分。それをそのまま小さくして、机の上に横たえ、ながめているような気分だった。これも、老女があまりに熱心で、その妄想に酔っているためだろう。泣いている人を見ると、こちらも悲しくなるものだ。狂気もある程度は伝染するかもしれない。

界上眞的會有詛咒的偶人什麼的？簡直要耍寶嚒。

老媼也發現男人的這種想法似的。略微提高嗓子說：

「不會騙你的。不相信，可願意試試看嗎？」

男人點點頭，有意聽對方的話。讓她試試，如果證明無效，可能就會斷念回去。否則她大概不會就此作罷的！嘿，解解悶也好。這位仁兄在這些日子裡，從沒有和任何人談過話。

「知道啦。做做看也好。不過，要怎麼做呢？」

「要一點兒先生的指甲或頭髮……」

男人看了看自己的手，雖然長有指甲，不過找剪刀卻頗不便。他搔了搔頭髮，結果大約拔起了三根纏在指頭上。老媼接了頭髮，用乾癟的手，把它們塞在稻草中間。

令人慄然的氣氛湧現了。外表看起來倒沒有什麼變化，仍然是尊樸素的偶人，可是似乎已有股生機似的。加之，一想到那偶人恰似自己……。

想到化裝大會之類的晚會上，打扮成稻草偶人的自己。目前感受正好像在觀望著打扮成稻草偶人的自己，不做任何改變的加以縮小，然後橫臥在桌上似的。這或許是因爲老媼過度虔誠，使自己也跌入她的忘想中吧。看到有人在哭，自己也會感到悲傷。說不定在某種程度上，瘋狂也會傳染。

老女は針をとり出した。その銀色の輝きに、男は理由もなく少し震えた。しかし、老女は針を男にさし出して言った。

「刺してみなさるがいい。強くはいけないよ。足のほうでも、そっと突いてごらんなされ」

男はやってみた。そして、とたんに飛びあがり、うめき声をもらした。自分の足に鋭い痛みを感じたのだ。ズボンをめくってみると、血がにじんでいる。横目で人形を見ると、針を刺した場所に相当している。

つぎには、恐る恐る腕に試みた。やはり同じことだった。

男は老女の顔を見た。老女の顔には、当然のことだと答える表情があった。いままでの不信に対する薄笑いのようなものもあった。こうなると、買わざるをえない。このまま持ち帰られたら、どう考えてもいい気持ちではない。

告げられただけの金額を、男は支払った。いまの男にとっては、べつにこたえない金額だが、老女にとってはそれが一年間の小遣いになるのだろう。老女は金を受け取ったが、あまり頭を下げなかった。そのかわり、説明を加えた。

「これは当人そのものといっていい。だから、逆におまもりにも使えるよ。これが安全なうちは、その当人にも危害が及ぶことはない……」

老女はわらの間から、男の毛を出し、さらに言った。

「ためすのは、これで終り。さあ、好きなように使いなさるがいい。あと一回だけ使えるよ。

老嫗取出針來，針上閃爍著銀色的光芒，使男人毫無道理的感到有點發抖。但是，老嫗把針移近他的面前說：

「刺刺看吧。不要太用力。輕輕地在腳上什麼的刺刺看。」

男人照著她的話做了。突然跳起來，並發出了呻吟聲。因爲在自己的腳上感到了劇烈的痛疼，把褲子捲起來一看，發現血滲了出來。斜著眼一看偶人，兩者被針刺的地方剛好相當。

接著，提心吊膽地在手腕上試了試。結果，還是相同。

男人看了看老嫗的臉。她臉上露出要回答「這是理所當然」的表情。臉上還帶著針對他在此之前竟不相信她，而發出的微笑。這麼一來，非買不可了。就這樣任她帶回去的話，那無論如何，總令人不好受。

男人照付了對方所開口的金額。這筆錢對目前的他來說，雖然不是怎麼樣的數目，可是對老嫗來說，說不定可以當她一年間的零用錢。老嫗接了錢，並沒有表示多大的感激。不過，卻補充說：

「這偶人可以比喻成自己。所以也可當作自己的護身符來用。在這偶人安全期間，自己就不會有危險。」

老嫗從稻草裡，取出男人的毛髮，進一步說：

「試用就此結束。呃，高興怎麼用就怎麼用。但只能再用一次，還有，對任何人都可以用

また、だれに対しても使える。使いたくなければ、焼き捨てておくれ。旦那さんは、どんな使い方をなさるかな……」

老女は声のない笑いをした。いままで作った人形たちがもたらした結果でも思い出しているのだろうか。それとも、作ってしまえば、あとはどう使われようとかまわないという、なげやりな楽しみなのだろうか。売れたことへの喜びなのだろうか。それらの判断はつけられなかった。男は呆然としていたし、老女は足音も立てず帰ってしまったからだ。

夢のようだった。追跡される不安におびえての、悪夢か幻覚のようだった。だが、わら人形は机の上に、むぞうさに残されてある。男は見つめ、目をそらせ、また見つめてからつぶやいた。

「ききめは本当にあるようだ。なにか、うまい利用法はないだろうか」

足と腕とに残る痛みを感じながら、男は有効な使い方を考えた。もちろん、殺したい相手がないわけではない。自分を追う連中のすべてだ。だが、それは大勢であり、毛髪や爪を手に入れようもない。せっかくの人形も、照準器のはずされた火器と同じだ。

男の頭のなかでは、安全への欲望と、人形の役立たせかたが、さまざまな結びつきをくりかえした。ほかに考えることとてない。それへの集中がつづけられたせいか、ある考えが鮮明になってきた。

男はそれを実行しようと決意し、またも自分の毛髪を人形におしこんだ。人形は生気をと

。要是不願意用的話，就把它燒掉，先生到底要怎麼用呢……」

老嫗露出沒有聲音的笑臉。或許正憶起她過去製作的偶人所曾經惹來的結果吧。或者正在玩味：「造歸造，管它怎麼被使用」這類，無可奈何的情趣吧。會不會因賣掉它而感到高興？這些都無法加以判斷。男人呆然不知所措，老嫗卻悄悄地走了。

那好像是在夢中似的。那好像只因害怕被追蹤而引發的一場惡夢、或幻覺呀。然而，稻草偶人卻被隨隨便便地遺留在桌子上。男人凝視著，移開視線，再凝視著，然後嘟喃著說：

「真的有效的樣子。不曉得有沒有什麼好的用途？」

男人一邊感到殘留在腳上和手腕上的疼痛，一邊想著有效的方法。當然啦，他並不是沒有想要殺掉的對象。那就是追蹤他的那一夥人全部。可是，他們人多，也無法取得他們的毛髮或指甲，好不容易弄到手的偶人，卻正如被取掉瞄準器的槍砲。

男人的腦海裡反覆泛起：安全的欲望和怎樣有效使用偶人的各種各樣的組合。除此之外，便沒有什麼值得想的了。也許是思慮集中所致，腦中突顯現了一念。

男人下定決心要把它付諸實施，又一次把自己的毛髮塞在偶人裡面。偶人恢復了生機，在

りもどし、薄暗くなりかけた光のなかで、うごめいたように思えた。真夜中になにげなくのぞいた鏡、その奥に自分をみとめた時の感じに似ていた。しかし、男は思いつきをやめなかった。

男は金庫を開き、なかの札束をカバンに移し、かわりに人形をおさめた。老女の言う通りならば、こうしておけば、おれも安全というものだ。弾丸にも襲われないだろうし、当ったところで無傷ですむだろう。

男は金庫の扉をしめた。容易にはこわれない金庫だ。この小屋に金庫をそなえた時は、ばかげたような気がしないでもなかったが、こんなふうに役に立つとは思わなかった。

気のせいだけではない。ここへ来てはじめて、心からの安心感がわいてきた。おびえた気分はどこかへ消え、絶対的な防備を身のまわりに得たようだった。久しぶりに、ぐっすりと眠れそうだ。

男はダイヤルをまわし、さらに鍵をかけ、その鍵をみつめた。やがて、その鍵をたたいてつぶした。鍵を残しておくと、だれかが拾ってあけることもありうる。それを防ぐには、念を入れておいたほうがいい。さらに万全を期し、この金庫をそとに持ち出し、地下に埋めることにしよう。人形はだれにも発見されず、おれも他人につかまるまい。ゆうゆうと逃走もできるのだ。

埋める場所をきめるため、男は小屋から出ようとした。ドアを引く。しかし、それはなぜ

微暗的光線裡，彷彿在蠕動著的樣子。這種感覺正像半夜裡無意間照著鏡子時，在鏡子裡所看到的自己一樣。但是，他並不想中止此一煞有介事的念頭。

男人打開保險櫃，把裡面的鈔票移到皮包裡，然後將偶人放進櫃子裡，以取代原來的鈔票。依照老嫗的說法，這一來，老子就安全了。可免於遭受子彈的襲擊，即使中彈，可能也不會受到傷害吧。

男人關起保險櫃的門，這是個不容易壞的保險櫃。把這樣的保險櫃配置在這一小屋時，雖然不無糊塗之感，可是，沒有想到竟然會派得上這種用場。

這不只是心情的關係。打從抵達這裡以來，直到現在才眞正的從心底湧上了安全感。膽怯的心境不知消失到那裡去了，接著而來的是使他感到在身體的週遭，彷彿獲得了絕對性的防備似的。這下子似乎可以享受睽違良久的酣睡了。

男人轉動了標度盤，上了鎖，然後凝視著鑰匙。隨即把鑰匙打爛，要是留下鑰匙的話，可能會被人檢來打開保險櫃。爲了防患起見，還是謹慎爲妙。要想更進一步預防萬一，就把保險櫃搬到外面，埋在地下吧。偶人不會被任何人發現，老子也不致於被人抓到，而得以從容不迫的逃亡。

爲了要選定埋藏保險櫃的地點，他想走出小屋，於是，伸手拉門。然而，不知爲什麼，門

かあかなかった。鍵もかけてなく、さっきは簡単にあいたのに……。

男は窓ガラスを引こうとした。しかし、それもあかない。拳銃でガラスをたたいてみたが、割れるどころか、ひびも入らない。こんなことがあるだろうか。男はあわてて、壁に体当りをし、屋根を調べ、床板にも突進した。しかし、それも同様で、なにもかもびくともしない。ちょうど、きわめて丈夫な金庫のなかに閉じこめられでもしたかのように。

竟拉不開。根本沒有上鎖，而且剛剛還很容易打開的呢……。

男人想打開玻璃窗。可是，也打不開。他用手槍敲玻璃，玻璃不但沒有被打碎，反而連裂痕都沒有呢。世界上會有這種事嗎？他慌慌忙忙地以身體去衝撞牆壁，檢查屋頂，也突進地板。但都一樣，全沒有反應。

正如被關閉在極其牢固的保險櫃裡面似的。

解説

石川喬司

「私の作品の主人公は出不精の性格である。ドアのノックの音ではじまり、室のなかで話の終ってしまうようなのが大部分だ。登場人物の移動距離を合計して、数十メートルを越えることはめったにない」

星新一は、自分の作風を小松左京のそれと比較して、こう書いている（小松左京論）。

本書『ノックの音が』は、そうした星の作風の典型ともいえる連作短篇集である。週刊誌に連載されたものだが（昭和四十年）、連載開始にあって作者はつぎのように述べている。

「ドアにノックの音がした。毎回この文章ではじまる短篇のシリーズです。いったいだれのところへどんな人が訪れてきたのか。どんなことが起こるのか……。それは作品をお読みください。さまざまなバラエティにとみ、サスペンスあり、ユーモアもあり、都会的なしゃれたセンスで、技巧的であり、読みやすく上品で、そのうえ意外性にみち……。

解說

石川喬司

「我的作品裡的主角，都具有不喜歡出門的個性。故事的情節泰半以叩門聲來開其端，而且就在屋子裡終其結。把登場人物的移動距離合計起來，幾乎不超過數十公尺。」

星新一把自己的作風，拿來跟小松佐京的作風作了比較之後，這樣寫道（小松左京論）。

本書「有人叩門」，可說得上是一本代表其作風的典型連續短篇集。曾經在週刊雜誌上（一九六五年）連載過。然而，連載之初，作者有以下的敘述：

「有人叩門。

這是一系列的短篇小說，每一篇都是這樣開始的。到底什麼人來到誰的地方？而且，會發生什麼事……。

那就請讀者，一讀作品好了。富於各種各樣的變化，有懸疑、有幽默、有城裡人的俏皮筆觸、有技巧、文雅而可讀性高，加上充滿意外性……。

これは自賛ではありません。そう仕上げたいという目標なのです。これを読んで、毎週の数分間を楽しんでいただけるよう、大いに努力するつもりであります」

その努力目標が十二分に達成されていることに異議のある向きは、おそらくいないだろう。

連載が終ったあとで、作者はこんな感想をもらしている。

「サンデー毎日に〈ノックの音が……〉ではじまる短篇を十四回連載した。よく〈さぞ大変だろう〉と質問されたが、私は〈死ぬほどの思いだ〉とか〈それほどでもないよ〉と答えたりした。矛盾した話だが、いずれも正直な答えである。

楽でないことはいうまでもない。作家はだれでも同じことだろう。私も今までに相当な数の短篇を書いてきたが、苦労せずに書けたのは初期の三篇ほどだ。あとはアイデアをしぼり出すため七転八倒である。その陣痛が週一回ずつ割り込んできたのだ。おかげで読書の時間が大幅にへり、SFの新刊などだいぶたまってしまった。これからせっせと読まなくてはならない。

しかし質問の意味が〈ノックの音ではじまり、一室内で物語を完結させるのは大変だろう〉というのだったら、この点は私にとってそれほどの苦痛ではない。むしろ書きやすいタイプなのである。あちこちと舞台を変えるほうがつらい。

そのかわり、さしえの村上豊さんは苦心したにちがいない。こんなタイプの小説に、二枚ずつちがった絵をつけなければならなかったのだから。

そもそも私の作品の登場人物たちは、どれもこれも飛びまわるのがきらいである。おそらく作者の性格の反映であろう」

這並不是自我讚美，而是我立意要達成的目標。

我曾竭力以赴，俾使讀者每週一次讀了這些文字，可得片刻的喜樂。」

若說此一努力目標，已達成十二分，恐怕不會有人提出異議吧！

連載結束後，此作者透露了下述的感想：

「在『每日週刊』上，以『有人叩門……』來開其端的短篇小說，連載了十四篇之後，經常被問道：『想必累死了吧？』我回答說：『可眞熬死人了』或者『不怎麼樣』。聽起來雖然矛盾，可是，這些都是眞實的答覆。

不用說，這並不是件輕鬆的事。任何一個作家都不例外。到目前爲止，我也寫了爲數不少的短篇小說。然而，不費力寫出來的，可以說只有初期的三篇而已。其餘無不爲了榨出靈感，而弄得頭昏腦脹。這種陣痛，每週一次侵襲著我。因此，我的看書時間，就大量地減少了，以致把ＳＦ新刊等，都推到一邊去了。嗣後，非拼命閱讀不可了。

可是，問者的含意若是『以有人叩門開其端，而且就在那個房間裡把故事結束，的確是一件很不容易的事。』的話，這對我來說，並沒有想像中那麼困難。與其說困難，倒不如說這種體裁比較容易寫，來得恰當。到處換舞臺對我比較吃力。

不過，畫插圖的村上豐先生，一定花了一番苦心。因爲他非得給這種體裁的每一篇小說，畫兩張不同的插圖不可。（指一九六五年在每日週刊連載時而言，收錄在本書裡面的插圖，合起來只有十張而已——譯註）。

說起來，在我的作品裡登場的那些人物，沒有一個喜歡出門，也許正反映著作者本人的個

この文章のなかに「十四回連載した」とあるが、本書には十五篇おさめられている。へんではないか、と不審に思われる向きがあるかもしれない。実は最後の『人形』は他の雑誌に発表したものを、単行本にするにあたって枚数の関係でつけ加えたものである。

作品は作品をして語らしめよ、という。星のような作家には、とりわけこの名言があてはまる。したり顔の解説は無用だろう。

かって星は『宇宙のあいさつ』という短篇集を出したとき、編集者にあとがきを書けといわれ、『あとがき』という題の作品を書いてくっつけた、というエピソードがある。エッセイ集『きまぐれ星のメモ』には、あとがきの代わりに『あとがき論』というのがついている。いわく、「あとがきとは、どうあるべきなのだろうか。これが私には、いまだによくわからない。世の中には、あらゆる分野に評論家がいるが、まだ、あとがき評論家なるものにはお目にかかったことがない。また全集ばやりでもあるが、あとがき全集なるものもない。そういうたぐいが出現し、あれこれ論じてくれれば、模範的なあとがきの形式も確立することになるわけであろう。早くそうなってくれるよう祈っている。（中略）

舞台なら、おじぎをするだけでいいが、あとがきとなると、なにか語らねばならない。どうしても、自分はこういう意図だったのだが、諸君にはそれがおわかりか、との演説になってしまうのである。いかに巧妙にへりくだってみせても、この匂いは消しにくい。私には苦手だ（中略）最初に読まれてもよく、あとで読まれてもいい。てれてはいけないし、てれていないのもよく

性。」

這篇文字裡說「連載了十四篇」，可是，本書卻收錄了十五篇。這不就怪了嗎？說不定有人會這樣想。其實最後一篇「偶人」原來是刊登在其他雜誌上，然後在出單行本時，爲了湊齊字數才加上去的。

有人說：讓作品來說明作品吧。對於星新一這樣的作家，特選這句名言來比喻，是再恰當不過了。畫蛇添足式的解說，無乃是多餘的。

曾經有過這麼一段插曲。那就是在星新一出版其短篇集「宇宙的問候」一書時，編輯要他寫一篇跋語，於是他就寫了一篇以「跋語」爲題的文章，加到該書上去了。在隨筆錄「即興作家星新一的筆記」一書裡，竟用「跋語論」代替了跋語。曰：

「跋語應該怎麼寫？這點到目前爲止，我還是不太清楚。

世界上，任何部門，都有評論家。可是，我從來沒有碰到過所謂跋語評論家。再者，雖然時下流行出全集，可是倒沒有跋語類的全集出現。要是能夠出現，並且論這個講那個，那就可以確立跋語的模範形式了吧。我禱告著早一天變成這樣。（中略）

要從舞臺下來的時候，只要一鞠躬就行了，可是跋語的話，卻非得道出些東西來不可。總之，會變成『我創作的動機是如何這般，未審諸君知曉否』式的演說。任你怎樣巧妙的自謙，演說的味道還是無法消除，這對我來說，是個棘手的問題。

供人先讀也行，讓人後看也可。既不能謙卑，也不能不謙卑。倒要若有若無的把作者的人

ない。さりげなく作者の人柄をただよわせなければならない。容易ならざる修業を必要としそうだ。

そのうち私は、あとがきの本質を発見し、その名手になるかもしれない。あとがきを書きたくて、つぎつぎに本を出すというマニアになるかもしれない。文学史上初のあとがき作家の名称でもとってやるか」

ここには〝すべての常識を疑ってかかる〟作者の基本的姿勢が、はっきり現われている。こういう作品集に月並みな解説を加えるのは、野暮というものだろう。第一、作者自身、「解説を必要とするほどの難解な作品は、ほとんど書いていないつもりである。そもそも私は、作家は作品を通じて理解すべきものと考えており、解説無用論者である」（エヌ氏の遊園地・解説風あとがき）と言明している。もっともそのあとで、「とはいうものの、私も本を読み終えた時、あとがきや解説がないと、なんとなくものたりなさを感じる。そのものたりなさに意義があるのだろうが、私の内心に解説への需要があることはたしかだ。まったく矛盾もいいところ」と言い添えてはいるが。

そこで、以下なるべく作者の発言を中心に、本書の周辺をうろついてみることにしよう。引用文が多いのは意図的にそうしているので、ご了解をいただきたい。なお星新一という作家の全体像については、『世界SF全集・星新一篇・作品一〇〇』（早川書房）巻末の『ホシ氏の秘密』を参照していただければ幸いである。

格托出才行。這似乎需要相當的涵養。

說不定在這段期間，我會發現跋語的特性，而成爲這方面的名家。也許會變得熱衷於寫跋語，並一本本地出書。而贏得文學史上第一位跋語作家的令譽？」

這段話明確地顯示作者的基本態度爲「懷疑一切常識」。爲這樣一個作家的作品集，寫上平淡無奇的解說，可以說是多此一舉。首先作者本身這樣聲明過：「我幾乎沒有寫過需要解說的難懂作品。蓋我認爲作家應該透過作品來使人理解，我是個解說無用論者。」（耶奴氏的遊園地，解說式跋語）不過他說了這話之後，又補充道：「話雖是這樣說，我自己在讀完一本書後，如果沒有跋語或解說，不由得會感到不過癮似的。雖懷疑這種不過癮感究有何意義，但我內心卻明確的感到需要解說。這眞是很矛盾呀！」

因此，從下文起，讓我們盡量以作者的話爲中心，來探討本書的這個那個吧。引文多的原因，是故意按排的，這點希望讀者能夠瞭解。尤有進者，關於星新一這位作家的畫像，最好請參看「世界SF全集，星新一篇，作品一〇〇」（早川書房）一書卷末的「星氏的秘密」一文。

本書の年譜でおわかりのように、星新一は今年で作家生活十五年になるが、その間にざっと七百篇近いショートショートを書いている。まさに「ショートショートの神様」と呼ばれるにふさわしい。ショートショートとは、文字どおり「短い短い短篇小説」のことで、アメリカのある評論家は「約千五百語のなかに短篇小説固有のすべてのドラマを含むもの」と定義し、「新鮮なアイデア」「完全なプロット」「意外な結末の三つを必要な要素としてあげている。わが国では、戦前に川端康成の〈掌の小説〉群、戦後に山川方夫の『親しい友人たち』の例もあるが、近頃はもっぱら星の専売特許のように見られ、SFや推理小説の変種として受け取られているようである。

星の書くショートショートはSF、ミステリー、ファンタジー、童話の四つに大別できるが、本書の十五篇はミステリーの系列に属する。ただし星ファンはお気づきだろうが、これら十五篇に登場する人物の名前が、「エヌ氏」や「エフ博士」一点張りの他の作品とちがって、固有名詞である点が珍らしい。おそらく週刊誌という発表舞台を考慮したためだろう。

しかし「時事風俗や流行語を扱わない「星ショートショートの原則は、ここでも厳しく貫かれている。たとえば、人物や家の描写ひとつみても、こんなぐあい――

「三十歳くらいだろうか、すらりとしたからだつきで、地味な色だが上品なデザインの服を、巧みに着こなしている。そのため、胸につけた高価そうな宝石のブローチが効果的にひきたって見えた。頭のきれそうな容貌で、活動的な身のこなしだった」(感動的な光景)

「海岸に近い、松林にかこまれた洋風の住宅。そう大きくはないが、金のかかったつくりで、手

從本書的年譜可以看出，自從星新一開始其文墨生涯以來，到今年（一九七二——譯註）為止，已有整整十五年的歷史了，這期間，已寫了大約將近七百篇的短篇小說。如果把它稱為「短短篇小說之神」也不為過。所謂短短篇，顧名思義，係指「很短的短篇小說而言（在我國稱為極短篇小說——譯註）」，美國某評論家曾給它下了如下的定義：「在約一千五百個字以內，包含短篇小說固有的一切劇情。」並舉出了「新鮮的創意」、「完整的情節」和「意外的終局」的三個不可或缺的要素。日本在二次大戰前有川端康成的「掌上小說」，戰後有山川方夫的「親蜜的朋友們」之例子。然而，最近好像完全變成星新一的專賣發明專利似的，並以SF或變種推理小說的姿態，受到大眾的歡迎似的。

星新一所寫的短短篇，大致可分為SF、推理、幻想、和童話四大類。本書收錄的十五篇，屬於推理系列。然而，不知星新一迷是否發覺在這十五篇裡登場者的姓名，跟他的其餘作品上所出現的清一色姓名，諸如：「耶奴氏」或「埃夫博士」之類的姓名不同，而是用固有名詞。這是很不尋常的。也許是顧慮到所謂週刊雜誌的發表舞臺吧。

但是，在本書裡，星新一也嚴格貫徹其對短短篇所抱的「不使用時事、風俗或流行語」的原則。例如，其對人物或家的描寫的體例是這樣的——

「芳齡三十左右，身材苗條，衣著講究，顏色樸素，剪裁卻頗高尚。因此，別在胸前的高價的寶石胸針，看來特別顯眼。頭腦靈敏，行動敏捷，富於活力。」（感人的場面）

「這是一家接近海岸，四週為松樹林裡圍繞的西式住宅。房子並不太大，卻是花費不貲的

入れのゆきとどいた庭はけっこう広かった。落着いた雰囲気がただよっている」（財産への道）

きわめて普遍的な、無個性ともいえるこうした描写の必然性は、星の小説観を述べたエッセイ『人間の描写』を読めば、明確に理解できる。一般の小説観とは異なる興味深い主張なので、長目の引用をお許しいただきたい。

「ぜつのころだれが言い出したのか知らないが、小説とは人間を描くものだそうである。奇をてらうのが好きな私も、この点は同感である。評判のいい小説を読むと、なるほどそのとおりである。しかし、ここにひとつの疑問がある。人間と人物とは必ずしも同義語でない。人物をリアルに描写し人間性を探究するのもひとつの方法だろうが、唯一ではないはずだ。ストーリーそのものによっても人間性のある面を浮き彫りにできるはずだ。こう考えたのが私の出発点である。

もっとも、これはべつに独創的なことではない。アメリカの短篇ミステリーは大部分このタイプである。人物を不特定の個人とし、その描写よりも物語の構成に重点がおかれている。そして人間とはかくも妙な事件を起こしかねない存在なのかと、読者に感じさせる形である。おろかしさとか、執念のすさまじさとか、虚栄の深さとかがそれでとらえられているのである。もちろん、あんまり効果をあげていない作品もたくさんあるが、それは仕方のないことだ。

この手法に興味を持ち、私はとりかかったわけである。ある人には歓迎されたが、はじめのころは〈話は面白いが、主人公の年齢や容姿がさっぱりわからぬ〉と首をかしげた編集者もあった。わが国ではこの種のものは、あまりに少なかったのである。今でもそうだ。

時たまこの原因を考えてみる。並べればたくさんあるが、小学校の教育がそのひとつではない

建築。精巧細緻的庭院，委實很寬敞。整棟住宅洋溢著沉靜的氣氛。」（致富之道）

所以會出現這樣平凡，而沒有個性的描寫，只要一讀敘述星新一的小說觀的論文「人的描寫」，就可以明確的了解了。這是深具趣味的主張，跟一般的小說觀不同。於此容我作較長的引用——

「不知誰曾經說過，小說也者，就是在描寫人類。喜歡標新立異的我，對這是抱有同感。讀到好評的小說，果然會有這種感受。可是，在這裡有個疑問。人與人物未必是同義語。眞實地描寫人物，也許是探究人性的一個方法，但是，不可能是唯一的方法。照理，憑著故事本身，也可能使人性的某一側面浮現出來。這種想法便是我的出發點。

不過，這並不是什麼特別的創見。美國的大部分短篇神祕小說，都是屬於此一類型的。將人物當作不特定的個人，把重點放在故事的構成而不放在人物的描寫上。並與讀者一種人類之存在是很容易招來奇妙事件的形象。愚蠢、固執不化或虛榮的深度等等，都藉著小說描繪出來。沒有產生多大效果的作品，當然爲數不少，不過，這是沒有辦法的。

我對此一手法抱有興趣並且加以取用。雖然受到某些人的歡迎，不過開始的時候也有些編輯歪著頭說：『故事雖有趣，可是主角的年齡或容貌無法令人完全了解。』在我國，這種作品的確爲數太少。目前也是這樣。

有時不妨考慮一下其原因，羅列起來雖然很多，不過，我們認爲小學教育，不就是其中之

かと思える。最近のことはわからないが、わが国の作文の授業では、遠足なり家庭生活なりを、ありのままに目に見えるように書くといい点がもらえ、模範答案となる。これに反しアメリカでは、友だちを招んでのパーティの席上で面白い物語を作りあげて話した子供が、人気者となるのではなかろうか。作家を発生させる土壌のちがいである。

この日本式の手法だと、どうしても行事や時事風俗と関連ができ、アメリカ式手法だと時事風俗からの離脱という傾向がでてくる。（中略）どちらがいいかは、だれにも断定できないことであろう。作者や読者の好みの問題である。しかし、新しい試みのほうがやって楽しい。かくして私は、よくいえば抵抗の多い道、悪くいえば競争の少ない道を選んで今日に及んだ。SFという飛躍した舞台での物語となると、この手法をとらざるをえない点があるからでもある。

しかし、道をいささか突っ走りすぎたきらいもある。すなわち人物描写に反発するあまり、主人公がほとんど点と化してしまった。私がよく登場させるエヌ氏のたぐいである。なぜNとローマ字を使わないかというと、日本字にまざると目立って調和しないからである。なぜ他のアルファベットを使わぬかというと、この発音が最も地味だからである。また、なぜ名前らしい名を使わぬかというと、日本人の名はそれによって人物の性格や年齢が規定されかねないからである。貫禄のある名とか美人めいた名というのは、たしかに存在するようだ。

作品の主人公の点化が進むと、一方、物語の構成へのくふうが反比例して強く要求され、いっそうつらくなる。このタイプは作品が古びにくいかわり、発表の時点ではパンチの力が他にくらべ薄くなりがちで、それを補わなければならぬのである。

一？最近的情況雖不清楚，但在我國學校裡教授作文時，不管遠足也好，家庭生活也好，老師所要求學生的重點莫是以歷歷如繪地寫出來始爲模範答案。跟這種方式相反的，就是美國的教育方式，在招待朋友的集會上，能夠在席上編造並講出有趣的故事的小孩，不就會贏得好的人緣嗎？這就是產生作家的土壤有所不同之處。

要是採用這種日本式的手法，無論如何，總會跟行事或時事、風俗發生關連；要是採用美國式的手法，就會有脫離時事、風俗的傾向。（中略）到底那一種好，也許誰也無法論斷。這是作者或讀者的愛好問題。然而，從事新的嘗試，卻令人感到快樂。其實，說好聽一點，我選擇走阻礙重重的路；說不好聽一點我是選擇走競爭較少的路，以至於今天。要是在SF這個飛躍的舞臺上的故事，那非採用這種手法不可。

但是，也有在此道路上稍微衝過頭之嫌。那就是對人物描寫過度抗拒的結果，使主角幾乎化成一個點。在我的小說裡經常登場的耶奴氏就是屬於這類。爲什麼不用N這個羅馬字呢？這是由於跟日本字摻雜的話，會顯得礙眼而不調和。爲什麼不用其他的羅馬字母呢？由於N這個發音最通俗。還有，爲什麼不使用一個像樣的名字呢？

因爲很有可能藉著日本人的名字，來限制人物的性格或年齡。所謂具有威嚴的名字或像美人般的名字，的確是存在的。

作品的主角一旦被點化，在另一方面，對故事構成的籌劃，就會成反比例地被强求著，而更感吃力了。這種類型的作品不大會過時，而且在發表當兒的打擊力，較其他作品薄弱，因此非加以彌補不可。

こうなると小説と呼ぶより寓話である。（中略）当初は意識してなかったが、いまや寓話の復興が私の目標である。（後略）」

注釈を加える必要はないだろう。このような小説観のもとに、星はおびただしい軽妙な作品群を産みだしつづけているのである。

それらの作品の魅力をむずかしく一口でいえば（これは本書よりもむしろSFや寓話の系列の作品についていえることなのだが）――「根源的問いかけ」と「規格化への抵抗」の日常化・娯楽化による新しい思考回路の提供――ということになろうが。それらの作品を読むことでぼくらは、あざやかな「視点の転換」の楽しみを知り、作者が巧妙に演出してみせる「価値の相対化」によって生みだされる新鮮な笑いをとおして、動脈硬化した常識的思考のアカを洗い落としてもらえるのである。本書によって星ファンとなられた読者に、ぜひ別の系列の作品も手にされるようおすすめしたい。

最初に触れた作者の「出不精な作風」について、面白い話がある。星は最近、時代小説にも手を染め、『殿さまの日』や『城のなかの人』などの傑作を発表して話題を呼んでいるが、それらの時代小説を書くにあたって、主人公を誰にするか、選択の第一条件を「なるべく動かなかった歴史上の人物」に置いているというのである。なるほどそういわれてみれば、『城のなかの人』の秀頼などは大坂城からほとんど外へ出ていない。このあたりにも、星という作家のユニークさがうかがえる。

最後に、作者に「ノックの音が」ではじまる短篇シリーズを思いつかせたアメリカのSF作家

這麼一來，與其說把它叫做小說，倒不如把它叫做寓言來得恰當。（中略）當初雖沒有意識到，然而，我目前的目標就是寓言的復興。（後略）」

用不著注釋了吧？在這種小說觀的前提下，星新一陸續不斷地產生了不可勝數的輕妙作品群。

這些作品的魅力，也許可以用一句艱深的話來概括（這句話用在SF或寓言的系列作品，比用在本書恰當），——藉著「根源性的探詢」與「與規格化的反抗」，在日常化、娛樂化中，提供新的思考回路。只要一讀這些作品，我們就能領會鮮明的「視點轉換」之趣；作者巧妙演出的「價值的相對化」所產生的新鮮的笑，可望洗淨吾人動脈硬化式的常識性思考的污垢。我要勸勸看完本書而變成星新一迷的讀者，務必讀讀他所作的其他系列作品。

關於在文首提到過有關作者的「不喜歡出門的作風」，曾經有過有趣的故事。最近星新一也插手於歷史小說。並發表過「大名的日子」或「城堡裡的人」之類的傑作而引起話題。寫這些歷史小說之初，據說在選定主角上，把選擇的第一條件放在「盡可能不動身的歷史人物」。結果我們發現「城堡裡的人」一文裡的秀賴等人，幾乎沒有離開過大阪城。從這個作風裡，也可看出星新一這一位作家與衆不同的地方了。

最後讓我來介紹啓示作者想到以「有人叩門」來開始其短篇群的美國SF作家傅瑞・布朗

フレドリック・ブラウンの『ノック』という短篇の書き出しをご紹介しておこう。星はブラウンがお気に入りで、この短篇も自分で翻訳している。こういう書き出しだ。

「わずか二つの文で書かれた、とてもスマートな怪談がある。

＜地球上で最後に残った男が、ただひとり部屋のなかにすわっていた。すると、ドアにノックの音が……＞

二つの文章と、点を三つ並べた省略を示す符号だけ。この話のこわさは、もちろん二つの文のほうにはない。それは省略の符号のなかで暗示されている。いったい、何ものがノックしたのだろうか？」

あなたは何ものだと思いますか？

風のいたずらだったら、つまらない。宇宙人というのは、月並みすぎる。この謎に對する、ユーモラスで意表をつく答のひとつは「それは人類最後の女だった」というのである。しかし星新一なら、もっと面白い解答を教えてくれるにちがいない。

その解答の試みのひとつが、本書なのである。

的一篇以「叩門」爲篇名的短文裡的破題吧。星新一很欣賞布朗，自己也翻譯了該篇短文。是這樣的破題：

「雖然只有兩句話，卻是相當傑出的怪談。

〈地球上碩果僅存的最後一個男人，獨自一個人坐在房間裡。於是，有人叩門……〉

只有兩個句子和三個點來表示省略的符號。這個故事的可怕處，當然不在這兩個句子上。而是暗示在省略了的符號裡的。到底什麼東西來叩門？」

你認爲是什麼東西？

如果是風的惡作劇，那就無聊了。要說太空人，那太平淡了。針對這個謎，其幽默而扣人心弦的解答之一，就是：「那是人類最後的一個女人。」但是，如果是星新一，準會教給我們更有趣的解答。

嚐試這個答案之一就是本書。

年譜

大正一五年（一九二六）

九月六日、東京の本郷（文京区）に生まれる。

昭和二三年（一九四八）　二二歳

東京大学（旧制）農学部農芸化学科卒業。

昭和二五年（一九五〇）　二三歳

東京大学大学院（旧制）の前期を修了。研究論文は「アスペルギルス属のカビの液内培養によるアミラーゼ生産に関する研究」で、日本農芸化学会誌第二八〇号に掲載。

昭和三二年（一九五七）　三〇歳

SF同人誌「宇宙塵」に書いた作品「セキストラ」が江戸川乱歩編集の「宝石」一一月号に転載された。ここに至る人生は、いずれ作品にするかもしれないので、省略ということにしておく。

昭和三四年（一九五九）　三三歳

＊『生命のふしぎ』新潮社。（絶版）。少年むけ科学解説書。

昭和三六年（一九六一）　三四歳

＊『人造美人』新潮社。短編集30編収録。やっと作品集が出た。

＊『ようこそ地球さん』新潮社。短編集31編収録。つづけて作品集が出た。四月一二日にガガーリン少佐を乗せた初の人間衛星が発射されたおかげもある。

新潮文庫の『ボッコちゃん』（昭和四六年発行）は、右の二つの短編集収録のもの19編を軸に、その他の作品を加えた50編より成る、自選のショート・ショート集。

新潮文庫には『ようこそ地球さん』（昭和四七年発行）がある。これは新潮文庫の『ボッコちゃん』に収録しなかった、単行本の『人造美人』と『ようこそ地球さん』の作品42編をあつめた短編集。

すなわち、新潮文庫の『ボッコちゃん』と『ようこそ地球さん』の二冊には、単行本の『人造美人』と『ようこそ地球さん』の作品のすべてがおさまっています。したがって、単行本の二冊は絶版とする。

•『悪魔のいる天国』中央公論社。短編集36編収録。(絶版)。昭和四二年に早川書房で新版発行。いずれも真鍋博のさしえ入り。

昭和三七年（一九六二）　三五歳

•『ボンボンと悪夢』新潮社。短編集36編収録。

•訳書。フレドリック・ブラウン『さあ気ちがいになりなさい』早川書房。

昭和三八年（一九六三）　三六歳

•『宇宙のあいさつ』早川書房。短編集41編収録。

•『気まぐれ指数』新潮社。長編ユーモア・ミステリー。東京新聞に連載したもの。はじめての長編。

昭和三九年（一九六四）　三七歳

•『花とひみつ』私家版。和田誠のさしえによる限定版。(絶版)。文章はのちの『気まぐれ星のメモ』に再録。

•『妖精配給会社』早川書房。短編集38編収録。

•『夢魔の標的』早川書房。ＳＦマガジンに連載した、はじめてのＳＦ長編。

アメリカのMagazine of Fantasy and Science Fictionの一月号に「ボッコちゃん」が英訳掲載される。

昭和四〇年（一九六五）　三八歳

•『おせっかいな神々』新潮社。短編集40編収録。

•『ノックの音が』毎日新聞社。短編集15編収録。(絶版)。昭和四六年、講談社ロマンブックスで新版発行。サンデー毎日に連載した、いずれも「ノックの音が」の文ではじまる連作もの。昭和四七年、講談社文庫で新版発行。

短編を量産している形だが、出版は年に二冊のペース。執筆量を月割りにすれば、約七〇枚。一日に二枚ちょっと。

昭和四一年（一九六六）　三九歳

＊『エヌ氏の遊園地』三一書房。短編集31編収録。（絶版）。昭和四六年、ロマンブックスで新版発行。同年、講談社文庫で新版発行。

＊『黒い光』秋田書店。少年むけSF8編収録。（絶版）。このうちの数編は、改稿の上、角川文庫『ちぐはぐな部品』に収録。

＊『気まぐれロボット』理論社。童話31編収録。朝日新聞日曜版に連載したもの。昭和四七年、そのほかの童話を加え、角川文庫で新版発行。和田誠のさしえ入り。

＊訳書。ジョン・ウィンダム『海竜めざめる』早川書房。

短編「景品」がZ・ラヒム氏によりロシア語に訳され、コスモモリスカヤ・プラウダ紙に掲載。また「冬きたりなば」がソ連のミル出版社『世界SF選集』の国際短編アンソロジーに収録される。

昭和四二年（一九六七）　四〇歳

＊『妄想銀行』新潮社。短編集32編収録。

＊『人民は弱し官吏は強し』文芸春秋。亡父、星一の大正時代の栄光と悲劇とを描いたノンフィクション。別冊文芸春秋に発表した作品に加筆したもの。昭和四六年に角川文庫で新版発行。

短編「タバコ」「願望」「危機」「冬きたりなば」「宇宙の男たち」「景品」がソ連のミル出版社のアンソロジーに収録される。

昭和四三年（一九六八）　四一歳

＊『進化した猿たち』早川書房。アメリカ一駒漫画の紹介とエッセイ。ハヤカワ・ミステリ・マガジンに連載したもの。

＊『きまぐれ星のメモ』読売新聞社。（絶版）。これまでのエッセイを集めたもの。昭和四六年に「花とひみつ」ほか二編の童話を除いて、角川文庫で新版発行。それらの童話は、角川文庫版の『きまぐれロボット』に収録。

なお「花とひみつ」は「花ともぐら」という題でアニメーション映画となり、第二五回毎日映画コンクール・大藤賞。第二二回ベネチア国際児童映画祭・銀賞。一九七〇教育映画祭・最高賞。一九七〇東京都教育映画コンクール・金賞。大変な傑作です。ただし、これらの賞は映画化した岡本忠成氏の才能に対しての授賞で、原作はそれほどの傑作ではありません。念のため。

＊『盗賊会社』日本経済新聞社。短編集36編収録。(絶版)。日本経済新聞の日曜版に連載したもの。昭和四六年、講談社ロマンブックスで新版発行。

＊『マイ国家』新潮社。短編集31編収録。

＊『午後の恐竜』早川書房。短編集21編収録。日本推理作家協会賞を受賞。対象作品は前年度発行の『妄想銀行』。

昭和四四年（一九六九）　四三歳

＊『ひとにぎりの未来』新潮社。短編集40編収録。

＊『宇宙の声』毎日新聞社。小学生むけSF中編を二編収録。

＊『世界SF全集第28巻・作品一〇〇』早川書房。SFとファンタジーを主に、すでに短編集に収録ずみのもののなかから百編をえらんでまとめたもの。

＊『殺し屋ですのよ』未来プロモーション。さし絵入りの限定版。(絶版)。すでに短編集に収録ずみのなかからえらんだのが半分、あとの半分は、角川文庫『ちぐはぐな部品』に収録。

ソ連のミル出版社のアンソロジーに、短編二つが収録される。

昭和四五年（一九七〇）　四三歳

＊『おみそれ社会』講談社。短編集11編収録。昭和四六年に講談社ロマンブックスで新版発行。

＊『声の網』講談社。SF長編。月刊誌リクルートに一年間連載したもの。

＊『だれかさんの悪夢』新潮社。短編集47編収録。

＊『ほら男爵・現代の冒険』新潮社。四章より成るユーモア長編。

昭和四六年（一九七一）　四四歳

＊『なりそこない王子』講談社。短編集12編収録。

＊『未来いそっぷ』新潮社。短編集33編収録。

＊『だれも知らない国で』新潮社。書きおろし長編の少年物。

＊『きまぐれ博物誌』河出書房新社。エッセイ集。

＊『新・進化した猿たち』早川書房。アメリカ一駒漫画の紹介とエッセイ。前のにつづき、ハヤカワ・ミステリ・マガジンに連載したもの。
　短編「ゆきとどいた生活」がノールウェー語に訳され、ブリングズバード氏編集のアンソロジーに収録された。
　短編「タバコ」がルーマニア語に訳され、同国の雑誌に掲載された。

昭和四七年（一九七二）　四五歳

＊『さまざまな迷路』新潮社。短編集**32**編収録。
＊『にぎやかな部屋』新潮社。書きおろし戯曲。
＊『殿さまの日』新潮社。短編集**7**編収録。初めての時代小説集。
＊『ちぐはぐな部品』角川文庫。短編集**30**編収録。
＊『おかしな先祖』講談社。短編集**10**編収録。

昭和四八年（一九七三）　四六歳

＊『盗賊会社』講談社文庫で新版。
＊『声の網』講談社文庫で新版。
＊『おみそれ社会』講談社文庫で新版。
＊『夢魔の標的』ハヤカワ文庫で新版。
＊『悪魔のいる天国』ハヤカワ文庫で新版。
＊『妖精配給会社』ハヤカワ文庫で新版。
＊『宇宙のあいさつ』ハヤカワ文庫で新版。
＊『冬きたりなば』ハヤカワ文庫で新版。
　早川書房の単行本『宇宙のあいさつ』（絶版）はそのまま文庫にすると、厚くなりすぎる。そこで**20**編と**21**編の二つに分けた。右の二冊がそれです。
＊『気まぐれ指数』新潮文庫で新版。
＊『ほら男爵・現代の冒険』新潮文庫で新版。
＊『城のなかの人』角川書店。時代小説短編集**5**編収録。
＊『かぼちゃの馬車』新潮社。短編集**28**編収録。
　この年は文庫本での新版発行が多い。もっとも私に限ってでなく、出版界の傾向であった。

昭和四九年（一九七四）　四七歳

＊『午後の恐竜』ハヤカワ文庫で新版。
　早川書房の単行本『午後の恐竜』のうち**11**編収録。あとの**10**編は『白い服の男』の書名で、同文

庫より近刊。

・「祖父・小金井良精の記」河出書房新社。書きおろし長編。

・「ごたごた気流」講談社。短編集12編収録。

・「夜のかくれんぼ」新潮社。短編集27編収録。

・「星新一の作品集」全十八巻。新潮社より刊行開始。これまでに単行本となったものを統一した体裁にまとめるわけです。

著者自筆

（昭和49・5）

【註解】

なぞの女

1. ノック：敲門。
2. 音がする：表示有～的聲音。
   ◎匂がする　表示有～味道。
   気がする　表示覺得～。
3. ～から成っている：由～而成。
   例：この学校は三軒の小さな建物からなっている。這所學校是由三間小建築物組成的。
4. 目を覚す：吵醒，叫醒。
5. 顔をしかめる：縐眉。
6. 胸がむかつく：噁心，反胃。
7. 二日酔いの気分に間違いない：二日酔：宿酔。船酔い：暈船。気分：心情，身體的狀況。

例：気分が悪い。是指身體不舒服。而中文所說的氣氛，日文應爲氛囲気。～にまちがいない：是表示一定是～沒錯。

8. 梯子：原本是梯子一格一格的。日本人常在喝酒時，一家喝完換一家稱爲「はしご飲み」。

9. あたふた：慌慌張張，匆匆忙忙。

10. 休むことにしよう：休息吧。ことにする，表自己意志上決定要～。例：今日高雄へ行くことにする。今天決定去高雄。昼ご飯を食べないことにしよう。午飯不想吃。

11. 応答めいた声をあげた：發出回答的聲音。～めく是表示有～的意味，像～的樣子。声をあげる：發出聲音。

12. 気配がする：気配：情形，苗頭，～様子。気配がする是指感覺有～的樣子。

13. まばたき：眨眼睛。まばたきもせずに見る：目不轉睛地看。

14. 見当がつかない：找不到方向，心裏沒有方向，頭緒，不知從何而起之意。

15. どうあいさつをすべきだろう：應該如何打招呼呢！～べき表示「應該～」之意。「べき」是說話者帶有建議或說話者認爲應該去做之意。例：あなたは行くべきだ。（我覺得）你應該去。而，說話者推測「應該」～時則用「はず」。例：本はひきだしにあるはずです。書應該是在抽屜吧！

16. 検討しなおした。重新検討過。

~なおす：表重新~。例：書きなおす。重寫。

17. 当嵌らない：合不上，對不起來。当はまる：適合，恰當。

18. ためらった揚句：ためらう是躊躇，猶豫不決。揚句是結果，最後。

19. 寝そべった：寝そべる：隨便躺臥。

20. なれなれしい：很熟識的，很親密的。

21. 響きがこもる：含著~聲音，こもる：包含，帶著。

22. 差控えざるをえなかった：不得不壓制住，控制住。差控える：節制控制，暫緩之意。~ざるをえない：接在動詞否定形下表示不得不之意。

23. いとも：很，非常。也可說成「非常に」。

24. 逸す：使……離開。錯過。

25. 引締った体つき：引締る：不鬆懈，端莊。~つき：是表示有著~

26. ほとばしる：湧出，迸流。

27. 如何わしい：可疑的，不正當的。

28.せめてヒントでもあればいい：せめて：至少。ヒント：提示，暗示。でも：此處「でも」並非但是、可是之意。是指有些「提示之類的」就好了。「ヒントでもあればいい」。例：お茶でも飲みましょうか。是指喝個茶之類的好嗎。（並非一定喝茶）

29.しのび寄る：偷偷靠近。忍ぶ是偷偷、悄悄之意。忍び女：情婦。

30.手がかり：線索。手がかりになるような品：可以拿來當線索的東西。

31.何食わぬ顔：裝作若無其事的樣子。

32.逆わずに：恭順地，順從地，不違反。逆う：拂逆，違反。

33.謎のほぐれるきっかけ：ほぐれる：解開，消除。きっかけ：機會。

34.おしかけ女房：不請自來的老婆，硬闖進來的老婆。

35.癪：：生氣，憤怒。

36.まんざら：下接否定「ない」。表示並不完全……。

37.へばりつく：黏上，貼上。

38.見付ける：發現，找到。

39.うつろ：形容動詞，空虛的。

40.頭を絞る：絞盡腦汁。絞る：擰、扭轉之意。所以擰乾了的溼毛巾就叫おしぼり。

41.うらめしい：怨恨的，抱怨的。

42.潤(うる)んだような目(め)：潤む：溼潤。

43.あばれる：亂鬧，胡吵鬧。

44.きちんとした身(み)なり：きちんと：整整齊齊地，好好地。身(み)なり：裝束，打扮。

45.皮肉(ひにく)：挖苦，諷刺。

46.促(うなが)す：催促。

現代の人生

1. 隅隅：各個角落。

2. 横たわる：横躺，躺臥。

3. 眠らせなかった：使……無法入眠。眠る：睡著。五段動詞之未然形＋せる爲使役形。

4. ドアにむかおうともしなかった：ドア：DOOR門，向う：向著，朝向。
おうともしなかった：是指連想朝向門的方向都不想。

5. あきらめる：斷念，死心。

6. 悩みに満ちた：～に満ちる：充滿。整句爲充滿了煩惱。

7. 揉消し：搓滅，揉熄。

8. 不審そうに目をこらした：不審そうに：懷疑似地。目を凝らす：凝聚目光，注視。凝す：凝集、集中。

9. 声をたてるべき時機は逸してしまった：声を立てる：發出聲音。動詞原形＋べき表「應該…」。逸す：使離開，喪失。整句是「失去了應該發出聲音的時機」。

10. 息をこらす：摒息。
11. 金目：値錢的，有價値的。
12. どぎまぎ：慌張，慌神。
13. しだいに：逐漸地。次第：程序，順序。例：そのことは分る次第教えますよ！。那件事我知道了再告訴你。
14. まて：待つ的命令形。「待て！」
15. 変なまねをするな：真似：①模仿，學習。②舉止，動作。「な」接在動詞原形下表示不客氣的否定命令。
16. 引込めてくれ：引込める：抽回，撤回。動詞連用形＋てくれ是請對方爲自己做某動作。但，てくれ爲男性用語。
17. 低いが凄味のある声：凄味：可怕、驚人。這句話是說：聲音雖然低沈却帶著可怕的語氣。
18. 失敗したことはない：不曾失敗過。動詞之過去式た＋ことはない表有經驗過～。例：日本料理を食べたことはない。沒吃過日本料理。そんなことは經驗したことはない沒經歷過那種事。

19.ごまかして引きあげる：誤魔化す：欺騙，掩飾，搪塞，敷衍。引きあげる：退回去，撤走。

20.さることながら：「然る事ながら」，意指雖是如此，可是……。「話の内容もさることながら」是指「話雖說如此。」亦可解釋爲「固然應該……不過……」例：時間もさることながら安全も注意しなければならない。指時間固然要緊，但更必須注意安全。

21.哀む：憐憫，可憐。

22.役に立つ：有幫助，有助益。「悩んだからといって、なんの役に立つ」此句話是說：「說是煩惱了，就會有什麼助益嗎？」的意思。

23.目ぼしい：顯著的，卓越的，值錢的。

24.質札：當票。質屋：當舖。

25.くだらん：即是くだらない之口語體。無價值的，沒用的。也可當無聊的，微不足道的。

26.生き抜く：艱苦的生活。

27.雑返す：攪合，攪亂。話をまぜかえす：插話，插嘴。

28.力が湧いてきた：充滿活力。

29.騒ぐ：吵鬧，吵。

30.ばれる：暴露，敗露。

31.待ち構えている：構える：是取某種姿勢，或某種態度。這句話的意思是：等在那裏。已經在等待。

32.手に乗る：上當，受騙。

33.あくまで抵抗：徹底反抗，抵抗到底。

34.苛立つ：焦急，急躁。

35.そつがない：圓滑周到。無懈可擊。

36.惚ける：假裝不知道。

37.つきまとう：糾纏。

38.手錠：手銬。

39.注ぎ込む：注入，投入。

40.なんとかなりそうな気：なんとかなる是總會有辦法，船到橋頭自然直的意思。

暑い日の客

1. 眞昼：正午。
2. したがって：因此，從而。
3. たぐい：類，指同類，同流者。例：宝石のたぐいものだ：寶石之類的東西。
4. ぎっしり並べられ：ぎっしり是滿滿地，裝滿地，擠滿之意。並べる之未然形加上「られる」表示被動式。整句是：滿滿地被陳列著。
5. 權威あり気なムードをただよわせている：「ムード」：MOOD心情，情緒，心緒。「漂う」：飄流，此處是洋溢，散發之意。其使役形爲漂う之未然形加「せる」。整句在文法上說明的解釋爲：使其散發出一股有權威的感覺。
6. 目を通す：使眼睛通過，就是看，過目的意思。
7. 出かけたままで：是指出去了的狀態下。「まま」是指照原來的樣子，狀態。例：そのままに置いてください。就這樣放著。
8. 何かに怯える：是否有對什麼害怕，「～に怯える」對～膽怯、害怕。

9.気を落ち着ける：把心鎮定下來。気が落ち着く：沈著，鎮定。

10.やわらかみを帯びた女性：やわらかみ：柔軟。帯びる：帯有，帯著。「やわらかみを帯びた」整句用來修飾女性。整句是帯著柔軟頭髮的女性。

11.ひげのそりあとのない白くきめのこまかい皮膚：ひげ：鬍子。剃り：刮（鬍子）。白くきめ：白色的皮膚紋路。整句是：沒有因刮過鬍子而留下痕跡的白色細膩皮膚。

12.よくがまんできます：我慢：忍耐。整句是「還眞能忍哩！」

13.しぐさ：動作，表情。

14.そんなことで確めるまでもない：不需要用這種事來確認。「までもない」是不需要，不必。

15.なまめかしい：美麗的，嬌艷的。

16.手落ち：過失，過錯。

17.思い切って：毅然決然，下決心。

18.差し支える：妨礙，抵觸。

19.大ざっぱ：粗略，大略。

20.何気ない：若無其事。

21. 辻褄：道理，邏輯。辻褄が合う：合邏輯，有道理。辻褄の合わない話：牛頭不對馬嘴的話。

22. ゆがみ：扭曲，歪斜。

23. 手懐ける：馴服。

24. とまどった：戸惑う：本來是夜間醒來迷失方向，找不到門之意，現在也用來表示找不到門，慌慌張張，手足無措之意，此處則用來指躊躇，不知如何是好。

25. いよいよ：愈發，更加。也表示到了最後，到了緊要關頭。例：いよいよの時には援助するよ！到了緊要關頭時會給予援助的。

26. 裏打ち：本來的意思是用紙或布在裏面襯著，撐起來。長い經験で裏打ちされていて：是指水瀨博士的應對是用長期經驗的累積而成。

27. 追廻す：尾追，糾纏。

28. 戯ごと：蠢話，胡說。

夢の大金

1. 立付けが悪い：門沒有關好。
2. 一軒屋：獨棟的房子。2層樓的房子叫：二階建。工地等用的組合式的簡易房屋：プレハブ（prefab）。
3. 古呆ける：陳舊；破舊。
4. 机の端：桌子的邊邊。端：也可讀成「はし」。旁邊，側邊。
5. 半紙：不是半張紙，而是一種日本紙，專供習字或寫信用。
6. 和歌を認める：作和歌，寫和歌。認める：是「何をする」的意思，爲老人用語。通常是用在寫～或吃飯。
   例：手紙を認める。寫信。
   昼ご飯を認める。吃午飯。
7. まして：何況，況且。
8. 頭を捻る：捻る原意是擰、扭、捻。頭を捻る是指百思不解而左思右想。

9. 身(み)より：親屬，家屬，可依靠的人。

10. 持病(じびょう)：宿病，老毛病。

11. 胸(むね)をときめかす：興奮，心撲通撲通地跳。

12. いちじるしい：明顯，顯著。

13. よろける：蹣跚，東倒西歪，搖搖幌幌。

14. ずかずか：副詞，毫無禮貌地，魯莽地。

15. 詰(なじ)る：責問，責備。

16. 取(と)りつく島(しま)がない：沒有依靠、著落、辦法。

17. 筋合(すじあい)：理由，道理。

18. 売(う)り食(ぐ)いをしているありさま：売り食(ぐ)い：沒有其它收入，靠變賣東西（家財）來過日子。
ありさま：情況，光景。

19. 諭(さと)す：訓誡，告誡。

20. 取(と)り合(あ)う：①相互牽手。②爭奪，奪取。③理睬，搭理。

21. 捏(こ)ねる：①捏，揉合。②搬弄。
理屈(りくつ)をこねる：搬弄歪理，强詞奪理。

22. 喚わる：喚作，吆喚。喊叫。
23. お笑い草：笑柄，笑料。
24. 腹を立てる：生氣。
25. 遮る：遮斷。阻斷。人の言葉を遮る：打斷別人的話。
26. 衝動に駆られた：駆る是驅策之意～にかられる。。由於～，受～支配。
27. 形跡：形跡，跡象。
28. 物好き：好奇、好事者。
29. せっせと：一個勁地，拼命地。
30. チーム・ワーク：team work 團隊間的合作，互助。團隊精神。
31. 渉る：工作的進展。
32. なまじっかだ：不熟練的，不徹底，半生不熟。
33. 腹を据えてかかる：腹を据える是下定決心。かかる是從事……。
34. 派手に乱費：派手：豪華，華麗，乱費する：亂花銭，浪費銭。
35. 庇う：庇護，祖護。かばいあう：相互祖護。動詞之連用形加上「あう」表「互相～」。
例：話し合う。聊天。なぐりあう：互毆。

36. 見事（みごと）：美好，完整，巧妙。
37. 償い（つぐない）：補償。
38. 持て余す（もてあます）：不好應付，難處理。
39. あらためる：修改；查驗，點驗。此處是指點驗之意。
40. まかり間違えば（まちがえば）：副詞，一旦失慎，稍不小心。

金色のピン

1. なぜなら：因為～。通常會在句尾加上「のだ」或「のだから」表「是因～之故」。
2. 暗さしかただよっていない：暗い之名詞形為「暗さ」。しか……ない：只有，等於「だけ」。漂う：漂浮，泛著。
3. 光を慕う：戀慕燈光。
4. 繰返された：被反複著。繰返す是重複，反複之意。
5. 心当り：想得到，猜得到。心裏有苗頭，線索。
6. 言いにくい：很難開口，很難說。動詞連用形加にくい表難～，不好～。例：字が小さすぎで読みにくい。字太小不好看（不容易讀）。動詞連用形加やすい則表容易～。例：このペンは書きやすい。這枝筆很好寫。
7. 丸い頭の部分から尖った先端にかけて：～から～にかける：從～到～。可指時間或地點。例3月から5月にかけて……從三月到五月。台北から高雄にかけて……從台北到高雄。尖った先端：動詞過去式「た」後接名詞等於「ている」的意思。

8. 施(ほどこ)す：①施捨，賙濟。②施行。
9. まがいもの：僞造品。
10. 佇(たたず)む：佇立，站住。
11. 無造作(むぞうさ)：容易，輕易，隨隨便便。
12. 気(き)に入(い)る：喜歡；中意。
13. 変(へん)な物語(ものがた)りにのせられる：上了怪故事的當。～にのせる：騙人，誘騙。～にのせられる：上當，受騙。
14. 欲(ほし)くてたまらなくなっちゃう：形容詞等用言之連用形加「てたまらない」表～得受不了，難以忍受。
例：暑くてたまらない。熱得受不了。
15. 目処(めど)がつく：有了目標，有目的，有著落。
16. でたらめ：胡說八道。
17. くすぐる：本意爲搔癢。此處爲搔動好奇心。
18. 気紛(きまぐ)れ：忽三忽四的，心情浮動，一時興起。
19. 音沙汰(おとさた)：音訊，消息。

20. 控目(ひかえめ)：保守，客氣，謹慎。

21. 尻込み(しりごみ)：後退，躊躇。

22. あり得(え)ない：不可能。

23. 口を噤(つぐ)む：閉口不言。

24. 引(ひ)きつる：痙攣，抽筋。

25. わめく：叫喊。

26. ひとしきり：一陣。頻(しきり)：常常，頻繁。

和解の神

1. 人間くさい：在名詞下接「くさい」表示有～味道，有～的樣子，派頭。人間くさい是指世俗。
2. 胸をときめかせ：緊張，興奮，心裏撲通撲通地跳。
3. ぼんやり：發呆貌。心不在焉狀。
4. 人目を忍ぶ：怕旁人看見；不敢見人。
5. 如何わしい：可疑的。
6. かえって妙に思われるのがおちだ：かえって：反而。妙に思う：奇怪的想法。おち：過失，錯誤。這句說是：反而自己奇怪的想法是錯的。
7. 有觸れたもの：常有的事，不稀奇的事。
8. 見限る：遺棄，瞧不起。
9. 許しがたい：難以原諒的。動詞連用形下接「がたい」表「很難……」
10. 共ばたらき：一起工作，賺錢。

11. 强情：剛愎，固執，頑固。
12. 諍い：爭吵。
13. いざこざ：糾紛。
14. 揚句の果：到了最後終於。
15. あやまる：道歉，賠罪。
16. 行きがかり：（事情到了）無法控制，或無法挽回的狀態。
17. 譲ろうとしなかった：ゆずる：退讓。意量形＋うとする表意志，打算。譲ろうとしなかった：不打算退讓。
18. なんとかおさまる：想個辦法解決。
19. かくして：連語；副詞，就這樣，如此地。
20. ひとりきり：單一個人。きり是「只、僅有」之意。
21. 思い余る：想不出主意來，不知如何是好。
22. それとなく：委婉地，不露痕跡地。
23. 抜差ならない：進退維谷，一籌莫展。
24. 爲すところなく：沒什麼可做的，無所事事。爲す：做，爲。

25. われながら：副詞；連自己都……之意。我ながら……と思い：連自己都認爲……。

26. 気のきいた文句：動聽的話。気がきく：機靈，伶利。

27. たわいない：無聊的，無謂的。形容詞。

28. 給仕：侍者，工友。

29. しのび寄ってきた：悄悄地來了，不知不覺地來了。

30. 気づかわしげ：擔心，冷不防地擔心，突然擔心起來。

31. 叶える：使……達到，滿足……願望。

32. 言いそびれた：沒有去說，沒有講出來。そびれる接在動詞連用形下表示錯過了～機會。「祈り……そびれた」整句之解釋爲：由於祈禱所以願望達成了的這種說明把它錯過了。

33. 仕業：行爲，所做的事情。

計略と結果

1. 勢いよくたたく：勢い：勢力、情勢。叩く：敲。勢いよく叩く指敲得很凶，敲得很起勁。

2. 知らん顔：知らぬ顔即知らない顔をしている。意指裝做不知道的臉色。例：知っているのに知らぬ顔をしている。明明知道却裝作不知道。

3. 居留守を決め込む：居留守：在家而假裝不在。決め込む：假裝，佯裝。

4. 肩に凭れる：靠在肩上。～に凭れる。靠在～上。

5. 獵銃：獵槍。ピストル：手槍。空氣槍：空気銃。機關槍：機關銃。

6. シーズン・オフ：SEASON・OFF不是該季節，淡季。

7. 手入れをする：修理，整修，保養。

8. しどろもどろ：雜亂無章，亂七八糟。

9. 傷の手当：傷口的處理、治療。手当：處理，治療。亦可當津貼，補助之意。例：残業の手当：加班費。

10. できる限り：盡可能。できるだけ。
11. 逆う：違反，反抗，拂逆。
12. 碌：好事，令人滿意。なりそうにない。指沒有～的跡象。ろくなことになりそうにない。
是表示：不會出現令人滿意的事，不會有好事。
13. 変にかかりあいになって：～にかかり合う：表和～有牽連，瓜葛、牽連在內，受到牽連
之意。
14. 容易ならざる：不容易。容易なる之未然形加ざる而成。動詞之未然形加ざる表否定之意。
例：行かざるを得ない，不得不去。
15. 顔見知り：認識。
16. 念を押す：叮嚀，囑付。
17. 腹を立てる：生氣。
18. 間抜：愚蠢，形容動詞。
19. ぶっきらぼう：唐突，莽撞，直率。
20. 指図：命令，吩咐。
21. ～のかわりに：取而代之，換成。

例：林さんのかわりに私は行きます。我代林先生去。

22.おいそれと：輕易地，簡單地。

23.見逃(みのが)してくれない：見逃す：饒恕。見逃してくれない指放過我，饒恕我。

24.聞咎(ききとが)める：責問。

25.手(て)をひたいに当(あ)てる。ひたい：額頭。～に当(あ)てる，貼在～上。是指把手貼在額頭上。

26.か細(ぼそ)い：纖細的，微弱的。

27.どうせ：反正，終歸，無論如何。

28.人質(ひとじち)：人質。

29.裏切(うらぎ)り：背叛，出賣。

30.揚句(あげく)：最後，結果。

31.想像(そうぞう)がつかない：無法想像。

32.まだしも：還算，還好。

33.作戦(さくせん)を立(た)てなおす：重新擬定作戰計畫。立てる：有擬定，設立，設定之意。例：計画(けいかく)を立(た)てる：擬定計畫。動詞之連用形加「なおす」有重新～，再～之意。例：書(か)きなおす：重寫。

34. もはや～できない：已經不能。もはや是已經之意，通常下面連接否定「ない」表「已經不……」。
35. 名案：妙計，好方法。例：名案が浮ぶ：想出好方法。
36. 時を稼いだ：稼ぐ：賺得；工作。時を稼ぐ是指爭取時間之意。
37. すきがない：隙：空隙，空檔。すきがない表沒有空隙，無機可乘。
38. 適当に帰ってもらう：～てもらう表示要對方～。適当に帰ってもらう是指巧妙地讓對方回去之意。
39. おまえを逮捕に来た：來拘捕你。～に下面接「来る」、「行く」時「に」表「来る」「行く」的目的。例：留学に日本へ行く。爲了留學去日本。映画を見に行く。去看電影。
40. ぐったり：精疲力盡的樣子。動詞形爲「くたびれる」：精疲力盡之意。
41. 素気ない：冷淡的，不客氣的。
42. ぴんと来た：點醒，弄明白了。ぴんと来る：是指突然打動了心弦，忽然明白之意。
43. 歯ぎしり：軋る爲緊緊咬合，貼合之意。歯ぎしり是指咬牙切齒。

職務

1.ノック：敲門。

2.音がする：表示有～的聲音。

◎匂がする　表示有～味道。

気がする　表示覺得～。

3.殺風景：殺風景、不風雅、粗俗。

4.人目を引く：引人注目。

5.音を立てる：發出聲響。

◎東西所發的聲音：音。

人的聲音：声。

6.シャッター：百葉窗，相機的快門。

7.部屋を通用口として利用する：是指把房間當作通用口來利用。

◎～を～とする　表把～當作～

8. 持ち主：持有人，所有者。

9. 見廻る：巡視，巡迴。

10. 警報機を点検したり、火気を調べたりする：檢查警報器啦！看看煙火啦。

◎たり…たりする表兩項動作的並列。有時…有時…

例：行ったり来たりする：走來走去。食べたり飲んだりする：吃吃喝喝。

11. 怪しい：可疑的。

12. 防ぐ：防衛　防がなければならない。一定要防衛，必須防禦。

◎行かなければならない。一定要去。

13. 直面：面對，面臨。

～に直面したことはない。不曾碰過。不曾面臨過。

◎動詞過去式たことがない。表示不曾～。沒有過～。

例：見たことはない。沒看過。

14. 耳を傾ける：傾聽。

15. ひまを見る：抽空，找時間。

16. 繰返す：返覆、重覆。

17. 的：靶。
18. 聞き漏す：聽漏，沒聽到。
19. 手のひら：手掌，手心。
◎手の甲：手背　足の甲：腳背　但腳掌不可說是「足の平」應該說是足の裏
20. 油斷：疏忽，大意。
21. 顔見知り：見過，認識的人。
22. そぐわない：形容詞，不相稱，不適合。
23. 忘れちゃってる：忘記了的口語體原來爲：忘れてしまう＋ている因口語化「ている」的「い」音脱落。
◎てしまう的口語體爲ちゃう。
例：食べちゃった。吃完，吃光光。
24. みっともない：是由「見たくもない」變化而來。意指不好看，不像樣。
25. やまやま：表熱切希望。
26. 見張り：看守、値班。
27. 首にされる：被革職，亦可說成：「首になる」。

28. いざという時：緊急的時候，萬一發生問題時。亦可說成「いざ鎌倉」。
29. パーコレーター：「percolator」咖啡壺。
30. 見こまれた：被看上了。見込む有預定，看準，計算在內之意。其名詞形爲「見こみ」。
31. まじない：呪，符咒。呪う的名詞形。おみくじ：神籤。
32. 見事：美麗的，巧妙的。
33. 気配：情形，苗頭。
34. 無気味：令人害怕，使人生懼。
35. 聞きただす：詢問，質問。
36. 不覚を取ってしまった：失敗。不覚を取る：失敗。てしまう表所敍述動作的完了，失敗。
37. ロッカー：LOCKER 附鎖的櫥櫃或寄物箱。
38. あくまで：徹底，到底。
39. 足手まとい：累贅，包袱。
40. 巻き添え：牽連，拖累。
41. 一枚上手：略勝一籌。上手：高明優越。

42. 立ち向える：對抗，頂撞。
43. 怨めしげな視線：抱怨的眼神。怨めしげだ：可恨的，抱怨的。
44. 猿轡：堵嘴的東西。さるぐつわをする：把嘴巴塞住。
45. 見きわめる：きわめる：極盡，見きわめる表示看清楚，弄明白。
46. すきを見る：すき：空隙，すきを見る，意指找空隙，乘機，伺機。
47. こなごなに打ち砕かれる：こなごなに：粉碎地，修飾「打ち砕かれる」。砕く：弄破碎，挫敗。
48. 歯ぎしり：軋る爲緊緊咬合，貼合之意，齒加上其名詞形而成爲一複合名詞，歯ぎしり意指咬牙切齒。
49. 間抜け：愚蠢。
50. 腹がおさまらない：納まる是平息、平靜之意。腹が納まらない是指心中無法平息下來，怨氣不能消。
51. 見当はつかなかった：找不到方向。
52. みなぎり：漲る，瀰漫，充滿。
53. 手落ち：過失。

54. わけのわからない：わけ：理由、道理。わけがわからない，不明白，莫明其妙。下修飾名詞時助詞「が」可改成「の」。例：頭(あたま)がいい下面加接上名詞子供(こども)則可說成「頭(あたま)のいい子供(こども)」。

しなやかな手

1. 図々しさ：ずうずうしい之名詞形厚臉皮。
2. スキャンダル：（scandal）醜聞。
3. 仕上げる：原本是指將工作做最後的完成，潤飾。此處是指把那些沒有根據的資訊編成記事。
4. 芳しい：有聲譽的，好名聲的。
5. 一応：姑且，先……，大致上。
6. ほっそり：纖細，細長，苗條。
7. タレント：talent，歌星，明星，廣播員，教授等文化人。
8. デリケート：delicate 精緻的，細巧的。
9. ふざける：開玩笑，戲弄人。
10. 早まる：貿然從事。
11. 黒ずくめ：全身都是黑色。～ずくめ是指完全～，清一色～。

12. 腕っぷし：腕關節。うでっぷしが強い是指力氣很大。
13. 渡りを付ける：搭上線，掛上鈎。
14. 割り切る：依一般常理下個結論。「商売として割り切る」：是說「當作買賣來說。」
15. 手を打つ：達成協議，採取措施。
16. 裏切り：裏切る之名詞形。背叛，出賣。
17. 大げさ：誇大；誇張。
18. 見逃す：①看漏，看錯。②放走，使逃跑。
19. 聞かせてくれる：說給我聽，就是讓我知道的意思。
20. 書き立てる：引人注目地大寫特寫，放肆地寫，渲染之意。
21. いっそ：副詞；索性，倒不如。
22. 追いつめられた：被追到窮途末路。
23. そもそも：接續詞，說起來；畢竟。
24. 無實：沒有根據，不是事實的，冤枉的。無實なのに有罪にされ：明明是冤枉的却被判有罪。
25. 相続：繼承。

26. ちゃち：形容動詞，原指粗鄙、貧窮或不值錢。這裏是指不很大的犯罪。

27. もてあそぶ：玩弄，擺弄。

28. 死(し)ないですむ：可以不用死。動詞之否定型ないで＋すむ表示「可以不必～」。

29. どころか：表是與預期的事相差很遠。不但……反倒……。豈止……。

30. もろとも（に）：連同，共同，一起。

31. わるあがき：掙扎。

32. 悪賢(わるがしこ)い：狡滑，奸詐。

33. 舌(した)なめずり：用舌頭舔著嘴唇；極想（吃什麼或說什麼而等待。）

感動的な光景

1. もったいぶった調子：もったいぶる：擺架子，裝模作樣。
2. 貫禄があった：有威嚴，有威信。
3. 外見にふさわしい：與外表很相稱。～にふさわしい是和～很適合，相稱得相得益彰。
4. あてにならない：不可靠的。
5. 巧みに着こなしている：很巧妙地搭配穿著。こなす：是指運用地很好，掌握的很好。着こなす是說在穿著上搭配得很好。
6. 話の種になる：種：種子，事情的根源之意。話の種になる意指成爲話題。
7. スピードを看板にする：以速度爲招牌，以速度快出名。～を看板にする。以～爲招牌，以～出名。
8. 質す：質問，詢問。
9. 生き抜く：活下去，艱苦地生活下去。
10. たっての願い：再三的請求，拜託。たって：硬，强，死乞百賴地。

11. 腹(はら)を立(た)てる：生氣。

12. 合図(あいず)をする：做信號，打暗號。

財産への道

1. 手入れのゆきとどいた庭：行届く是很徹底。手入れ：修繕，整理。整句話是指整理得很好的庭院之意。
2. 偓促：辛辛苦苦，忙忙碌碌，處心積慮。
3. 伏目がち：伏目：眼睛往下看，不抬眼睛。～がち：往往，常常，多半，表示很容易就…動不動就…。這句話是說，常常眼睛都往下看。
4. それとなく：暗中地，不露痕跡的。
5. 余裕にみちた生活：～にみちる：充滿～。整句話是說充滿富裕的生活。
6. どもり：口吃，結巴。
7. あせりぎみ：あせり：焦急，急燥。～ぎみ：表有～的傾向。有～的様子。這句話是「有點焦急的様子。」
8. 巡り会う：邂逅，相遇。
9. 死物狂い：拼命，不顧死活。

10. 見るに見かねて：看不下去，看不過去。
11. 後込み：後退，躊躇。
12. 息子になりすます：動詞連用形接すます表示充分地完成該動作，打扮成。息子になりすます：打扮成兒子。
13. ぎこちない：冷淡的，不和悅的。
14. ぶちまける：傾倒一空，全部表現出來。
15. 目敏い：目力敏銳；一眼就看出。
16. 借り回った：到處借貸。
17. 何もかも：副詞；一切；全部。
18. 架空：虛構；想像。
19. いたずら：惡作劇。
20. からかう：戲弄，嘲弄，開玩笑。
21. 腕ずく：憑力量；憑武力。
22. ぐる：同謀，合謀。
23. 暗ます：藏起來，隱蔽。

24. 仕(し)立(た)てる：培養；準備。

25. 仕(し)掛(か)け：規模，圈套，把戲。

華やかな部屋

1. あか抜け：文雅，優美。
2. 二号：通常說「二号さん」是小老婆之意。
3. スマート：smart 瀟灑，時髦，漂亮。
4. 身だしなみ：外表，修飾。指外在的服裝打扮等。
5. 浮き浮き：很高興；很快活；喜不自禁貌。
6. 口に指を当てる：把手指貼在嘴上。
7. 居留守：明明在家裝作不在家。
8. あしらう：招待，應付，對待。
9. スポンサー：sponsor，廣告的提供者；出資者。
10. スリル：thrill，驚險，刺激。
11. 素知らぬ顔：裝作不知道的臉。
12. 出しっぱなし：拿出來放著。～っぱなし是指某動作就那樣地放著的狀態。

13. 扱下す：把……說得一文不值。
14. 痛し癢し：左右爲難。
15. しどろもどろ：亂七八糟，雜亂無章。狼狽不堪。
16. 遮ぎる：阻斷，遮斷。
17. 立ち塞がる：阻擋，擋住。
18. ばつが悪い：尷尬，不好意思，難爲情。

唯一の証人

1.ターバン：turban 印度、阿拉伯人頭上圍的頭巾。

2.読みかけの雑誌：還沒看完的雜誌。動詞連用形加「かけ」表示該動作做一半時暫時中止。例：書きかけ：寫到一半；書きかけの本：還沒寫完的書。

3.見晴らし：眺望；景緻。

4.見張る：戒備；看守。

5.ただごと：平常事；小事。

6.どころか：接續助詞；表示與預料相差很多。不但沒有……反而…之意。

7.込みあげる：指某種情感，感覺油然而生。

8.怯える：膽怯；害怕。

9.念には念を入れた：小心再小心，謹慎再謹慎。

10.素気ない：冷淡的，毫不客氣的。

11.芝居を打つ：設騙局；耍花招。

12.しのばせる：偷偷地，悄悄地暗藏。

盜難品

1. 燻る：冒烟。
2. 弄りはじめた：開始弄。いじる：弄，擺弄。
3. 利口になった：變聰明了，學乖了。
4. 引掛かる：受騙，上當。
5. あり金：現有的錢，現款。
6. へそくり：私房錢，壓箱底的錢。
7. のに：放在句末有①表示惋惜之意。例：早く来たらいいのに。要是早一點來就好了（可惜……）②表示强硬，强迫的語氣。例：いかんと言うのに。不是說不行的嗎。（有我明明說不行了，你還……之意。）二者皆有與現在事實相反之意味。
8. めちゃめちゃ：也可說成：めちゃくちゃ。亂七八糟。很糟糕之意。
9. 路頭に迷う：生活無著，流落街頭。
10. 思い止まる：打消念頭。

11. 手(て)に力(ちから)を込(こ)める：把力量集中在手上。

12. くどい：叨叨絮絮的，囉囉嗦嗦的。

13. 跪(ひざまず)く：跪下。

14. 狐(きつね)につままれる：像被狐狸迷住；如墜入五里霧中之意。

15. ごわごわ：硬梆梆地。

16. 装(よそお)う：僞裝，裝扮。

17. 手品(てじな)：戲法；魔術。

人形

1. 山ぞい：沿山。沿う：沿著。
2. まばら：形容動詞；稀疎之意。
3. 措付ける：安置；安裝。
4. 血走る：冒血；充血。
5. ひるがえす：翻過來。
6. しらみ潰し：一個一個的，一一處理；一個不漏。
7. 計算ずみ：計算過了。～ずみ：是表示～的動作完了，結束。例：試験ずみ：試驗過了。
8. ほとぼり：餘熱；指事情的熱度；感情的餘勢或對某件事的關注程度。
9. 生温い：微溫的。
10. なりふりをかまわない：不修邊幅。なりふり：裝束；打扮，外表。
11. おうむがえし：像鸚鵡學人說話似的重覆別人的話。照話學話。
12. 退屈を紛らせる：排遣寂寞，解悶。紛らせる就是紛らす是排遣的意思。

13. 掻きむしる：揪，搔掉。
14. 絡まる：纏繞，糾纏。
15. 萎びる：枯萎，乾癟。
16. 不気味：令人害怕，令人生懼的。亦可說成：気味が悪い。
17. どことなく：（不知道是什麼地方，但）總覺得，好像似乎～。
18. 途端に：恰當～的時候。剛一～的時候。文中是指把針刺下去的同時男人也跳起來。
19. うごめく：蠢動，蠕動。
20. ありうる：有可能。也可說成：ありえる。ありえない：不可能。

有人叩門

定價：二五〇元

中華民國八十五年七月初版發行

著者 星新一

譯者 李朝熙

發行人 黃成業

發行所 鴻儒堂出版社

地址：台北市中正區一〇〇開封街一段十九號二樓

電話：三一一三八一〇・三一二〇五六九

傳真：〇二～三六一二三三四

郵政劃撥：〇一五五三〇〇～一號

印刷者 楨文彩色平版印刷公司

法律顧問 蕭雄淋律師

行政院新聞局登記證局版台業字第壹貳玖貳號